長崎への道

Gently to Nagasaki

ジョイ・コガワ
Joy Kogawa

伊原紀子／田辺希久子＝訳
Noriko Ihara／Kikuko Tanabe

小鳥遊書房

目次

註は文中に＊印をつけ、当該見開きに付した。

長崎への道

川の両側にはいのちの木があって、十二種の実を結び、その実は毎月みのり、その木の葉は諸国民をいやす。

——ヨハネの黙示録二二章二節

隠された声を求めて、この流れをどんどん下って行けば、やがては自由になれる言葉へと辿り着くのだろうか?

未だ夜も明けやらぬころ、ほの暗い光のなかに、深く沈んだ光のなかに、その隠された声は聞こえてくる。名前があって名前のない、憐れみの女神。その情け深いお方は、嘆きの国で悲嘆にくれる人々に寄り添う。その女神が我々の前に姿を現す。

女神は白雲の衣をまとい、月から朝への変わり目に舞う。感覚の海を下り、羊膜の深みを通って舞い、東洋の神話を放浪する巨大な亀に跨る。この青緑の惑星を取り囲む息吹きのなかに、女神の歌が聞こえる。その歌は明けてゆく新しい日の陽光となる。暁を告げる一番鶏の鳴き声のなかに、目覚めの鳴き声の合唱のなかに、女神の声が聞こえる。

女神は歌う。私はあなたと共にいると。海のなかでも、海の底でも、出産のときにも、忘却のなかにも、恐怖のなかにも、そしてあなたがもっとも恐れるものの核心においても、あなたと共にいる。誰もいない長くて暗い夜にも、私があなたと共にいる。だから恐れることはない。

第一部

I

「風はその思いのままに吹く。あなたはその音を聞いても、それがどこから来て、どこへ行くかを知らない。霊から生まれた者も皆そのとおりである」

——ヨハネによる福音書三章八節

日本の片隅のどこかで身を寄せ合い、クリスチャンが数人、あざけりを避けてひっそりとろうそくを灯す。

その数は多くはない。日本のクリスチャンは人口の一%にも満たない。それなのに、八人ものクリスチャンの首相が輩出されているのは、驚くべきことに思える。

私の家系で最初のクリスチャンは、私の祖父、八百弥太郎《やおやたろう》であった。弥太郎は母親のいない孤独な若者であった。その長女である私の母は、一八九七年に石川県金沢市青草町で生まれたが、やはり母のいない淋しい子どもだった。母は私の知る限り誰よりも誠実であり、誰よりも熱心なクリスチャンであった。日本で仏教徒として育てられた父は、カナダでキリスト教に改宗し、聖公会の牧師になった。

一九四一年一二月に日本が真珠湾攻撃を仕掛けたあと、カナダ政府はブリティッシュ・コロンビア州沿岸地域に住むすべての日系カナダ人を強制収容した。二万二千人の私たち日系カナダ人は、突然「敵性外国人」となり、安全保障上の脅威であり、潜在的スパイであり、野蛮人と紙一重であると見なされた。私たちは汽車に乗って、ブリティッシュ・コロンビア州の内陸山間部へと移送された。

私たち家族四人は、移住先のゴーストタウンのなかでは一番ましなスローカンの町で、山あいにある丸太小屋に三年間暮らした。その小屋は天井が牛糞でできていた。兄のティムと私は、オッド・フェロー集会場での土曜の夜の映画会で、何百人もの他の子どもと一緒にニュース映画を観た。ジャップがいかに残虐かを観た。僕らはジャップじゃない、と兄が言った。それでも、私たちはジャップだった。ドイツ人が皆ナチスでなくとも、日本人は皆ジャップなのだ。

私たちが残してきた家財はすべてまとめて、「敵性外国人資産管理局」の手に委ねられ、安全保管された。そのうち、安全保管とはどういうことなのかがわかった。安全なのは、私たちにとってではなく、保管されたのは私たちのためにではなかった。私たちの財産は私たちの承諾なしに売られ、誰の元へも返還されなかった。戦争が終わったあとも、ケン・アダチの著名な本の題名の通り、私たちは「決して敵ではなかった敵」であった。

私たちの家屋を消してしまったあと、カナダ政府は私たちを視界から消す決定を下した。日系コミュニティを破壊して、私たちのアイデンティティの根っこにある絶対不可欠な帰属意識を抹殺しようという「分散政策」はほぼ完ぺきに功を奏した。真珠の首飾りが切れてパラパラと飛び散るように、残飯を餌に撒かれて過酷な労働を強いられる犬のように、巨大なカナダの大地のあちらこちらに、数世帯ずつばらまかれた。「私たち日系人」はもはや「私たち」日系人ではなくなった。私たちカナダ生まれの日系二世の多くは、品行方正であるというしるしに、「友人はあらかた白人ですし、日系カナダ人の知り合いはほとんどありません」と言うようになった。コミュニティが犠牲になったのだ。私たちは、敵国日本の身代わりとして、贖罪の山羊となったのである。

　私の小説『失われた祖国』*の語り手であるナオミ・ナカネは、一個人として人種差別の苦悩を体験した。バンクーバーで過ごした、平和な家族や教会のコミュニティのなかでの穏やかな日々は決して戻ってこなかった。キツラノビーチやこの上なく素晴らしいスタンレーパークでのピクニックがたまらなく恋しかった。潮の香りが、草原地帯の埃と肥しの微かな臭いに取って代わられた。都会の路面電車やエスカレーター、家族で暮らした、たくさんの窓がある素敵な家での、お話や音楽や人形のある昔の生活。そういうものすべてが愛おしく懐かしかった。

　その物語のなかの家族に起こったことは、ほとんどが私自身に起こったことだった。私たちは快適な都会の暮らしから一転して、山中の小屋での生活を余儀なくされた。挙句の果てに、その後南アルバータに送られて、人の住処ともいえないあばら家に住み、他の日系人たちと一緒にサトウキビの栽培に駆り出された。『失われた祖国』のなかで、事実とは違う作り事は、ナオミの母親の失踪であった。

　実際には、子ども心に世界一の母であった、優しくお洒落なママは出て行きはしなかった。そうではなくて、母は新しい現実の厳しさのために、取り返しのつかないくらい変わってしまったのだ。私の実際の母は、小説ではナオミの母親代わりであり、石のように押し黙って耐えていたオバサンにと創作された。ある友人は、私が母の変貌を受け入れなかったために、小説のなかで一人の母から二人の母を創ったのだと示唆している。

『失われた祖国』のなかで、少女ナオミの最大の不幸は最愛の母親を失うことである。戦争の直前、ナオミの母は病に苦しむ祖母を見舞うため日本に行く。小説初期の草稿では、母の所在は最後まで謎のままだった。

「母親はどうしたんです?」とやっと私の原稿を受け入れてくれた出版社が尋ねた。

「さあ。姿を消したのよ。人生なんてそんなものでしょ? 人が消えてなくなる」と答えると、

「ジョイ、読者は知りたがって当然ですよ」

私はその謎を自分に問い返してみた。ナオミの母親は遠くの国にいて、そこで戦争が行なわれているあいだに行方不明になった。山あいの村で記憶喪失になっているかもしれない。東京の空襲で死んだのかもしれない。スキャンダルに巻き込まれて、戻ってこられないのかもしれない。どこにいても、あるいはどこにもいなくてもよかった。

やがてその答えが私の頭のなかに浮かび、その手掛かりが小説の冒頭に挿入された。

それは八月九日のことである。

＊原題は "*Obasan*（オバサン）" である。Joy Kogawa. *Obasan*. Toronto: Penguin Canada, 1981。邦訳『失われた祖国』長岡沙里訳、一九九八年、中公文庫。

2

八月九日は長崎に原子爆弾が落ちた日である。一九四五年のその場所に、失踪中のナオミの母親がいたのだ。どうしてその答えが浮かんだのかはわからない。長崎という町について私は何も知らなかった。その町の歴史も、人口も、地形も、世界地図のどこにあるのかさえも知らなかった。最後の原爆が投下された場所だということ以外には何も。

『失われた祖国』が出版されて以来、不在の母は神の不在を象徴するだろうかとも考えた。苦しみに苛まれる混乱した世の中にあって、どちらも、愛を具現する形ではないか。ナチスによるユダヤ人虐殺のあと、神学者たちは問うた。神の民を救うべきその神は、死の収容所のどこにおられたのか。その問いは「神の死の神学」を生みだしだ。

フェミニスト神学者であるローズマリー・ルーサーは述べている。「私たち一人一人が自分自身で、神による放棄への秘密の鍵を見つけなければなりません。神は、私たちがお互いを愛し合い、見捨てないように、神の力を何もかも神の手から人間の手へと渡されたのです」*

ナオミ・ナカネは、愛が消えてしまったことで苦しんだが、長いあいだ隠されていた手紙によって、母の不在は愛の不在ではなかったことを知る。それは力の不在であった。実際にあった出来事のために、小説のなかでは母が子どもたちを残していなくなったのだが、それは子どもたちを見捨てたわけではなかったのである。

「お母さん、あなたがここにいなくてもその存在を感じられるのは、多分私がもう子どもではないからですね」とナオミは自分自身とそこにはいない母に言う。ナオミにとって、愛は生き続けていた。けれども、愛そのものの形である母は、長崎で亡くなった人たちのなかで、その顔を失った。母は、無残に崩れ落ちた顔を隠して誰にも見せなかった。

§ § §

一九四五年の敗戦という精神的ショックのあと、日本では倫理観の羅針盤が征服者アメリカ人の方位を指していた。それは東洋的感性からすれば、どちらかというと「ワガママ」な文化であった。ワガママとは、「個人主義的で、自己中心的で、強情に振る舞うこと」である。日本文化にあっては、個人主義は通常眉をひそめられる。「私」という代名詞はほとんど口にしない。控え目であること、友好関係を保つために、自分を曲げて他人の意思に合わせることが、日本人の価値観である。内部告発者に敬意を払う文化ではない。

＊ Rosemary Radford Reuther, "The *Faith and Fratricide* Discussion: Old Problems and New Dimensions" in *AntiSemitism and the Foundations of Christianity*, ed. Alan T. Davis (New York: Paulist Press, 1919), 256.

もし、日本の倫理の羅針盤が、長崎の謎のほうを指すように設定されていれば、ワガママな西洋の「イイジャナイカ」という自由以外に、取り入れるべきもっと他の物があったのかもしれない。

何年も前に日本へ旅した際に、私は東京のカナダ大使館で講演をした。その夜のことだ、恐らくオーストラリア人と見受けられる背の高い白人の若者が、帰り際に私に薄い本を一冊手渡した。パウロ・グリン神父著の『長崎の歌』*だった。その表紙には、鮮やかな赤い円が描かれており、その前には、二つの顔が鏡の間のようにいくつも並んで次第に小さくなり、背景のなかに消えていく。幼い少女の頬が、横たわる男性の頭の上に軽く載せられている。その赤い円のなかには、頂きに十字架がたつ時計台があった。

その薄い本は、引っ越しを繰り返すたびに、読まれないままあちらの本棚からこちらの本棚へと移された。遂にその本を開くと、大空がひっくり返って、火の海になっているのが見えた。長崎をきのこ雲が覆い、多くの人にはそれがグロテスクなクエスチョンマークであった。しかし唯一人、永井隆博士だけは、その雲のもたらした地獄のなかに、神の赦しと愛の希望を見ていた。

『長崎の歌』を読んで驚いたのは、原爆が日本に投下された八月六日と九日が、クリスチャンにとっていかに重要な日であるかということであった。六日は、キリスト教の暦ではキリストが姿を変えられた日として知られている。その日、イエスはもっとも近しい三人の弟子、ペトロ、ヤコブとヨハネを連れて山に登られた。弟子たちが恐れて空を見上げているあいだに、預言者エリヤと律法をもたらしたモーセがイエスの両側に現れたが、そのときイエスの姿が「この世のものとも思えぬ白さに輝いた」。イエス・キリストが姿を変えられた。イエスの内なる光は一瞬のあいだ、外からでも見えた。キリストの変容を記念する日に、広島の町と市民は破壊されたのだ。幼い少年が空を見上げると、何か白いものが見えた。「落下傘だ！」と叫んだ直後に、喩えようもなくピカッと輝く閃光が世界を照らし、私たちを永遠に変えてしまった。

八月六日に姿を変えられたお方は、一九四五年に広島で形を損なわれたのである。

何世紀ものあいだ、キリスト変容の物語は、灰の水曜日の三日前の日曜日に教区民たちに語られてきた。灰の水曜日は、受難節**の初日に当たり、断食と懺悔の日とされる。一九四五年の変貌と損傷の日の三日後には、さらに喩えようもない灰の日々が続いたのである。八月九日には東アジアのキリスト教にとってこの上なく重要な地点を、極めて正確に特定して、二度目の爆弾が投下された。

もしも日本で、キリスト教の西欧にとっての友人がいるとすれば、それは間違いなく山あいの谷間にあるその町であっただろう。その神聖なる場所、長崎の浦上辺りは、日本の潜伏キリシタンの本拠地であった。彼らは、数百年にわたる苛烈な拷問と殉教の歴史を生き抜いてきた。生き残ったキリシ

＊原著は *A Song for Nagasaki : The Story of Takashi Nagai* で、遠藤周作の序文が付いている。邦訳の『長崎の歌』は一九八九年十二月に、聖心女子大学同窓生グループ訳で、マリスト会から出版されている。

＊＊レント、四旬節ともいう。復活祭の四六日前の水曜日（アッシュ・ウェンズデイ灰の水曜日）から復活祭の前日（聖土曜日）までの期間のこと。

タンは、ついに追放の日々から安全な我が家へと帰還して、信仰の実践をやっと許されたのである。彼らは浦上で農夫として土地を耕し、自分たちの生活を立て直した。日本が厳しく迫害しても滅ぼし得なかったキリシタンを、西欧は一瞬のうちに全滅させ得たのだ。

「この人たちは、誰よりも信仰厚く、誰よりも試練に耐えた神の子らではなかったのか?」永井隆博士は問う。

第二次世界大戦中のユダヤ人大虐殺のあと、その意味を探るのは邪悪なことと多くの人が思った。しかし、長崎に対する回答が「無意味さ」だとするのは、受け入れることができない。キリスト教の西欧が、アジアにおける親友を生け贄にしたことは、ある真実を明白にしたと私には思える。それは、「汝の敵を愛せよ」というキリストの戒律が、実例へと変わったのである。敵だと思っていた日本人が、実際には友であったのだ。長崎での啓示は、あらゆる敵が本当は友であると悟ることなのだ。誰かに敵対する前には、その人のなかにある、隠された友を探し続けなければならないのだ。

「光を見たいと望む者には充分な光が見え、闇を見たいと望む者には、充分な闇がある」と、ブレーズ・パスカルが述べた。

潜伏キリシタンたちは、水を請い求めながら息絶えた。

「お水、下さい」

私の女神よ、彼らに水を与え給え。

八月六日に、酷い怪我のために容姿が崩れてしまった愛すべき「広島乙女」たち、三日後の灰の日に浦上天主堂で祈りを捧げていた敬愛する修道女たち、命の水を与え、「渇く」と言いながら息絶えた友なるイエス、よろめく足で憐れみの女神の玉座へと向かうこの老女を救い給え、と私は祈る。

3

第二次世界大戦の前には、長崎は東洋のナポリといわれていた。小説家の永井荷風は次のように書いている。「京都と同じく、長崎はその美しさと静穏さで訪れる人を圧倒する。そこは、石畳、土壁、古いお寺、墓地、そして大木の町である」

一六世紀に、長崎は両手を広げて外国人と西欧の宗教を歓迎した。しかし、その歓迎は長くは続かなかった。その奇妙な信仰の徒が反乱を起こして、日本は考えを新たにしたのである。何千人にもおよぶクリスチャンが殉教し、あるものは国内の人里離れた深い山中に逃亡し、またある者は海を越えてタイやフィリピン辺りに逃げ、そこで村に入ったり、村を作ったりした。

この恐怖の時代に、憐れみの女神は巧妙な変装を施した。聖母マリア像がアジア人の顔になったのである。報復を狙う役人が通り過ぎても、その像は仏教における憐れみの女神、観音に見えた。観音のなかには、十字架などキリシタンの大事な品々が隠されていた。この過酷な苦難の時に、救いの存在となったのはマリア観音であった。

一九世紀になって日本が再び開国を強いられてから、この迫害は和らいだ。試練に晒されながら耐え抜いたキリシタンたちが長崎に戻り、東アジアにおけるもっとも重要なクリスチャンのコミュニティが再度この地に根づいたのだ。一九二五年には、ロマネスク様式赤レンガ造りの浦上天主堂が完成し、人々がこれを祝った。双塔の鐘楼がそびえ立つその殿堂は、五〇〇〇人を収容でき、保育園や修道院、そして孤児院まであった。

一九四五年までに長崎は、西欧指向の研究と先進的学問の堂々たる中心地となり、西洋科学と医学の拠点となっていた。ヨーロッパの高名な医師が訪れ、先見の明の有る知識人が集まる長崎医科大学は、日本の超一流の学生を数多く惹きつけた。

§ § §

一九四五年八月九日は奇妙な日で、物事が計画通りに運ばなかった。

その朝、カトリック教徒で弱冠二五歳のチャールズ・スウィーニー少佐は、米国の爆撃機B29「ボックスカー」のコックピットに入って操縦を担当することになっていた。愛想の良い顔をしたその青年は、少し太めの子どもっぽい身体の後ろに両手を回し、一〇人の乗組員と一緒に写真に納まっていた。前列五人がしゃがんで、後列五人が立っていた。

世界で二番目の原子爆弾投下は八月一一日に予定されていたが、天候と戦略の関係で二日前倒しとなった。

指揮官の目から見れば、スウィーニーは余り従順というわけではなかったが、極めて優秀なパイロットであり、飛行技術は卓越していた。それより三日前の八月六日に、彼は乗組員と共に観測機「グレート・アーティスト」に乗った。それは一回目の原爆投下による爆発の威力を計測するための機器を積んでいた。このグレート・アーティストが二番目の原子爆弾を運び、ボックスカーが観測機として飛行することになっていた。だが、この原爆投下の特別任務が前倒しされたため、すべての機材を移し替える時間がなく、グレート・アーティストが観測機のままになった。

米国管理下にあったテニアン島に起こった不運な出来事については、報告書によってわずかな違いがある。その一つによれば、乗組員たちは不順な天候のせいで懸念を深めていた。そして地上勤務員か飛行技師のジョン・クハレックのどちらかが、ボックスカーの重大なトラブルを発見した。燃料ポンプの一つが作動しておらず、二四〇〇リットルの燃料が使えなくなっている。飛行機は余計な重量を抱えたまま飛ばなければならなくなった。それにも拘らず午前一時五六分（あるいは三時四九分）に、乗組員たちはこの重量オーバーの飛行機で闇のなかを飛び立った。その機には、ウィンストン・チャーチルにちなんでファットマンと名づけられた、四・七トン、三・七メートルの丸形核兵器が搭載されていた。当時、世界最長の滑走路を必要とした、B29の衝突や爆発事故は珍しくなかった。

安全に空中に浮かんだあと、ボックスカーは屋久島の上空九〇〇〇メートルの合流地点へと向かった。当初合流地点とされていた硫黄島には台風の恐れがあった。そこで合流するはずだったのは、ボックスカー、グレート・アーティストと写真撮影のための機器を積んだビッグ・スティンクの三機であった。合流地点で一五分以上待ってはいけないという命令だったが、ビッグ・スティンクが時間通りに現れず、ボックスカーは二〇分、三〇分と旋回し続けた。四〇分間も貴重な燃料を空費したあと、ついにその場を去って目標都市の小倉に向かった。

こうして遅れたために、小倉の街は雲と煙で視界が不明瞭となっており、必要とされた標的の目視を阻んだ。三度旋回しては接近し、三度爆撃態勢を試みたが、それでも視界はゼロ。燃料が残り少なくなり危険だったので、ボックスカーは長崎へと向かった。

なぜ、長崎だったのか？　ウォルター・ルパシングの「広島と長崎の思い出」*によれば、長崎は広島、小倉、新潟に続く四番目の候補地だった。ロバート・オッペンハイマー委員会は、最初、京都、広島、横浜、小倉（当時、日本最大の兵器工場の一つがあった）と新潟を候補地として挙げていた。御所に投下するという議論まであった。京都は、合衆国陸軍長官ヘンリー・スティムソンの介入で目標地から外された。スティムソンは新婚旅行でその美しい古都を訪れていたのである。同じように美しい長崎が、その代わりに選ばれた。

二つの報告書によれば、ボックスカーの機上では赤ランプが点火され、心臓が止まるほどの緊張感に包まれ、まさに悪夢であったという。爆撃手と助手が三〇分間の死闘の末、異常を回復した。

もう、かろうじて戻れるほどの燃料しか残っていなかった。爆撃航程のチャンスは一度しかない。命令がどうであれ、選択の余地はなかった。目視なしに原爆を投下することになるだろう。雲が街を覆っていたので、レーダーで進んだ。投下の二、三〇秒前に、爆撃手のカーミット・ビーハンには、雲のなかにぽっかりと穴が広がっていくのが見えた。最後の数秒のうちに、彼は照準を合わせた。のちにビーハンは手書きの報告書で、「『目視による投下のみ』という命令に沿うことができて、大きな肩の荷が下りたようだった」と記している。原爆投下の時刻については、午前一〇時五八分と一一時一分の二説がある。

永井隆博士は著書『長崎の鐘』のなかで、下から見たこの瞬間について述べている。B29は「巨大な手のひら形をした雲の中指にあたるその突端から」現れた。爆弾投下の四三秒後に、目標から二・四キロ北西の上空五〇〇メートルの地点で、爆発が起こった。「摂氏五千度の熱」をもった爆風が、辺りを完膚なきまでにたたきのめした。辺りのものすべては真空となった空に吸い込まれ、そして火の玉となって降り注ぎ地上に激突した。

長崎では、被爆地域が山に囲まれた盆地だったので、被害を免れた部分も多くあった。二度目で最後の原爆が長崎に投下されたことで、世界は核戦争を免れたのだと、のちに永井博士は考えた。だが、浦上の潜伏キリシタンは守られなかった。彼らは、この世のものとも思えない爆風と灼熱、炎と黒い雨によって壊滅させられた。

東洋のキリスト教の中心地が、キリスト教徒の落とした爆弾で撃滅されたという話を、友人の哲学

＊ Walter Rupasinghe, "The 64th commemoration of the atomic attack on Japan: Remenbering Hiroshima and Nagasaki," *The Island Online*. http://island.lk/2009/08/06/features4.html.

者にすると、彼は「神は見ていなかったんだね」とクスッと笑った。彼は、慈しみ深き全能の神を、馬鹿げた考えだと思っているのだ。その同じ腑に落ちない話を、トロントの夕食会で話したとき、同僚が吹き出して、「それは幸運だったこと」と言った。私は一瞬愕然としたが、その冗談を理解した。クリスチャンがクリスチャンを殺すって。何と都合のいい、何と滑稽なことか。そう言いたかったのだ。私は怒りに打ち震えた。

人生最高の興奮だったと、インタビューを受けてスウィーニーは、ボックスカーから原爆を投下した際のことを振り返った。広島に落とした原爆よりも閃光はまばゆく、「うっとりする光景で、息をのむほど美しいと同時に不気味だった」

長崎を覆った雲は、外側は白く、内側は燃え盛る火で赤く、また放電が起こって赤や黄、紫などの美しい色を呈していたが、やがて琥珀色にと変化した。地上の「茶色っぽい胆汁」から次第に「黒煙と土埃の荒れ狂う柱となって立ち上がり、最初のものほど鮮やかではないが二個目の火の玉を放出した。その柱は木の幹のように堅固に立ち、一番下は深い紫で中ほどは赤味を帯びており、上のほうは茶色く色あせていた」

スウィーニーは、紫、オレンジ、赤などのこの世ならぬ虹色の輝きを目にした。それは過去にただ一度だけ見たが、そのとき以降もう二度と見ることはないものであった。

地上で起こっている大虐殺の一一、二キロ上空で、ボックスカーはあたかも「電柱で殴られたような」強い衝撃を二度受けた。「その衝撃波が池のさざ波のように見えた。我々は事態を予測していたが、それでも信じ難かった」

この時点からボックスカーは深刻なトラブルに陥った。硫黄島に帰還する燃料がなかったので沖縄に向かったのだが、燃料計はすでにゼロを指しており、スウィーニーは緊急事態を告げる遭難信号筒への点火を命じ、機内にはその煙が充満した。二人のパイロットがのしかかるようにしてブレーキをかけ、機体は九〇度回転して止まった。エンジンが鈍い音を立てていた。スウィーニーは壮烈な着陸を達成した。

「手に汗握る任務だった」と爆撃手のビーハンは記している。彼はテニアン島への帰還の日に二七歳の誕生日を祝った。

数週間後、スウィーニー少佐は長崎を訪れて大虐殺を目にした。彼は「自国の人たちが苦しもうと、他国の人たちが苦しもうと、戦争の残虐性に誇りや快楽を感じはしない。貴重でない命はない。最後の原爆の任務を指揮した人間として、その栄誉を一度限り自分一人に留めておけるように祈る」と記している。

ボックスカーの飛行技師であったレイ・ギャラガー軍曹は、一九八三年に書いた手紙のなかで述べている。「この二つの出来事を振り返って言えるのは、この任務で飛行した我々が生きているのは幸運だし、起こったことは起こるべくして起こったということだ」

一九五六年に当時としては最年少で陸軍准将となったスウィーニーも、広島へとエノラ・ゲイを操縦したポール・ティベッツも、多くの栄誉と勲章に飾られた長い生涯を終えるまで、自分たちが必要な行為を遂行したと信じて疑わなかった。「邪悪極まりない軍隊」が敗北し、アメリカ人の命が救われたのだ。二人とも、ハリー・トルーマン大統領は、日本に原爆を落とすという正しい決断をしたと、ゆるぎない確信を抱き続けた。

修正論者がこれらの行為の有効性に疑問を呈したとき、スウィーニーは『戦争の終結』（*War's End*）という自著で、「正気でない教授たち」や「無意味な理論家たち」の考えに反論した。もっとも眩い虹の色を目撃した彼が、白か黒かの判断基準しかない空を飛び続けていたのだ。

スウィーニーは二〇〇四年七月一六日に死去したが、七月一六日は原子力時代到来の記念日だった。一九四五年のその日、最初の原子爆弾「ガジェット」が合衆国ニューメキシコ州のトリニティーで爆破された。ガジェットもファットマンもプルトニウム爆弾であって、広島に落とされたものとは違っている。

スウィーニーの死亡記事は小さく掲載された。

原子爆弾のパイロット死去（八四）。

第二次世界大戦終幕の頃、日本の長崎に原爆を投下した米爆撃機パイロットが、金曜日、ボストンの病院にて死去。彼の息子のジョセフによると、チャールズ・W・スウィーニーが、マサチューセッツ総合病院で自然死した。

その日私が話した人は誰も、スウィーニーが何者なのかを知らなかった。

4

自分の国を愛し神を愛しながら、戦争に翻弄された二人の男は、任務を帯びてテニアン島に行った。一人は自分が正しいと考え、もう一人は胸を叩いて嘆き悲しんだ。

一九四五年八月、ジョージ・ザベルカはアメリカ空軍の任務に就いていた三〇歳の神父だった。写真ではやや悪戯っぽく口を大きく開けて笑い、優しい目をしている。楽しいことが好きな理想家らしい。

ザベルカ神父は従軍司祭として八月六日と八月九日の任務のために祈りを捧げた。

「全能の神、恩寵の父よ、今夜飛び立つ者の上にあなたのお恵みがありますように……」この祈りが捧げられているあいだに、同じ神への日本語の祈りが浦上天主堂から天に昇っていた。

ザベルカは、忠実な神父であるとともに忠実なアメリカ人であった。彼は戦争の正当性を信じていた。聖餐を執り行ない、兵士を祝福し、彼らの精神的要求に応えた。テニアン島の病院には、神経衰弱寸前の空軍兵が一人収容されていた。その兵士が街の目抜き通りを低空飛行しているとき、彼の目前に子どもらしく感嘆して飛行機を見上げた少年がいた。数秒後にその子は命を落とすのだ。ナパーム弾はすでに発射されていたのだから。

終戦直後、ザベルカは長崎の瓦礫のなかを歩き、浦上天主堂の廃墟にも行った。崩れ落ちた瓦礫のなかに、香を焚く吊り香炉のかけらを見つけて拾い上げた。神なき敵地で、自分自身の伝統に非常になじみ深いものに行き当たるのは、さぞかし奇妙な感情だったろう。

正しい戦争などあり得ないと、ザベルカは考えるようになった。三九年後の一九八四年に、彼は長崎を訪れ、自分が「国の認可を受けた殺人」に加担したと告白した。心から許しを請いに行ったと彼は言う。

「審判の日には、このことに関して正義を求めません。神の憐れみが私の救いです」ザベルカ神父は言う。

「キリスト教倫理が神への冒涜行為を正当化するなんて、それほど不条理なことが他にあるでしょうか」

キリスト教が始まった最初の三〇〇年間、教会は平和の道を歩んだが、コンスタンチノープルで教会と国家が結びついたときに、それが変わった。

「キリスト教社会の方法として殺人をすることの欺瞞、人間を簡単に処分することの欺瞞、国家主義と軍国主義の殺人の神々に奉仕するキリスト教の儀式という欺瞞、核兵器による安全保障という欺瞞。こういう欺瞞を暴露したい」とザベルカ神父は言う。

「過去一七〇〇年にわたって、クリスチャンは異教徒を虐殺してきたが、その同じテロと殺戮が一九四五年八月九日に訪れた。しかし今度は、クリスチャンが同じクリスチャンを虐殺したのである」

そのことは、ザベルカにとって「メッセージ」のように思えた。「その日にカトリック教徒が、日本で最大にして最初のカトリックの町の上に、原子爆弾を投下したのです。私がカトリックの神父として、修道女への原爆投下を非難したのだろうと思われたかもしれません」（その日長崎で、三つの修道会のシスターが死去した）。「私が、カトリックの道徳観の最低限度の規準として、カトリック教徒はカトリック教徒の子どもたちに爆弾を落とすべきではないと示唆したのだと思われたでしょう。しかし、そうではありません」

広島と長崎の四〇周年記念日に、ザベルカ神父はスピーチをした。演題は「爆弾に祝福を」*というものであった。沈黙の重さに耐えられなくなったのだ。

私にとって、長崎への原爆投下は広島への投下よりも重い意味があります。一九四五年の八月九日までに、原爆を落とすとどうなるか我々にはわかっていました。それでも尚、我々は原爆を落としたのです。苦悶と苦痛を引き起こすことがわかっていたし、また、少なくとも我々のリーダーには、原爆投下がもはや不必要だということもわかっていたのです。日本人はすでに敗北していました。彼らはすでに平和を訴えていたのです。学校も、教会も、宗教団体も壊滅して

---

* "Blessing the Bombs" (LewRockwell.com; August 17, 2005) and an interview: "A Military Chaplain Repents" with Fr. Emmanuel Charles McCarthy (LewRockwell.com; April 13, 2007).

いたことを、私は知っていました。それなのに、私は何も言わなかった。

今私が言えることは――私は間違っていた、それだけです。けれど、私に言えることがこれだけなら、いかに力がなくても私は言わなければなりません。そうしなければ、悔い改めと和解の過程において、絶対に不可欠な最初の一歩を避けて通ることになってしまうからです。過ちを認め、罪を認めることがその一歩なのです。世界中のクリスチャンは、「汝の敵を愛せよ」というキリストの教えには選択の余地がないことを知るべきです。

ジョージ・ザベルカは一九九二年四月一一日に永眠した。

5

永井博士は素晴らしい人だ。原爆以前の博士の人生を臭わせるような手掛かりは、ほとんどない。溶けて蒸発してしまった博士の学生たち、皮膚がだらりと垂れ下がり、「ぬるぬるしたトカゲ」のように這いまわっていた学生たちについても同様だ。僅かばかりの写真や、スケッチや本や映画があるだけだ。毎年追悼式がいくつか行なわれ、巡礼者が何人か訪れる。

私は永井隆博士を、その驚くべき精神力と、この世のものとは思えないほどの燃え滾る力を、知りたいと願う。博士は、骨の髄まで染み込むような痛みを抱えながら、爆心地の近くのちっぽけな家で最期の日々を過ごした。その一間だけの部屋は、かろうじて布団が敷けるほどであった。

　博士は神秘の人で、家庭人でもあり、原子物理学者である。また、長崎医科大学物理的療法科部長でもあった。

「大和の人」の文化には、限界を超えて耐え忍ぶ資質がある。「ガマンヅヨイ」というこの資質は、日系一世や私の両親にもあった。二〇一一年の大地震のときの福島にも、それは見られたし、南アルバータ州のサトウキビ畑でも、そこで石のように黙して耐えた人々の顔にも見られた。とくに、母のなかにその資質は見られた。母は私の知る限り、もっともゆるぎない人だった。

　パウロ・グリンの本を読むうちに、私は永井博士のなかにその徹底的な我慢強さを見た。彼は一九〇八年に産まれたが、武家の出である母から厳しく躾けられた。雌獅子は、我が子を谷に投げ落とし、這いあがってくる能力のある小獅子だけを育てるという。幼いころ隆はちょっと生意気だったからといって、母親に真っ裸にされて雪のなかに放り出された。この子は、谷を這いあがってくる子どもだった。

　母親の死は、隆に深い衝撃を与えた。母が死の数分前に強い愛のこもった眼で隆を見つめたので、母の魂は生きて自分のなかに宿るのだと、隆は直感して確信した。隆が二二歳のときであった。

　長崎で下宿先に選んだ二階建ての家にいる数年のあいだに、無神論者だった隆は次第にクリスチャンへの道を歩んでいった。隆は当時知らなかったが、その下宿屋は二世紀半にわたって潜伏キリシタンの秘密の本部だったのだ。そこは先祖代々潜伏キリシタンの指導者であり、殉教者の子孫である森山家の住処だった。その家で、隆は将来の妻、生涯愛を捧げる妻、緑に出会った。

緑を通して、また自分の霊的な感覚からも、そしてパスカルの『パンセ』を読んで、永井隆の人生において渇望していた根っこの一本一本が、このとき水を得たのである。パスカルのように、彼は科学者と神秘主義者という特別な組み合わせを、体現したのだ。永井は修練と忠誠を、救い主「イエス様」イエス・キリストに転移させた。

一九四五年八月九日、永井博士は大学の二階にある自分の部屋で、学生の指導のためにレントゲンフィルムを選り分けていた。『長崎の鐘』のなかで、博士はその最初の瞬間について詳しく書き記している。ピカッと閃光が走る。彼は伏せる間もなく猛烈な爆風に襲われ、ガラスの破片や家具や備品が、空中に吹き飛ばされて無残に舞い踊る。やがて不気味な暗闇と、冷気と静寂が続いた。右側頭部の動脈が裂けたところから生温かい血が噴き出して、頬を伝って首の周りに流れている。博士は瓦礫のなかに埋まっていて、頭の周りはガラスのかけらだらけだった。

長崎医科大学は爆心から七〇〇メートルほど離れたところにあった。コンクリートの建物内にいて生き残った人もいた。永井博士は被爆当日の光景を目の当たりにし、のちに著書のなかで記録にとどめている。手首から皮膚が剥がれ、裏返った手袋のように指先からぶら下がっている。妊婦の身体が切り裂かれて開き、へその緒から胎児が垂れ下がっている。「お水、お水を」と酷い渇きを訴えながら死にゆく人。頭上に渦巻く黒煙、厚く、赤い雲、降ってくる火球、頭のない遺体、口からも、耳からも、鼻からも泡立って吹き出す血、そしてねばねばした黒い雨。がれきの下から、級長の友人が歌いながら叫ぶ。「諸君、さようなら。僕は足から燃え出した」こういう消滅した世界の衝撃を博士は記録に残した。

生き残った負傷者を集めながら、静かな決意が、秩序を保ち組織を作る力が、奉仕の倫理が、その絶望のなかから沸き上がってきた。とてつもない健全さ。私の継承してきた文化のなかに息づく、この力強い精神の平穏を心から称賛する。それは私の両親や他の一世の人生のなかにもみなぎっていた。家庭やコミュニティ内の紛争からさまざまなストレスがあったときにも、取り乱しているのを見たことは一度もない。

永井博士は理解しがたい状況にどう対処すればよいか策を講じた。一人、また一人と生存者がお互いを確認し合い、一握りの学生、技師、看護師、教授たちが博士の周りに集まった。ボロを纏っている者もいれば、裸の者も、傷を負っている者もいた。太陽が爆発したのか？　世界が終わるのか？　一面の死者や死にゆく人たちのなかで、博士は生存者に向き合った。今生きている人を救うために、自分のリーダーシップが求められている。何と不可能なことに向き合っているのだと思うと、引きつったような笑いがさざ波のように漏れた。一同も笑って、一時の安堵感に浸った。機械は後回しにして、人間を助けよう。にわか救護隊は、身支度をしてまたここに集まることになった。昼食は一緒にとろう。「弁当忘れるなよ」

外来患者室の廊下には、凄まじい爆風で衣服をはぎ取られた屍が、灰色の幽霊さながら山積みにされていた。しかしこんな場所でも、助けを求める人の声や、通り過ぎる博士の足を掴む手があった。

負傷者を診るためにかがみ込んで、自分のこめかみを抑えていた手を放すと、血が噴き出して壁にはねた。

その後救護隊が集まって南瓜を食べていると、著名な原子専門家の清木博士が裸で現れた。「傷つける闘牛」さながらのその男は、永井博士をずっと探していたのだ。南瓜を勧められても断った。すぐに助けに来てほしいと言う。「学生たちが死にかけとる。注射しに来て下さいよ。見殺しにはできん」

救護に集まっている仲間たちもまた未知の病気に犯されていたのだが、手を休めることはなかった。外科用メス、ピンセット、針、消毒剤、包帯など、やっと持ち出したごく僅かな医療器具を使って、懸命な救護活動に精を出した。

彼らは丘の野原に立って、長崎医科大学が黒い炎に包まれているのを茫然として見ていた。何年も費やした研究資料、記録、写真、医療機具や装置が、そして彼らの夢が、黒い炎のなかで吹き飛んでしまった。ただ唖然として見るばかりだった。ここで永井博士の真価が発揮された。他の医者が病室から白いシーツを持ち出してくると、博士は、顎の回りについていた血餅で、そのシーツの真ん中に赤い丸を描いた。日の丸である。絶望のなかの挑戦。棹にその旗を掲げ、それを抱えて彼らは丘を上った。

「血染めの旗を高く掲げ…」*

永井博士は倒れるまで、病人の手当てをした。意識を失っていた博士が草むらで目覚めると、同僚の医師が、博士の骨の陰に引っ込んでいた動脈の断端を結紮する手術をしていた。その激しい痛さのために博士は思わず草を握りしめた。

八月一二日に永井博士は初めて深い眠りについた。そのときまで、右半身にたくさんある切り傷の痛みに気がつかなかった。次の日になると、長崎を離れていた看護師が戻って来て、チームにまた活気が出た。チームにはボロを纏ったり、服がない人もいたが、葉っぱを使ってカモフラージュをしたり、敵機の音がするとまた閃光が走るのではないかと恐れたりしながら、村々を巡回した。天然の水で体を洗ったり、親切な農夫が食事を出してくれたりすると、皆元気を取り戻した。

八月一五日に日本が降伏したという知らせがあった。愛国者の永井博士には信じられなかった。ついに真実に向き合ったとき、博士は嘆きの声をあげた。「日は沈み、月が昇っても、我々が泣きやむことはないだろう。雲を突き抜けてそびえる富士山を象徴とし、東の海から昇る朝日に照らされる日本、このわが日本が死んだ。わが民族、大和民族は、奈落の底に投げ落とされた。我々は生き恥をさらしているだけだ。原子爆弾のホロコーストによってこの世を去って行った同胞こそ幸せなのだ」

日本の敗北宣言は、それまで平民は耳にしたことがなかった天皇陛下の玉音放送で行なわれた。何世紀も前の一二八一年八月一五日は、「神風」と呼ばれる暴風が吹いて、圧倒的軍事力で襲撃してきた蒙古のフビライ・ハンを打ち負かした日である。世界を征服した蒙古の凶暴な軍隊は、強姦した女

＊讃美歌21　五五七番『み神の風うけ』。永井博士が旗を掲げている姿から、筆者がこの讃美歌を想起して書き記した。

たちの手に穴をあけて数珠つなぎにし、その巨大な船の船首につるしていた。そのときの神の介入は、日本が決して敗北しないという証であった。また一五四九年の八月一五日には、聖フランシスコ・ザビエルが上陸して、異国の宗教をもたらした。その後何世紀にもわたって、日本の支配者はその宗教を撲滅しようと努めた。八月一五日はまた、聖母マリアの被昇天の記念日でもある。勝利の日、歓迎の日、そして敗北の日。昇る日が朝に沈み、西洋の日が夜に昇る。敵が到着する日。友の来たる日。八月一五日。

八月一七日、永井博士は負傷者の救護に出かけるために、エネルギーを奮い起こすことができなかったが、使いの人が肩を落として帰って行くのを見ると、突然希望が注入されるのを覚えた。一人の人間、たった一人の人間でも、救う価値がある。国は敗れたが、傷ついた人は生きている。博士は己と、彼のチームを奮い立たせた。

深い絶望のなかで次の瞬間には、自分が存在するという意味のもつ力に気がついた。自分は医者だ。科学者なのだ。長崎にいる。「これまでどこにもなかった病気、古今東西の学者がまだ見たことのない病気、私たちが医学史上の観察者として選ばれた病気……そう心に決めた時、それまで暗く圧しつぶされていた心は、明るい希望と勇気に満ちみちた。私の科学者魂は奮い立った。私の血まみれの、包帯に包まれた五体は精気を取り戻した。私は焼け石に腰を下ろしていたその場から文字どおり立ち上がった」*

九月になると永井博士自身の原子病が深刻になったが、それでも他人からの救護の依頼に応じた。

患者を治療して帰る途中、博士は意識をなくして崩れ落ちた。ふと気がつくと呼吸がおかしくなっている。「シェーンストークスだ」と博士は声をあげた。臨終数時間前から始まる呼吸の兆候である。一週間昏睡に陥ったのち、博士は危篤状態を脱した。奇跡の回復だと、皆が言った。新しく与えられた命の日々を、博士は働き続けた。

永井博士は原子物理学者として、その街に何が起こったのか理解していた。医師として原子病を治療し、熱心に観察した。学者として記録を残した。博士とそのチームは、日毎に新しい治療法を開発した。吐き気にはビタミンBとブドウ糖、火傷にはミネラルウォーター、生レバーと野菜、酒が効く。そしてもっとも有効だったのは、患者の血液を二cc採って、本人の臀部筋肉に注射することである。

博士は、細心の注意を払いつつ熱心に病気の進行を記述した。皮膚の損傷のタイプ、傷の幅と色、木片やコンクリートやガラスがめり込んでいて、皮膚の下で痙攣している筋肉の状況を書き留めた。爆心からの距離の違いによって、火傷や水疱の皮下組織や真皮組織がどのような影響を受けるか、潰瘍のサイズとできた位置、消化器官への損傷、元気そうに見えた人の突然死の増加などを書き記した。博士は原爆投下以前の研究と、自分で目撃したことを比べて、線量の度合いによって異なる損傷を、骨髄、リンパ腺、生殖器などとくに放射線に敏感な身体の部位毎に分類した。

博士の著書は、原爆投下後一年で完成し、検閲機関で危険な破壊的書物であると判断された。『長

＊永井隆（一九四八）『この子を残して』アルバ文庫（一七－一八頁）

崎の鐘』が出版されたのは一九四九年一月になってからのことであった。その間も永井の詩人魂は、象徴的な力として息づいていた。一九四八年には、千本の桜の木を植樹して、地獄の風景を桜の丘へと変えたのである、

博士にとって、何世紀にも及ぶ迫害を生き抜いた「生粋の」クリスチャンである潜伏キリシタンの虐殺は、神の子の犠牲を共有するものとして献げられた燔祭（焼き尽くされた捧げもの）を意味した。これはすべて定められたものであった。爆弾は神の翼の下、風に運ばれたのであって、爆弾で死滅した者たちは、ゴルゴタの丘での聖なるお方の死に参加したのだ。一九四五年八月九日に神はどこにおられたのか？　神は長崎におられたのだ。

エリー・ウィーゼルはある瞬間を思い出す*。アウシュヴィッツで絞首台に吊るされた少年が、体重が軽すぎるため直ぐには死ねず、ゆっくりと窒息していったときのことだ。収容所に入れられている者は、その様子を見ることを強いられていた。後ろにいた男が、「神はどこにいるんだ？」と言ったとき、ウィーゼルには心の声が聞こえた。「神がどこにいるかだって？　ここだよ、この絞首台に吊るされて」と。

その窒息してゆく子どもの辺りで、八月の長崎のどこかで、神は我々人間の憐れみを求めている。

6

永井博士とその学生たちは原子爆弾の開発競争について知っていた。西洋のどの科学者が関与したのだろうと推し量った。日本では軍が研究を中止させた。開発にはウラニウムが必要で、カナダにはその備蓄が大量にあると永井博士にはわかっていた。ウラニウム二三五が最適であり、浦上に投下された爆弾が魚雷のサイズくらいだということもわかっていた。

「皮肉なことに、我々自身が、自らの研究の中心理論であった原子爆弾の被害者になったのだ」と博士は記している。「とはいえ、我々にとって貴重な体験だった。身をもってその実験台上に乗《ママ》せられて親しくその状態を観測し得たということ、そして今後の変化を観察し続けるということは、まことに稀有のことでなければならぬ。私たちはやられたという悲嘆、憤慨、無念の胸の底から、新たなる心理探求の本能が胎動を始めたのを覚えた。勃然として新鮮なる興味が荒涼たる原子野に湧き上がる」**

長崎への原爆投下より少し前に、永井博士は白血病と診断されている。白血球が通常値の一〇倍の高さだった。研究の一部で、旧式なX線発生機を使っていたためだ。

＊ Elie Wiesel (2008), *Night*, 31『夜』村上光彦訳

＊＊永井（一九四九）『長崎の鐘』八五–六頁。なお、これ以降の永井からの引用は、説明がない限り同書からのものである。

「犠牲なくして科学の発展はない」と博士は『長崎の鐘』に記していた。

三〇代の若さで博士はその診断を受け、余命は二、三年しかなかった。妻の緑は強く祈りながらも、幼い子を連れた未亡人になる覚悟をしていたが、先に死んだのは彼女のほうだった。一九四五年八月九日のことである。

原爆が落ちたあと、博士は病気の身でありながら、人々が爆心地帯に戻り始めると、自分もその地域に居を移して被災者を間近で診察した。

爆撃直後の爆心地では短期的な放射能の被害状況が激甚であった。しかし、アリは元気にその地を這いまわっていた。ミミズやドブネズミも生き残っていた。小動物が此処で生き延びられるのなら、人間も生き延びられるではないか。爆撃後三週間以内に瓦礫のなかで生活したり働いたりした人たちは、病気になった。九月五日前後に突然、説明のつかない死亡率の増加が見られた。しかし、三ヵ月たってからそこに戻ってきた人々には、目立った症状が出なかった。

原爆が落ちた地域には七五年間は住めない、という説がある。「しかし、放射能の減弱速度がかなり速いので、七五年説は受け入れ難い」と永井博士は書いている。一年後に妊娠した女性もいるが、奇形児は生まれていない。低線量放射線被爆の長期的影響と、その後の癌発生の可能性については、確信的なことは述べず、これは将来の科学者に残された重要な課題であると、記している。

終戦から没年のあいだに、博士は二〇冊の本を書いた。「私には心がある。両手がある。目がある」と彼は言った。伝説の姫ミヤオ・シャンは、王である父親の治療のために、自分の腕と目を差し出したあと、慈愛の女神となったそうだ。病床の博士は、まだ残されている手と目を使って、一行ずつ本を書いた。一行書くと休み、祈り、多くの訪問客の相手をした。

晩年にも、博士は自ら「如己堂」と名づけた二畳一間の小さな家で、仕事を続けた。如己堂とは、「己自身のような家」という意味で、「己の如く人を愛せよ」という聖句からとられた＊。博士の質素な住まいには、ヘレン・ケラーが訪れ、手を差し伸べて博士の手を取った。博士はその手を、自分に会うために飛んできた青い鳥の「羽ばたく翼」と表現している。天皇陛下も法王の特使も、博士を見舞いに訪れた。そして巡礼者が絶え間なく訪れて、博士の著述の手を止めた。

博士は一九五一年五月一日、マリアの月の最初の日に帰天した。マリアが迎えに来たのだと皆が言った。享年四三歳で、宣告されていた余命年数を超えていた。二万人が告別式に参列し、長崎中の教会の鐘が高らかに鳴り響いてこの聖人の旅立ちを告げた。

息子の誠一《まこと》は棺の周りに群がる群衆を見て、その棺の上に泣き崩れた。「父さん、ほら、こんなにたくさんの人から愛されていたんだよ」

§ § §

＊マルコによる福音書一二章三一節。

私は永井博士の二〇冊の著作のうち、二冊しか持っていない。二冊目の『この子を残して』は、出版するつもりで書かれたものではなかった。その明るい黄色の表紙[*]には、折り紙の鶴の背に乗って、小枝を手に颯爽とした男性の漫画が描かれている。裏表紙では、小さな女の子と男の子が、天に向かって昇りゆく星に手を振っている。その本には、すぐに孤児となる自分の子どもたちへの、博士からの愛情あふれる手紙が所収されている。

死にかけている父親と二人の幼い子どもたち。この三人が生きてゆく正しい道はどこにあるのか、博士は懸命に考え、悩み、そしてその心得を書き留めた。自分一人のために生きるような人生、つまり、称賛、利益、成功、そして名声を求めた人生は、消えてしまう。まるでその人が生きていなかったかのようだ。天国にある宝物はいつまでも消えない。子どもたちには覚えておいてほしい。

博士が子どもたちに残した本の一四四ページ[**]で、私は困惑し、黄色い付箋を貼った。博士が原子力エネルギーに関して提示した問いである。

友人ほぼ全員と同様に、私は放射能に関わるどんなことにでも怖れを抱き、レントゲンにさえ萎縮していた。放射能は目にも見えず感じることもできない、得体のしれない危険物なのだ。博士の考えを知ってから、私は自分の恐怖に疑問を抱き始めた。

パウロ・グリンによれば、「永井博士は、原子力を発見したことを、パンドラの箱を開けてしまったことだとは決して考えていなかった。博士によれば、宇宙全体は素晴らしいものであって、原子エネルギーはその壮大な活力の一次元なのだ」。

『長崎の鐘』のなかで博士は問いかける。「人類は原子力時代に入って幸福になるであろうか？　それとも悲惨になるであろうか？」

神が宇宙に隠しておいた原子力という宝剣を嗅ぎつけ、捜し出し、ついに手に入れた人類が、この両刃の剣を振っていかなる舞を舞わんとするか？　善用すれば人類文明の飛躍的進歩となり、悪用すれば地球を破滅せしめる。いずれも極めて容易簡単な仕事である。そして右にするか左をとるか、これまた簡単に人類の自由意志にまかせられてある。***

資源の乏しさに対処するために、文明の力ではなく軍の力を使う決断をした日本の選択を永井博士は嘆いた。原子爆弾の爆発で、彼はまったく新しい天然資源がもたらす新時代の到来を悟った。世界は石油と石炭の限界に直面したのだ。人類が知性と知恵さえもって扱うならば、原子力のなかには輝ける新しい希望が秘められている。「神は人間が必要とするすべてのものを創り給うた。それを利用するのは、我々の使命だ。我々の為に神が用意された創造物をもし使わないとすれば、それは怠惰で

＊これは『この子を残して』の英語版 *Leaving My Beloved Children Behind*（モーリス・タツオカ訳）の表紙である。
＊＊ジョンストン訳、英語版『長崎の鐘』のページ数を指すと思われる。
＊＊＊永井（一九四九、一五六頁）。

しかなく、許されざることだ」

原子力の最悪な利用の被害を受けて生きた原子物理学者である博士が、その最良の利用を想像する。博士は科学に信頼を置いていた。「科学とは、真理と恋に落ちることである」。原子力を幸福のために活用しないのは、許されざることなのだ。

7

バンクーバーとトロントのそれぞれにワンルーム・マンションを所有しているので、過去二〇年間両方の市を気楽に行ったり来たりしている。バンクーバーでは、ウェストエンドに四階建てでエレベーターのない、ワンルーム・マンションがある。レストランもすぐ近くにあり、イングリッシュ・ベイとスタンレー・パークに沿った散歩道もすぐそばだ。両親の使っていた装飾品、アルバム、家具、食器、そして色あせた写真など、この部屋では過去のなかに身を置いている。すり切れた両親のタオルや枕カバーまである。床一面に古びたカーペットが敷かれたその部屋全体が、新しいペンキと新鮮な空気を切に必要としている。

トロントの部屋は、無駄がなく清潔である。何も掛かっていない白い壁と、白いクッションがあるだけの、ほとんどお墓のようなところだ。他の建物に視界を妨げられなかった頃は、私の一四階の部屋の窓辺から、列車がゆっくりとユニオン駅に入っていくのが見えた。世界一の多文化都市――

少なくともトロントっ子はそう呼びたがるのだが――で、小人たちの国際連合さながらにさまざまな人種の群れが、ドクドクと脈打つように地下鉄のほうへと行き過ぎる。線路の南側は車の川である。金属製の魚がガーディナー高速道路を泳ぎ、その向こうで海のように広いオンタリオ湖が地平線へと消えてゆく。ほぼ、ありとあらゆる形の交通機関が行き過ぎる。二輪車、四輪車、そして多輪車や、飛行機、船、フェリーなどだ。線路沿いには小さな原生林があって、リュックを背負ったホームレスがテントを張りに歩き回っていた。しかし、市当局が良かれと思って、その自然の恵み豊かな木々を伐採してしまったのだ。今は、都会の森の住人となったホームレスが、ときおり食糧を求めて帽子を差し出し、車から車へと回っている。

トロントのマンションの、他には何もない壁に二つだけ掛かっているものがある。一つは、色褪せた永井博士の絵葉書である。美しい目は上方を見上げ、手にはロザリオをしっかりと握りしめている。絵葉書の右のほうには、褪せた真鍮の踏み絵がかかっている。かつて日本の権力者が、キリシタンを狩り出すのに使用したのだ。数世紀にわたる迫害のなかで、十字架につけられた裸体のキリスト像が描かれた踏み絵を踏みつけることで、何千人ものクリスチャンが信仰を捨てた。キリストの身体と表情、その背景には聖堂のように見える建物があり、十字架の上にはピラトの書いた罪状書も付けられている。それらはみな、何千という足に踏まれたので、擦れてツルツルになっている。二万人の信者が信仰を曲げず、殉教を選んだ。この踏み絵は、両親の死後、私がトロントへ持ってきた数少ないものの一つだ。

一人暮らしをしていると、何日も友達に会わずに過ごすこともあれば、二〇人もの人たちがトロントの部屋に集い、クッションに、椅子に、そして竹の床の上に輪になって座ることもあった。日本で起こった地震と津波のあと、私たちは、トロントから日本へ、というグループを結成して資金集めの完売イベントを行ない、連帯を表明した。最近、このグループの友人たちは、気候変動に対処しなければ、何十億という人が死亡する恐れがあるとして、それを未然に防ぐために熱心に活動している。「平和の科学」* はそういったグループで、私はその会長である友人のメータから、入会を誘われていた。

§ § §

私の友人全員のなかで、メータ・スペンサーは飛びぬけて怖い人だ。感性においても、日本人とは対極にある。自分より他人の意志を尊重？ 控え目？ 和やかな関係？ そんなものはまったくなし！ 私には理解できない理由で、激怒したこともある。植物に喩えるなら、彼女は大きな棘のあるサボテンだ。身体が丸くて支配力が強い。

メータはトロント大学社会学部の名誉教授である。驚くほどエネルギッシュだ。止まらず、諦めず、そして屈服しない。単独で『平和の雑誌』(*Peace Magazine*)を刊行している。さまざまな著作があるが、とくにロシアと民主主義に関する学術的大著があり、国際平和事務局の運営委員を務めている。

彼女が言うには、「平和は戦って勝ち取るだけの価値がある」。これは、カリフォルニア大学バークレー校で、二〇世紀の代表的科学哲学者であるカール・ポパーから学んだそうだ。「彼の授業に出られて本当に幸運だった。彼の教えを銀行に預けて、今でもずっと引き出して使ってるみたいなものよ。たとえば、科学的理論を論じて争うのは良いことなわけ。争いは醜いこともあるけど、それでいいの。そうやって論破して、間違った考えを排除するのだから」

長いあいだの交際を通して、私はメータといるときには気をつけねばならないことがわかった。私であれ誰であれ、考えていることが間違っていると思えば、メータはその考えを排除するのを厭わない。私の考えは馬鹿げていて、まったく同意できないと、何度もメータから言われた。もっとも食い違ったのが、核エネルギーをめぐる話題だった。

8

エリック・ヴォークトに会ったのは、二〇〇六年にブリティッシュ・コロンビア勲章を受けるためにヴィクトリアに行ったときだった。エリックは高名な原子核理論研究者で、トライアンフ研究所（TRIUMF）の共同創立者である。トライアンフは、カナダ国立の素粒子物理学研究所で、『カナダの物理学』誌はエリックのために特別欄を設けて、突出した巨人と称した。晩餐会のテーブルで、彼

＊サイエンス・フォー・ピース。科学者たちの平和団体である。

は一人置いて私の隣の席だったので、気候変動の世の中でエネルギー資源の将来をどう考えているか、質問を投げかけた。何年かたって、私たちは友達になった。

一九二九年マニトバ州スタインベックの、規律の厳しい、非暴力主義キリスト教であるメノナイトの地域で生まれたが、信仰の締めつけから逃れて科学の世界へと向かった。メノナイトの平和主義は守り続けたが、自分には宗教的な素質がなかったと彼は言っている。まだ若い学生のころ、北米での最初の大規模な原子物理学会で、エリックは基調講演を行なった。その後、彼は世界的に偉大な科学者たちと肩を並べた。

直に会ったり、あるいはEメールで私たちは幅の広い会話をした。あるとき「我々は限りある宇宙に住んでいることがわかっている。なぜかというと、暗闇があるからだ。宇宙が無限なら、暗闇はないのだから」と、彼は言った。彼は楽観的で、それは生まれたときからだという。神秘に驚嘆するその伝染性の感性は、科学の驚異によって培われ、また科学の厳しさによって鍛えられたのではないかと思う。

エリックは核エネルギーの強力な擁護者である。核兵器拡散、核廃棄物の処理、放射能という三つの主要な危険については、すべて対処できるよ、と断言した。彼が思うには、「核」というその言葉が、広島と長崎に続く大きな恐怖反応を起こさせて、原子科学に対する理不尽な不信感を煽っているのだ。話は、福島、それから永井博士に及んだ。

「永井さんは他人に勇気を与えてくれる人だ。それに先見の明がある。もっと有名になっていいいはずだ、とくに日本ではね」とエリックは言う。

広島と長崎の生存者への低レベル放射能の影響について、永井博士は疑念を抱いていたが、それに対するエリックの解答を聞けば、さぞかし喜んだであろう。

エリックによると、「第二次世界大戦直後は、我々は安全確実を旨としていたので、ごく微量の放射能でも有害であるという立場を取っていたんだ。しかし、安全のため早期に取った我々の立場は、幸運にも間違っていた。半世紀にもわたる一連の研究で明白になったのだが、僅かな放射線量を受けた百万人ほどの人たちに、癌による死亡の無視できないほどの増加は見られなかった。数十年に及ぶ、決定的な証拠だ」

「証明できるほど決定的?」

「世界中の科学者が同意しているのだから。現在では、人間は僅かな放射線量なら回復できることがわかっている。理由は明らかだ。世界に今よりもずっと高い放射線が溢れていた時期に、生命は進化していたんだ。放射線が時と共に衰えるからだ。高放射能のその期間に生物は細胞障害に対する防御メカニズムを発達させたんだよ」

エリックは、私の友人や同僚から挙げられた核エネルギーへの異論に対して、一つ一つ応答した。

「反核運動には、合理性や科学的証拠を受け入れない狂信的な姿勢がある」ときっぱりと言う。

「けれど、核兵器は?」

「国単位でないと、核兵器は作れない。どこかの異端者集団に作れるという心配はない。そういうことはできなくなってるんだ」と彼は言った。

ディック・アズマはエリックの友達である。私が知り合ったとき、彼はトロント大学物理学部の部長を退官していた。日本人と白人のハーフで、なかなかの美男子だった。若々しく面白い人で、世界中のことをよく知っていた。第二次世界大戦のころ彼は少年だったが、父親が強制的に家族から引き放された。「父がどうやって耐えたかわからない」とディックは言った。まだ若いときに、自分はジャップじゃないと決めたそうだ。

「核エネルギーは、僕たちの時代で一番重要な問題だ」と、彼は話のなかで言ったことがある。「世界はそれを必要としているし、もうあまり時間がない」

メータと私は、いつもその問題を議論していた。

「あなたの永井博士が、核エネルギーに対して楽観的だったことは、良しとしましょう」とメータは鼻で笑うのだ。「博士は現代の科学者の研究した事実を知らなかったんだから。第二次世界大戦後しばらくのあいだは、科学者も政府もいわゆる『原子力の平和利用』に躍起になっていた。電力料金は測れないほど安くなるし、核エネルギーで海水を蒸留できるので、砂漠にも花が咲く、と言ってね。けれど、今そんなことを信じる科学者なんて一人もいない。脳に神経細胞が二つだけでもあれば誰だって、核物質はすごく危険で、恐ろしく怖いエネルギー源だと知っている。今永井博士が生きていれば、きっと同じことを言うでしょうよ」

私がメータの懸念を告げると、「『測れないほど安くなる』というのは、ルイス・ストラウス（一九五四年）の引用だよ」とエリックは言った。「ストラウスが、米国のシャーウッド・プロジェクトという秘密計画について語ったときのだ。それはウランの核分裂を利用するものではなく、水素の核融合炉でエネルギーを開発するものなんだ。適切な水素同位体の結合から得られる融合エネルギーは、太陽がエネルギーを生み出すのと同じ原理だが、どうやってそれに必要な高い温度に到達するのかが難問だ。恐らく、部分的にでもその解決策に辿り着くのに、百年はかかるね」

核エネルギーはもともと危険だったとメータが言うと、エリックが、水はもともと危険だったとやり返す。核エネルギーは単なるエネルギーにすぎないと。

それでもメータは納得しない。「みんなが今日原子力を受け入れるとすれば、気候変動から地球を救えるだけの、安全な資源を開発する時間がもう余りないってことよ。その可能性は認める。けれど、私たちはとてつもない不確実性の時代にいるのよ。他の立場を取っても問題は解決しない。ジョイ、一九五〇年に日本の感動的なクリスチャン物理学者がそうしたからといって、あなたが核エネルギーを賛美するのは無謀すぎるわ」

「私が科学者から話を聞いて、原子力を賛美していると本当に信じてるの？」

「そうよ。気候変動懐疑論者と同じくらい悪い。どんな立場に立つ専門家でも見つけられるのだから、誰を信じるかというあなたの選択は、控え目に言っても、向こう見ずよね。あなたが信奉している極端な立場を取る前に、核エネルギーの恐ろしい危険について、もっと情報を捜す必要があるのよ。あなたは、自分で考える代わりに、友達の言うことを信用する癖がある。それでは不充分よ。もっと自分の目で読まなきゃ」

私は読んだことに関してエリックに尋ねた。「ヘレン・カルディコットによると、オンタリオ州のポート・ホープには、ウラン燃料プラントから出た放射性廃棄物があるので、住民は退去しなければならないらしい」

エリックは椅子を後ろに引いて、「馬鹿げてる」と吐き捨てるように言った。

「彼女は、チェルノブイリの事故で、百万人が死んだとか死ぬだろうとも言っていた」

「それも、ばかげた話だ。微量の放射能が有害だという、当初の間違った立場に基づいた信用できない報告に固執してるんだ。チェルノブイリでは、何十人かの人が即時被爆のため死亡した。ほとんどが子どもだったが、四千人が甲状腺癌になった。牛乳が汚染され、それなのにヨードを取らなかった。取っていれば予防できただろうに。しかしほとんどが回復した。九人は死亡。スリーマイル島の放射能では、死者はでなかった。核エネルギーは他のエネルギー資源より、環境にも人体にも安全なんだ。根拠のない恐怖感をまき散らすのは不道徳だ。彼女は皆に対して、事実を明確にする義務があるよ」

「けれど、福島では……」

「福島で、だれかが放射能を受けて死んだという証拠はない。たくさんの人が亡くなったのは確実だけれど、放射能のためではない」

私にとって大事なのは、核エネルギーについてどのように話し合ったかということだと、いくら説明してもメータは受けつけない。「決着のついた話を蒸し返しても無駄よ。先に進みなさい！　原子力は諦めて、他のエネルギー資源に集中しないと駄目。「平和の科学」が核エネルギーに反対する一〇の理由を挙げている。事故の危険性や、不充分な法的責任義務、放射能の危険、核兵器の拡散、廃棄物の貯蔵とか、もっと続けようか？　原発廃炉の費用、使いようのある土地の浪費、空中や海水への放射能の漏出もあるわ。どういうわけか、あなたはわかってない。神を信じることと、特定のある人たちを信頼することを混同してるの。特定の人を信頼するってことは、つまり特定の証拠を信頼してしまうということであり、それはある行動が実行可能なのか、あるいは危険なのかを決める、経済的・社会的背景を信頼することになるのよ。あなたの意見は、論理的に見ると滅茶苦茶だわ。神はワニも狩蜂も創造されたけど、だからと言って、みんながそれらを家で飼うべきだというわけじゃない。カルディコットが変人だと見なされていると言う前に、あなたがどう思われているか考えてごらん。とんでもない恥さらしよ。こんなこと言って悪いけど、でも言ってあげなければ、友達じゃないわ」

メータは、真実に近づくために論争すべきだと信じている。「私は、あなたとでも、他の誰とでも争えるわ。それでも、あなたを好きだという事実に変わりはない。みんなを愛してる。世の中誰もが、みんなを愛している。そのことに気づいているかどうかは別としてね」

メータと私は、核エネルギーについて話すのをやめて、愛について語った。二人とも、自分の信念をどうやって他人に説明すればよいのか、方法を見つけられていなかった。私は、凄まじさと苦痛に満ちた喜びを感じながら、自分たちの存在よりももっと実在的な「真実の愛」があると、信じ続けている。

永井博士の著書を翻訳したウィリアム・ジョンストンが、『長崎の鐘』英語版の序文のなかで、深く根づいた考えについて書いている。原子力によるホロコーストを体験した、世界で最初にして唯一の日本人は、この地球全体から、戦争、とくに核戦争を根絶する使命と任務を負っている。

日本国民は二度の稲妻に打たれた。ある世紀には核爆弾のため、次の世紀には原発事故のために。恐らく彼らは、原子力を取り巻く事実と恐怖を選り分けて調べ上げる、更なる使命と任務を帯びただろう。

もし永井博士が存命していれば、博士が「最愛の研究分野」と呼んだ原子物理学を捨て去るとは思えない。博士なら逃げ出さず、原子力産業の危険を知ろうと探求したであろう。

「僕は人類を信頼している」とエリックは言った。「永井さんの正当性は立証されるだろう。核エネルギーの平和利用が普及するだろうから」

エリックとディックは、お互いに、そしてまた私とも尊敬しあえる友達だったが、その後二人とも亡くなった。生来の楽天家であったエリックは、長生きして、世界中の緑の党*が原子力を支持するのを見るつもりだったのだが。ディックは、晩年にクリスチャンとしての信仰を確信し、洗礼を受けた。

メータと私も、試練と涙と笑いのなかで、論争に決着をつけることなく、もうじき天に召されるだろう。

「思いをここに致せば（中略）正しき宗教以外にはこの鍵［原子力］をよく保管しうるものはない

という気がする」と永井博士は記している。

ジョンストンは『長崎の鐘』英語版の序文で、「正しき宗教」を次のように説明している。「感情や思考に転換が起こり、深淵なる悟りを開き、また意識改革をもたらす宗教である。それは全人的な変容を起こし、無意識をも変容させる……現代世界でこの変容は、我々が隣人を愛し、世界平和に徹底的に関わり合うようになることで、初めて本物となるだろう」

永井博士にとっては、隣人も敵も一つであった。原爆の光景を眺めて、彼は尋ねた。「誰がこんなことをしたのか?」博士の答えは、「我々がしたのだ」であった。

＊環境保全、反核、参加型民主主義などを掲げる政党や政治勢力。一九七九年の旧西ドイツを皮切りに、アメリカやアジア地域にも存在しており、日本でも二〇一二年に緑の党（Greens Japan）が結党されている。

第二部

9

私の物語は、暗闇の腹の底からやってくる。私はその物語を語ることを禁じられ、かつ、語ることを命じられている。語ることは殺すこと、語らないことは殺すことと告げられている。必要なのは、正しい行動である。

信頼こそが正しい行動である。
私は信頼から始め、
最後まで信頼しつづけよう。

§ § §

一九六四年当時、私は二九歳で、プレーリー地帯にある町、サスカチュワン州ムースジョーに住み、信仰と人生の危機に直面していた。クリスチャンとして悪の問題を解決できずにいた。二人の美しい、完璧な子どもを授かっていたのに、結婚生活に満たされず、そのことに罪悪感を覚えてもいた。妻とは、夫を愛すべきものである。理想を追い求めるタイプの私が、母の熱心な祈りに支えられているにもかかわらず、どうしてそれができないのだろう？
「愛と結婚は、馬と馬車のようにひとつになって進む」と、シナトラは歌った。私にはその二つがそろわなかった。そしてやがて、地に足がつかなくなった。まるで夜空につかの間の喜びを求めるかのように、私は空想に耽りはじめた。

空想の対象となったのは、赤毛でそばかすだらけのメノー派の少年だった。初恋の相手だった。私たち二人は六年生のとき、ドグテロム先生のクラスに属していた。私たち一家が第二次世界大戦後に送りこまれた、アルバータ州南部のプレーリーの村、コールデールでのことである。赤毛の少年は教室の後ろの、端っこのほうに座っていた。私が盗み見ると、彼はウィンクを返してきた。算数、美術、音楽、作文、野球、何でもできる子だった。ドグテロム先生は、この子はいつか作家になるだろうと言っていた。少年は本が好きで、私も同じだった。私たちの教会には、バンクーバー公立図書館から、いらなくなった本がたくさん送られてきていて、彼はそれを借りにやって来た。『点灯夫』『チャンティクリアときつね』『名犬クルーソー』などだ。

ムースジョーでの孤独な日々のなかで、この少年のことが頭を離れなくなった。私は当時、マルティン・ブーバーの『我と汝』を読んでいて、「我―汝」関係を切望していた。調べてみると、少年はエドモントンの北で自営農になっているという。想像のなかで、彼に手紙を書いた。友人の精神科医がじっくり話を聞いてくれた。どこまでが現実なのか、どうやったら見分けられるようになるのか。崖から飛び降りるような思いで、私は手紙を書いて投函した。二週間後に返事が届いたときは、心臓が止まりそうになった。

本当のことを打ち明けるという、荒れ野の試練がやってきた。真面目な夫のデイビッドは、聞きたくないことまで聞かされるはめになった。空想するのは構わない、と夫は言った。私が空想に耽っても、我慢できると言った。けれど、私はもう我慢ができなかった。デイビッドは、車でバス乗り場まで送ってくれた。嘘はいけないと言いながら私を育てた無口な母が、コールデールからやってきて子どもたちの世話を引き受けてくれた。

二つの可能性のあいだで綱引きが始まった。ひとつ目は、正気を失った女が赤毛の少年に夢中になって、あとは野となれ山となれという道。ふたつ目は、雲の上の白日夢はかき消えて、あるべきところにあるべき現実が戻ってきて、女が母として妻として正気にかえるという道である。

女は真っ逆さまに落ちていった。下には岩場が待っていた。けれど、風が網となって受け止めてくれた。

神は絶えず与えたもう
　落ちていく者に救いの網を
　　わたしたちが
　　　神のもとへと落ちていくように

バスに揺られていると、雲上の楼閣は次第に霞んでいった。気まぐれなこの女が誰であろうと、これが私であるはずはなかった。目的地に近づくと、風はますます強く荒れ狂った。赤毛の男はピックアップトラックにテントを積んでやってきた。けれどそれは、「こんにちは」「ごめんなさい」「さようなら」だけで終わった。雲の上の国への憧れがどれほど強くても、風が吹けば幻想の楼閣は吹き飛ばされてしまう。

「否」という答えを出したあと、私ならぬ私は、次のバスでバンクーバーへと向かった。彼女はペンを取り出して、すがる思いで必死に何かを書きとめた。バンクーバーに着くと、女は母のように慕う友人の家の扉を叩いた。正気を失った女が、バラバラに壊れてしまいそうだと訴えても、友人は会合があるからと言って出かけてしまった。正気を失った女はそれを見て、自分はバラバラに壊れたりしないのかもしれないと思った。けれど彼女は、本当にバラバラに壊れようとしていたのだ。かろうじて踏みとどまらせたのはペンだった。絶え間なくペンを走らせているまさにそのとき、彼女は稲妻に打たれた。

似たような稲妻は、聖公会の牧師である女の父親をも、かつて打ったことがある。ある日、バンフ滞在中に祈りを捧げ、山並みを眺めていたときのことである。彼はのちに、自伝のなかの「一九六九年、神と出会ったロッキー山麓の深遠なる霊的経験」と題した章で、このときのことを語っている。父は山好きだった。生まれながらに山に囲まれて育った。苗字の「ナカヤマ」とは、山の中という意味である。父は世界中の山を見てきたが、カナディアン・ロッキーほど偉大な山はどこにもなかった。

太陽が今まさに昇ろうとする頃、万年雪をいただいた雄大で美しい頂きを眺めていると、雪が薄紫色へと変わっていった。二万フィートを超えるその峰が、ひとつやふたつではない、おそらく十以上もある険しい山並みからそそり立つ光景に、私は圧倒された。体のなかに、何か暖かいものがあふれるのを感じた。私はしばし、愉悦に浸った。涙がこぼれ落ちた。喜びと幸福感でいっぱいになった。私が感じたのは聖霊であり、聖霊で満たされるという経験であったのかもしれない。

父はこの話をするとき、いつも拳で自分の胸を叩いた。神が魂に飛び込んできたのだと、彼は言った。「こんな弱い人間、こんな罪深い人間に、神様は宿られるのだ」

父がこの体験をしたのは、脳卒中に襲われて半年後、六九歳のときだった。父のメモによれば、このとき二つのことを同時に自覚したという。ひとつは「自分の本性が弱く、愚かで罪深いこと、そして無力であること」、そしてもうひとつは「神様と自分は一体であり、生ある限りこれが私の福音であり、いのちのことばである」ということだった。

一方、一九六四年のその日、私にひらめきが訪れたのは筆を走らせているときだった。焼けつくようなその瞬間、もやもやとした霧が晴れて、電気が走ったかのように意識が冴え渡った。ほんの一瞬ではあったけれど、それがあまりにも生々しく圧倒的だったがゆえに、そのとき悟ったことに私は一片の疑いも抱かなかった。当時の私が思いついた言葉で表現するとしたら、私は神の恵み深さを信頼したのだ。それは私に残された、たった一つのものだった。世界にどれだけ悪が満ちようとも、どうしても夫を愛せなかったとしても、どれだけ大きな罪悪感に苛まれたとしても、かけがえのない、たった一つ確かなものに、私は安らぎを見出すことができる。私のなかにある信頼が崩れ去ったとしても、私を神の究極の恵みへと包み込む信頼は、私のなかから消え去ることはないのだ。

その信頼は、私のたったひとつの歌になった。

正気を失った女の人生が大きく好転することはなかった。罪悪感のツタがはびこって、果樹園は瀕死の状態だった。一家はムースジョーからサスカチュワンに引っ越したが、愛の不在から抜け出すことはできなかった。十代の頃からそうだったように、吐き気に度々襲われるようになった。家であれ外出先であれ、卒倒してトイレの床に倒れこみ、冷や汗を流しながら嘔吐することが続いた。医師たちは手術をして検査すること、そして向精神薬の服用を勧めた。体の不調への答えは別にあると察知していた女は、一切の治療を断った。

離婚することは、意味の深層構造を引き裂くことだった。すべての手続きが終わったとき、女は目に映る光景を眺め渡した。たった一つの標識すら見当たらない。自由とは、N極を指し示すことなく振り切れてしまう、狂った磁石なのだった。

それでもなお、そこには信頼があった。

自分自身と二人の子どもには、三つの選択肢があった。サスカチュワンにとどまってもよかった。

西のバンクーバーに行って、そこで新しい生活を始めてもよかった。あるいは別れた夫のいる、東のオタワに行ってもよかった。動かずにいるか、右へ行くか、左へ行くか。考えを決めるまで、一ヵ月の猶予を自分に与えた。紙に線を引き、良い点、悪い点を並べてリストアップした。明日は期限切れという晩になっても、何の手がかりも見つからなかった。

それまでもよくあったように、答えは夢を通して現れた。目覚めた瞬間、この問題に対する新しい視点が与えられたことがわかった。大切なのはどこへ行くかではなく、自分が何者になるかということなのだ。夢はどうやら猫に関係していたらしい。そして三人の女性。夢が消えてしまわないうちに、急いで思い出そう。あれは誰の猫だったのだろう？　三人の女性は誰？　彼女たちは一人ずつ順番に現れた。最初は力をもった女性。潔癖そうで、堂々として高潔な人物である。二番目は落ち着きのない、子どもっぽい女性で、安物の赤い服を着ている。向こう見ずで恐れ知らず、気まぐれで肉体の快楽に浸りたくてうずうずしている。男たちは彼女を追いかける。潔癖な女性は、頑丈なレンガ造りの家のなかにいて、芝生の上を踊り狂う真っ赤な炎を見守っている。そしてあの女は救いがたいと思い、燃え上がる炎を消し去ろうと考える。この子どもっぽい女は、いったい何者なのか。娼婦？　いや娼婦ではない。娼婦の娘だ。その女は不思議の国のアリスのチェシャ猫のように、消えたかと思うと、また現れるのだった。

危機的なその場面に、三番目の女が現れた。おや、物書きだ。「潔癖女」ほどの力はなかったものの、その前に立ちはだかった。赤い炎が抹殺されたら、私たちは三人とも消えてしまうのよ。そう彼女は「潔癖女」に告げる。私たちは三位一体で、互いに依存し合っている。大切なのは、そこに働いているさまざまな力を和解させることなのだと。

その夢から半年後、神の恵みに信頼する女は、嫌がる子どもたちを引きずるようにして西のブリティッシュ・コロンビア州に移り、その後、再びサスカチュワン州へと舞い戻った。そしてついにわけがわからなくなり、仕方なくついてくる子どもたちを連れて東のオンタリオ州へ向かい、古くて新しい元夫との生活を始めることになった。これからは二度と誰も裁くまい、いかなる理由があろうと裁くまいと彼女は誓った。しかしその誓いは守られず、古くて新しい元夫との生活も破綻した。それでもなお、信頼はなくならなかった。

10

信頼という転機が訪れたその年から三〇年近くたって、日本にいた私の前に憐れみの女神が現れた。そのとき私の心には燎原の火のような炎が燃え盛り、真実という種を包む硬い殻が、その熱風に当たって弾けようとしていた。

その真実とは、世界中の誰よりも愛し尊敬する人、もっとも共感できる人、いろいろな話をして楽しませてくれた人、優しく心が広く、泣いたり笑ったり歌ったりする人、正義感が強くて妥協を知らない人、欠点が一つもなく、それでも私の欠点を責めはしなかった人、父親にして、先見の明にあふれるカリスマ的な聖公会司祭、各地に散らばる信徒や同胞のため、休みなく仕えてきた男、その愛する父が、小児性愛者だったことである。

十代のときに、この信じられない事実を初めて知ったとき、私の心と体は震えた。父への愛は変わらなかったが、心の内側がかき回されて肌に粟を生じることさえあった。突然の嘔吐に襲われ、それがあまりに激しく、とうてい耐えられないほどだった。

大人になってからは、メアリー・ジョー・レディに相談した。大好きな元看護師の作家で活動家である。この事実にどう向き合えば良いのか。どうすれば健康を取り戻せるのか。朝露のように透き通った静かな声で、彼女は言った。「真実をありのままに書きなさい、ジョイ」

彼女の言葉は、打ちのめされた私の心のなかに広がる枯れ草に、火花のように燃え移った。

父をめぐる真実。

その真実とは、彼がラスプーチンのように精力的で、誰にも止められない男だったということだ。彼は聖人であり、大偽善者でもあった。私の知る父は、最高に優しい人だったが、ときには厳しい表情を見せることもあった。ブリティッシュ・コロンビア大学の資料室で、ボランティアが一九三〇年代の父の記録のなかにこんなタイトルの資料があると教えてくれた。「小言も言わず叱責もせず子どもを育てる方法」。それが本当に父の書いたものなのか、尋ねるまでもなかった。兄と私は小言も言われず、叱られもせず育った温室育ちのひ弱な植物で、「だからこんな神経質に育ったんだ」と、お互い認め合っていたのである。

たとえそれが自分の信念に反することでも、父は私たちの味方をしてくれた。「親の愛は深い」と父はよく言っていた。子どもの愛も、また深い。もっと深いのは、神の愛である。父は神の愛を信じていたし、私もまた信じている。

耳が遠くなって認知症になった母を、父は四年間、かいがいしく世話をした。母は一九八七年に九〇歳で亡くなった。二年後、八九歳の父はたった一人で南米へ講演旅行に出かけた。毎日、ときには一千人もの聴衆を前にして、説教を行なった。

それからさらに二年後の一九九一年、父は私に日本旅行の付き添いを頼んだ。父は周到に計画を立て、何から何まで自分で準備した。年齢相応の尊敬を受けていたかどうかはともかく、自分はまだまだ人の役に立てると父は信じていた。父は尊敬されるのが嫌いでなかった。けれどそれは、甘えに過ぎない面もあったと思う。当時の私は五十代で悲しみのどん底にいて、吐き出したい言葉を溢れるほど抱えこみ、それを口に出せずにいた。多くの寺がひしめく古都・京都で、私はとうとう口を開いた。

「あなたがしたこと、私は知っているのよ」

それは土曜の夜のことだった。私たちは聖公会の教会の傍らに立つゲスト用の宿泊施設で休んでいた。その日の午後は父の後援者だった人の墓参のため、丘の上にある墓地を訪ねたのだった。一文無しの新聞少年だった父に、資金援助をしてくれた校長先生のお墓である。私はこの人物、ナカネ・マサチカに会ったことがある。一九六九年、私が初めて日本を訪れたときのことだったが、堂々とした気前の良い人物で、洋風なことが大好きだった。暑い盛りに急坂を登っての墓参りは、誰にとっても難儀である。まして九十代の父にとってはいうまでもない。

「あなたがしたこと、私は知っているのよ」

父は顔を上げたものの、私のほうを見ようとしなかった。私には分かった。前々日にもその話題を持ち出そうとしてできなかったから、父は私が何を言おうとしているのか悟っていた。父は私にいくつか質問をしてきた。表向きは冷静を装っていたが、動揺しているのがわかった。

父が罪悪感を覚えているなら、なんとか鎮めたいと思った。苦しみを和らげたかった。「相手は傷ついていないかもしれないわね」と私は言った。父は頷いたものの、何も言わずに考え込んでいた。私はそれ以上、何も言わなかった。遠回しが日本の流儀であり、こんなにはっきり物を言ったことはめったになかった。

翌日、父は京都の教会で説教し、私は高い円形の講壇のすぐ下の最前列に座った。自分が回心に至ったときの、おなじみの話で、カナダ移民の一人の若者が西洋の宗教を奉じるようになる決定的な転機を語るものだった。

それは、バンクーバーのコルドバ通りにある、聖公会セント・ジェームズ教会での出来事だった。ステンドグラスに描かれた、キリスト最期の「十字架の道行」を眺めていたとき、十字架の足元にキリストの母マリアと「愛する弟子」ヨハネを描いた一枚に行き当たったのである。

父がもっとも大切にする日本的価値観は、身内同士の絆だった。この絵から、父はイエスの究極の苦悩を思い、また愛する弟子の手にマリアを委ねるイエスの愛の深さを思った。「女よ、汝の子なり」

とイエスは母に言う。そしてヨハネには、「見よ、汝の母なり」と告げる。

父は心を奪われた。最後の瞬間のキリストの優しさに感動し、仏教徒の母をもつ熱心な仏教徒であった父は、マリアの息子であるイエスへの忠誠を誓ったのである。

日本の民話には親子の絆や、自己犠牲的な愛がたくさん登場する。たとえばある民話では、少年が祖父母への愛ゆえに、疫病が流行するなかで裸で二人の上に覆いかぶさり、身代わりとなって蚊に刺される。別の民話では、夫を亡くした母親が、赤ん坊の娘をかばって煮えたぎる油を浴び、顔にひどい火傷を負う。娘はその後、学校に通うようになり、母親の醜い顔を恥ずかしく思うようになる。ここがこの物語の恐ろしいところである。子どもは決して、親を恥ずかしいと思ってはならないのだ。

父の改宗物語は、細部に至るまで、数え切れないほど聞いてきた。けれど今回の京都では、語り口が少し違っていた。話の終盤で言葉が途切れた。「その母……母は……」父は途切れ途切れに言った。まるでステンドグラスに描かれた聖ヨハネに乗り移って、自分の母親に語りかけているかのようだった。

「お母さん、お母さん……」

父は若い頃、自殺を願うほどの苦悩のなかで、母親の幻を見たという。それほどまでに絶望した理由がなんだったのか、父から聞いたことはなかった。お金だろうか、性の問題だろうか、それとも誰かに裏切られたのだろうか。生きていけないほど恐ろしい何かがあったのだ。バンクーバーのイングリッシュ・ベイで、大西洋の海のなかに分け入って、日本まで行きたい衝動に駆られた。そのとき、沈みゆく夕日のなかに母親が現れたのだ。いのちの岩である母が、壮麗な夕空のなかから、彼を救うためにやってきたのである。

説教はそこで終わった。「母、母……」父はゆっくりと講壇を降りた。手すりにつかまりながら階段を降りて、私の横に座った。いつもの父の説教の終わり方とは違っていた。そしてそれからの数時間、何も語らなかった。

脳卒中を起こしていたのに、私たちは気づかなかった。父が何も喋らなくなったのは、私が父を責めたせいなのか、それとものちに父が語ったように、高校の校長の墓参で急な山道を登ったせいなのか、私にはわからない。体調の異変はその両方に関係していたのかもしれないし、そのどちらとも関係なかったのかもしれない。

礼拝が終わると、父と私は教会員たちとともにホールでうどんをいただいた。私たちは二人だけで食事をとり、ゲスト用の部屋へと戻った。父は横になって眠った。起きてきても、なぜか話すことができなかった。問いかけても微笑んでまばたきするだけだ。私が子どもの頃、父は冗談でそんな仕草をしたことがある。まばたきに大した意味はないと思ったのは間違いだった。話せないことを除けば、異常はないように見えたのだ。

次の日の朝になると、少し話せるようになった。その日、私たちはバスに乗ってある僧侶の一家を訪ねることになっていた。その後、別の町で父が修女たちに話をする予定になっていた。けれど、どうも様子がおかしかった。カナダに帰ろうかと尋ねると、父は首を振った。いいや。

私はいつも父の言うことには逆らわない。親が九十代になれば、たいていは子どもが指図するようになる。けれど私は決してそうはしなかった。私は父の言うとおりにした。父が望むかぎり、旅を続けようと思った。

「荷物を軽くする?」私は尋ねた。「荷物を少し送り返したら?」父も私も、旅行するときはとても身軽だ。旅行のコツは荷物をなるべく小さくすること。ずいぶん前に父からそう教わった。私は今でも、小さなキャリーケースとウォッシャブルの服数枚で、何ヵ月でも旅行できる。

「住所録はどう? 送り返してしまったら?」私はそう薦めた。

目は口ほどに物を言うというのが日本流であり、相手の目をまっすぐ見るのは無礼で挑戦的なことだ。日本のサル山にも、英語で書かれた看板に「サルと目を合わせないでください」と書かれている。しかし父の目は不安げに見開かれ、まっすぐに私を見ていた。黒い住所録を二冊、しっかり抱きしめている。「これは私の命」父は静かな、しかし断固たる口調でそう言った。住所録を手放すことは、命を手放すことなのだ。

父としては精一杯の強い口調だった。いつもは決して声を荒げない人なのだ。

友人のメータに言わせると、怒りを感じないことほど恐ろしいことはないそうだ。怒りは、彼女にとって健全さそのものなのだ。

私が子どもの頃は、大きな声を出すと叱られた。大声で怒ることを母は許さなかった。怒る権利があるとしたら、それは母だけなのだが、彼女は怒りを通り越してしまう。苦しみと裏切りから、終着点の悲嘆へと、一足飛びに到達してしまうのだ。

父は、日々の祈りに覚えるべき名前を五百記したノートも持っていた。祈りは霊的な日課の一つだった。リストの筆頭には家族があった。父は最後まで驚異的な記憶力を保っていたが、毎朝五時頃、祈りによって記憶を鍛え続けたことも一因だろう。そうやって、絆という豊かな土壌のなかに根を張り、命を養いつづけていたのだ。毎日めくるページの端は、セミの羽のように透けて薄くなっていた。

誰かが亡くなったあとも、父はその人のために一年間祈りつづけた。病に倒れた人、死に瀕した人、災害にあった人などの苦しみを思い、電話をかけたり手紙を送ったりすることも多かった。病いに倒れ難局にある人々の家族のもとへと、父を車で送り届けたことも一度や二度ではなかった。

「慰めよ、わたしの民を慰めよ」

父はその通りにした。彼は言った。「神は愛なる」「イエス様はわたしたちとともにいてくださる」「わたしたちの神は赦しの神」と。彼は言った。「試練のときこそ、わたしたちはいよいよ強く神にすがりつく。罰を受けた子どもは、ますます強く親にすがりつき、お母さん、と泣き叫ぶのです」と。彼は言った。「幸いな人々とともに笑えば、その人たちの喜びは倍になる。泣いている人々とともに泣けば、その人たちの悲しみは半分になる……幸いを得たいなら、他の人々を幸いにすることです」

そして私たちの共同体がカナダ全体に分散させられたとき、一世たちは父の言葉を真似て、互いに声を掛け合った。「また会いましょう。できる限りのことをしましょう。そして残りは神様にお委ねましょう」と。

月曜になり、京都を出る支度をしていると、父は自分が話しすぎるので、神様が口を利けなくさせたのだと言い出した。そして、自分の代わりに話して欲しいと言った。

「日本語で？　日本語は話せないのに！」と私は言った。

それでも私は引き受けた。赤ん坊のような恥ずかしい日本語で話をした。父の具合が悪くなったら大変だし、それは私の責任だ。父に詰問などすべきでなかったのだ。私の心も頭も魂も、必死に神の慈悲を願った。愛する父を、死なせたくなかった。

父が脳卒中になってから二日後、私たちがある寺にいるとき、女神が私のもとを訪れた。日本の夜の闇を抜けて、布団を敷いて寝ている私のところまでやってきたのだ。あかりひとつない、がらんとした部屋だった。キャリーケースの横に青いノートが置いてあった。女神は夢のなかで、音もなく現れた。

その青いノートは、今も私の手元にある。表紙が剥がれかけている。なかには私が京都からメアリー・ジョー・レディに宛てて書いた、一〇月二五日付けの手紙が入っている。父が倒れる二日前のものだ。ノートを見ると、父に真相を問い正したい気持ちが、耐え難いほど高まっていたことがわかる。

生きたカラス貝
身を守る殻をしっかり閉じたまま
煮え立つ湯に放り込まれて

殻を大きく開く
絶望に身を任せて

手紙にはこう書かれていた。

親愛なるメアリー・ジョー
朝の六時、外は真っ暗。道も真っ暗。朝から雨が降っています。

あなたは私の経験を、フィクションでなく事実として書けと言いました。ペンを剣に、アブラハムの刃物のようにして。

ではその真実とは何なのでしょう。

愛する神様、次々と発作に襲われながら、どうしたらあなたに従っていけるでしょう。

私は憐れみの女神を待ちに待ちつづけています。

九一歳の、穏やかな父。健康で、祈りと信仰と愛に溢れています。

道は薄暗いのではなく、真っ暗闇と閃光に分かれています。

愛する神様、いま父に話すべきですか？

メアリー・ジョー、どうすればいい？

愛を込めて。

ジョイ

神様は私に、何かを伝えようとしています。その証拠に、親指が動かなくなりました。まだ書くべきではないのかもしれない。父と話すべきなのかもしれません。

ノートの一番下には、小さな字でこう書かれていた。

そのあと話をしました。親指が痛みます。ほとほと疲れました。あなたの住所がわかりません。

住所がわからなかったため、この手紙は投函されなかった。

当時の私は、女神というものにまったくなじみがなかった。八歳か九歳の頃、第二次世界大戦でカナダと日本が戦争を始め、何千もの敵性日系人とともに山中に抑留されたとき、私はレビ記の退屈な細部や系図など、欽定訳聖書を一点一画に至るまですべて読み通した。他に何も読むものがなかったのだ。そして私の神様は、嫉妬深い男の神様であることを知った。十戒の第一戒は「わたしを除いて、他にいかなる神もあってはならない」である。女神など姿も形もなかったのだ。

問題の一九九一年の日本旅行を境に、私の信仰は変わったように感じた。クリスチャンであることに変わりはないが、畳の上に広げたままのノートに夢うつつのうちに書きとめていた言葉に、私は不意打ちを食らったように衝撃を受けた。霧深い日本の朝、薄明のなかに目覚めると、そこにはこんな言葉が記されていたのだ。

憐れみの女神は豊穣の女神である、という夢を見た。

憐れみと豊穣。二つの属性。豊穣と憐れみ。それは一つなのだ。

II

父と私は数日後に大阪に到着し、CTスキャンで父の脳内に指ほどの長さの内出血が見つかった。沖縄訪問を含むその後の日程を切り上げるよう父を説き伏せ、バンクーバーに戻った。父にとってどこよりも沖縄に行くことが大切だったらしいことは、のちになってようやく知った。父は沖縄訪問で旅を締めくくろうと考えていた。これが父にとって最後の巡礼になるとわかっていたら、私は父を止めなかったかもしれない。

帰国から四年後、致命的な二度目の卒中の発作が起こった。彼の最期は必ずしも幸福なものではなかった。

一九八七年の母さんの葬儀には、兄一家がシアトルからバンクーバーまでハイウェイを飛ばしてきて、物見遊山のようだった。一九九五年の父の死はモノクロの世界だった。父はバンクーバーのマウント・ジョーゼフ病院で、感謝祭の日の朝五時、たった一人で死んでいった。感謝祭の日曜日は死ぬには良い日だった。葬儀は一三日の金曜日だった。感謝を忘れない一人の男が死んだ。悪い星の元に生まれた一人の男が埋葬された。

バンフの山中で神に出会ったあとでさえ、父は少年たちを傷つけつづけた。私もまた、神への信頼という稲妻に打たれた経験を経ても、精神の錯乱と体調不良、嘔吐がやむことはなかった。ただし二人とも、健康の種を蒔かれていたようだ。私たちの干からびた根は、地下水を探し求めた。もっとも恥ずべき生き物にも、いやもっとも恥ずべき生き物のなかにこそ、神はもっとも輝かしく宿りたもうのだ。

京都で脳卒中に襲われる前、父と私は北日本にあるハンセン病療養所を訪れた。歩ける者は父との交流会に集まってきて、殺風景な建物のなかで、座布団の上に座ったりもたれかかったりした。人を傷つけた手が、そのときは人を慰める手となった。肥溜めにふさわしい壊れた土の器が、その日の午後は聖なる水の器となった。彼は眉根を寄せ、嘆願の祈りを捧げた。人智を超えた優しさをもち、迷い出た一匹の羊に無上の愛を寄せる良き羊飼いとしての〝神様〟を伝えるそのメッセージに、人々は聴き入った。

羊の皮を被った狼である父が、その日の午後は羊をいたわり、愛した。後方の床に座った私は、その部屋に信仰の光が溢れるのを見た。

やはり日本滞在中のある日、私たちは汚れたモンペに前掛け姿の、腰の曲がった老婆を訪ねた。彼女はウサギ小屋のような掘っ建て小屋に、口汚ない言葉を吐く息子と一緒に住んでいた。息子は荒々しく母を罵ったり、叱ったりしていた。どやしつけられながら、母親は私たちにお茶を出そうとした。父は頭を高く上げ、心からの願いを込めて、彼女とともに祈った。互いを気遣うように、声を合わせて聖書を読んだ。ともに讃美歌を歌いながら、母親は汚れた前掛けに顔を埋めて涙を拭いた。二人の顔に浮かぶ喜びの表情に、私は感動を覚えた。父はのちに、この女性がかつて、同時代のもっとも優れた宣教師であったことを教えてくれた。

母が亡くなり、父がバンクーバーのイーストエンドに引っ越してから、私は折に触れて父と行動をともにするようになった。日本への旅からバンクーバーに戻って二年後、父の友人でもある医師が生検の結果を持ってやってきた。

「癌じゃないよね」父は尋ねた。

「癌でしたよ」医師はそっけなく、まるで冗談であるかのように答えると、すぐさま自分自身の家庭問題を語り始めた。

父の顔から血の気が引いた。それでも肘掛け椅子に座って両手を握りしめ、姑に対する医師の愚痴に頷きながら、父は辛抱強く耳を傾けていた。自分自身の不安はおくびにも出さず、同情を込めて応答した。彼はこうして一生、他者の悩みに付き合ってきたのだ。

転倒して背骨を痛めたとき、友人のために痛みを押して法廷で証言したこともある。裁判官は父の証言を聞いて心を動かされた。父を嫌う者も、愛する者も、彼に別の一面があるとは思いもかけなかった。だが、それはあったのだ。

まるまると太った完璧な赤ん坊だった最初の子どもが、出産時にへその緒が絡まって死んだときの自分たちの深い悲しみについて、父は語った。司祭からかけられた慰めの言葉が、彼に献身の道を選ばせた。自分もまた、他者に慰めを与えたいと思ったのだ。

「でも、男の子たちのことはどうなの?」これはある日の午後、父の話題になったとき、メータが問いかけた言葉である。

父が京都で卒中を起こす二日前、一般論として児童の性的虐待の話を持ち出したことは、メータにはすでに話していた。「悪いことだとわかっていたの?」と私が問いただすと、わかっていたけれど、「そんなに悪い」こととは思っていなかったと、父は答えた。

「でも、あなた自身は『そんなに悪い』ことだと知っていたのでしょう?」メータは言った。

「そうかもしれないし、そうでなかったかもしれない」これまでの人生、私はずっと知ろうとしなかったし、知ることに耐えられなかった。つねにそのことばかり考えていたわけでもない。「でも今はわかっている。もちろん、今はわかっている」

医師の訪問があってから、私は父のためにバンクーバー随一の専門医を探してきた。父は直腸の腫瘍を抜本的に切除するよりも、少しずつ切除していく方法を選んだ。

この間、父は入退院を繰り返した。あるとき、彼は自分を「へんてこりんの親父」と呼んだ。「へんてこりんな親父がいるから、のぞみの悩みはなくならない」と。

家で日本語を話すとき、私は自分を三人称で呼んでいた。「へんてこりんだなんて、のぞみは思っていない」と答えるべきだったのだろう。でも私は、むっつりと押し黙っていた。

最終的には人工肛門をつけることになり、以後、父には介護が必要になった。

私は募集広告を出し、何人かの介護者に面接した。一人の候補者に父は「ダメ」と拒絶反応を示した。どこが気に入らないのか、説明はない。無表情な彼女の顔？ ヨタヨタした歩き方？ それでもこの女性には看護師の経験があった。介護施設の運営に携わったこともあり、きちんとした推薦状もあった。私は父の反対を押し切った。

当初はうまくいった。父の寝室兼書斎と浴室は一階にあり、看護師と私の寝室は二階にあった。綺麗好きで手際が良く、料理も買い物もしてくれた。彼女に来てもらってよかったと思った。枯れかけた植物を植え替えて、見事に生き返らせた。キッチンは整理整頓され、お揃いの缶に真新しいラベルが貼られた。濃紺とゴールドの綺麗なイギリス製ティーカップがいくつか姿を消した。尋ねると、洗浄のためバークスにある専門業者に持って行ったという。そこまでは良かった。

父と同居しているとき、私は小児性愛の牧師を描いた『雨はプリズムの向こうに』*という小説を執筆していた。憐れみの女神が現れて、犠牲の祭壇に捧げるためのフィクションという羊が与えられたのである。私は原稿を隠したりしなかった。それとなく探りを入れると、父は単に小児性愛者であっただけでなく、二十代の頃から男性に惹かれることの方が多かったという。

強いて尋ねはしなかったが、父は人を愛したことがあるのだろうか、それも、ひょっとしたら沖縄で。一九五一年、日本から戻ったあとのある日、父が囁くように言った言葉を私は覚えていた。「じゃあ、彼は返事をくれたんだね？　少なくとも返事はくれたんだね」

私の留守中、父は私の小説を見たかもしれない。私の行為に苦しんでいたかもしれないが、父はそれを表には出さなかった。けれどあるとき、こう言った。書くべきものを書くことを神様がお望みなら、きちんと書かないといけないと。別の日にはこうも言った。訪問客の一人が、父が日系カナダ人にした善行についても書いてほしいと言っていたと。父は自分なりに、私に思いとどまらせようとしたのかもしれない。けれど私はやめなかった。

小説が刊行されたのは、父を看護師に任せて一ヵ月ほど留守にしたときのことだった。老人施設に預けるよりましと、私は自分に言い聞かせた。けれど一ヵ月目に、トロントにいる私のもとに電話がかかってきた。

「お父様が転倒されました」看護師は言った。「病院にいますが、大丈夫です。休暇が終わるまで、戻らなくていいですよ」どうしてこんな呑気なことを言うのか、私には信じられなかった。

その夜はトロント大学で『雨はプリズムの向こうに』の朗読会を行なうことになっていた。父は前

＊ Joy Kogawa. *The Rain Ascends*. Toronto: Penguin Canada, 1995（未邦訳）

にも転倒したことがあるが大丈夫だったたし、看護師の言葉もあった。これまでもいろいろなことから立ち直っているのだ。それでも私は朗読会をキャンセルし、バンクーバーに飛び、タクシーで病院に直行した。父は重い脳卒中を起こしていた。

夜も更けていた。父は枕で頭を高くした姿勢で横たえられていた。

「父さん、のぞみよ」私は大きな声で言った。のぞみが来ましたよ、と。

最後の言葉は大きなうめき声で、それが尻すぼみに消えていった。頭を左右に振り、絞り出すような声だった。覚醒を示す兆候はそれが最後だったが、私が見舞客に危篤状態であることを説明しているとき、片足が一回だけ痙攣したことがあった。ある日の午後にはこんなこともあった。昏睡状態で何も聞こえないだろうと思いつつも、自分が見た夢のことを話し、召される前に少年たちの気持ちを知っておくべきだと話しかけたところ、父は眉間にしわを寄せたのだ。

脳卒中とはどんなものか、死ぬとはどういうことか、当時の私にはわからなかった。今から思えば、意識はあっても話せなかったのだろう。

父が私の立場だったら、死にゆく家族にもっと優しくしていたはずだ。人間に無限の愛を注ぎ、ともに涙し、赦して下さる神様のことを語ったはずだ。

「苦痛はあるのでしょうか」私は担当医に尋ねた。

「わかりません」医師は答えた。

ある晩、私は椅子をいくつか並べて、夜通し父のベッドサイドで過ごそうと考えた。ところがそこへ親戚が訪ねてきた。父のいとこで、背が低くてO脚の、手の甲を口に当てて、こそこそ話す癖のある女性である。彼女は芸術家で、日本での離婚で傷ついたことを話し始めると止まらなくなった。父に経済的援助を頼んできて、実際に金を受け取ったこともある。私がイングリッシュ・ベイを見下ろすウェストエンドに寝室の二つあるマンションを見つけてあげるまで、彼女は父の家に身を寄せていた。

彼女は父のベッドの横に座り、父がどれだけ自分勝手なエゴイストだったか、延々と非難し始めた。もっとも世話になった相手に、もっとも文句を言う人物であることはわかっていた。その夜、彼女が帰ったあと、私も病院を出た。地上での最後となるその夜、父はたった一言の優しい言葉すらかけてもらえなかった。このことは長年、私を苦しめた。

病院から電話がかかってきたのは朝の五時頃だった。病院に着くと、遺体はまだ温かかった。けれど頭部は冷たくなっていた。私は背中に手を回した。そのままで父に話しかけたかったが、遺体を安置所に移す準備をしなければならず、二人がかりで遺体に包帯を巻く作業が始まった。さっさと仕事を終えたい様子で、一分たりとも父と二人きりにはなれなかった。私は父の陰部から目を背けた。カートに乗せられていく父に、ずっと付き添った。冷暗所にも入りたかったが、許可してもらえなかった。賛美歌を歌ってあげたかった。私は霊安室の外で、小さな声で歌った。

12

悲しみに気力も失せた最初の数日、看護師はぶかぶかのズボンやら、大きく広がったスカートやらを引きずって家のなかをせかせかと歩き回り、私の世話を焼いてくれた。母さんの綺麗なティーカップでお茶をいれてくれた。植え替えのすんだ植物に囲まれて、二人並んで座った。古代のサボテンのほか、夜に咲くセレウスサボテンは天井まで届いている。彼女は家のことをあれこれと話し、この家が大好きと語り、このまま残ってもいいと言った。

私が留守の間に、彼女が家の主《あるじ》のようになっていた。最初は気にならなかったが、彼女は次第に私が忘れていた宝物を発掘し始めた。「これを見て」そう言ってブラジル土産の、装飾模様を彫り込んだ銀のトレイを地下室から出してきた。またあるときは、私が鍵を探していると、父のデスクの引き出しを開け、手慣れた様子で奥から古いコインや鍵の入った箱を取り出した。

「次の仕事を見つけられそう？」その夜の夕食で、私は彼女にこう尋ねた。

彼女は焼いたサーモンの上に、お得意のバター入りソースをかけようとしたところだった。なんてずんぐりした体型なのだろう。そういえばホールケーキが丸ごと、一晩で消えたこともあった。

彼女はいたわるように私の顔を覗き込み、肩を叩いてこう言った。「今すぐ決める必要はありませんよ。急がなくても」そして一瞬ためらってから、こう言った。「お話ししていませんでしたが、お父様から『あなたは私の娘だ』と言われたんです。家族同様にこの家に住んで、あなたの世話をして、あなたが旅行にも出られるようにしてもらいたい、と思っていらしたんです」

人を喜ばせるのが好きな父の言いそうなことだった。私がいなくて寂しかったのかもしれない、と私は思った。

看護師はほぼ毎日、私が起きるより前に出て行き、床についたあとに帰ってきた。私は別の仕事を探すよう、前よりも強く要求した。彼女は意固地になった。隣人の話から、彼女が父の世話を放棄し、自分で自分の食事を作らせ、人工肛門の交換もさせていたことがわかった。

「私にも休暇を取る権利はあります」問い詰めると、そう答えた。

父の最後の日々はひとりぼっちで、見捨てられ、侵略されていた。まるで生き地獄であっただろう。看護師のほうも地獄の体験をしていた。近親相姦の被害者であり、父親を訴えて証言台に立った。そして父親は刑務所に入った。その話を聞いて、私は彼女の内面にある飢えと強欲さをよりよく理解できるようになった。

ある日の昼、彼女はキッチンで料理をしながらこう言った。「お父様は私に、ここにいていいと言いました。お疲れがとれたら、明日にでも話をしましょう」

「どういう意味？」私は驚きを隠しつつ言った。「もちろん、ここにいていただくわけにはいかないわ」

彼女は無表情のまま私をじっと見つめた。

「お願いだから、次の仕事を探して出て行って！」

「あなたにそれを言う権利はありません」彼女はきっぱりと言った。「法律違反です」

その瞬間、居間で大きな物音がした。私に続いて彼女もキッチンを飛び出し、引き戸を次々と開けて、食堂を飛び出した。

看護師は口をぽかんと開けて、広々とした居間の奥を凝視した。私もそちらに目をやった。暖炉の前のオーク材の床に、母の写真が上を向いて落ちていた。横には別の写真があり、こちらは裏返しになっていた。二枚の写真のやや右には、中身が抜け落ちた木製のフレームが転がっていて、その上にガラスが飛び散っていた。看護師は、見開いた目に恐怖を浮かべながら近づいていった。

「さわらないで」私は言った。

彼女はゆっくりと後ろに下がった。

父が亡くなったあと、私はサイドボードのなかから額入りの写真を探してきて、大型テレビの上に置いた。テレビは私が父のために購入したものだ。けれど父の写真の裏にもう一枚、母の写真も入っていたことは知らなかった。

「本当に父さんはそう言ったの？　ここにいていいと言ったの？」

看護師は自分の部屋に入って、ドアノブに巨大なロザリオをかけた。

口にするのもおぞましい、ある夜のこと、私が看護師の帰りを待つのを諦め、あかりを消したころ、彼女が戻ってきて忍び足で階段を登ってきた。私は物音を聞いてベッドから起き出した。「言っておくけど、こんなふうに夜遅く帰ってくるのはもうやめて。よそへ移ってちょうだい」彼女は言った。

そんな言い方をするものじゃない、お父さんだって喜ばない、と。

「出て行って！　お願いだから出て行って！」

看護師は階下に降りていき、受話器を取った。

「暴行を受けています」彼女の声が聞こえた。「いいえ、言葉の暴力です。私は債務労働者で、不法に立ち退きを迫られているんです」

三〇分ほどして、窓の外で赤色灯が回転するのが見えた。警察だ！　彼女は警官を呼んだのだ！　玄関先で何らかのやり取りがあったようだった。私は耳をそばだてて待機していたが、着替えをして階段を降りて行った。警察は弁護士と相談するよう言い残して、出て行くところだった。

その週のうちに、看護師は体格の良い男を連れてきて、所持品を運び出した。やっと解放されたと思い、私はドアを閉めて鍵をかけた。しかし彼女は数日後に戻ってきて、通知書を差し出した。違法な強制退去を行なったかどで私を訴え、五千ドルの賠償を求めるのだという。法廷での審理は一ヵ月後に予定されていた。

その後の数週間は想像を絶するものだった。看護師が私に対して起こした訴訟は棄却された。契約もなければ貸借関係もなく、ドアに鍵がかからないので法的には借家人でもなかったからだ。審理が行なわれた小さな部屋を出て行くとき、彼女は射るような憎しみのこもった目で私を睨みつけた。

私は思った。父なら私たちすべてを赦すだろう。看護師も、私も、そしていとこも。「赦すべき」と、彼なら言うだろう。赦さなければ、悪を行なった者も、悪を行なわれた者も解放されないのである。

母は父の赦しの能力に感嘆していた。父は決して不平を言わなかった。自分ならとてもできないと、母は言っていた。父は自分が「罪人《つみびと》の中で最たる者」であることをわかっていたから、努めて赦そうとしたのかもしれない。

「私には理解できない」人を傷つける者に対して、父はいつもそう言っていた。看護師のことも、同じように言っただろう。そして私も、父に対して同じことを言う。けれど、父を赦してとは、誰にも言えない。

§ § §

父が亡くなってから数年後、いつも愚痴ばかり言っていた父のいとこ、最期の夜、父に残酷な言葉を投げつけたあのいとこから、昼食に招かれた。

「長いこと」彼女はそう挨拶した。

ダイニングテーブルいっぱいに広がった書類や雑誌や本を片づけて、卓上に小さなスペースを作りながら、彼女は驚くほど丁寧な言葉遣いで話し始めた。ふと見ると、コールデールで父のベッドにかかっていたワインレッドとピンクのアフガン織が、この家のソファにかかっていた。

食べ物の飛び散ったシミが、食器棚から絨毯へと続いている。カナダにいられて、こうして生きていられることに、そして私がアパートを探してくれて経済的に安定したことに、彼女は礼を言った。

これまでの彼女とは、まるで別人のようだった。父や私が長年にわたって援助してくれたことに感謝して、日々祈っているという。日本にいたら、日本社会の「細かい」嫌がらせ、ちょっとした告げ口や偏見、つまはじきのせいで、とっくに死んでいただろうと彼女は言った。

変身の理由はわからなかったが、どうやらニューヨークでアーティストとして認められ、深い満足感を味わったようだ。豊穣と憐れみの女神は彼女のもとにも訪れて、和解の食卓のために食料を整えてくれたのだ。

「わたしの敵の中で、わたしの前に食卓を整える者……」（詩編二三編五節）

人生にはある種の音楽、リズムがあるように思う。まず辛いことが起こる。そして休止符。一拍、二拍があって、信頼、信頼、信頼。そしてまた予想外のことが起こる。ダンスのように、後ろへステップ、横へステップ、そしてジャンプ。

13

『雨はプリズムの向こうに』の出版後、私は再び健康を取り戻した。フィクションという形ではあれ、家族の隠れた恥を告白したことで、一生つきまとってきた病に終止符が打たれたのだ。恐怖とパニックの激しい症状は消えた。それまでは公衆トイレで、学会で、劇場で、嘔吐や冷や汗、めまいに襲われ昏倒し、トイレにかがみ込んでいた。ディナーパーティに出て、ずっと席を立たずにすむとはどういうことか、私は初めて知った。疼くような落ち着かなさに苦しめられることもなくなった。それでも、まるで風に吹かれているかのように、本来の居場所は未だに見つからないのだった。

ずっとそうだったわけではない。子どもの頃は、自分の家がどこにあるのかはっきりわかっていた。その家が、なくなってしまったのだ。

二〇〇三年八月二七日は世界にとって特別な日だった。夜空に輝く赤い星、火星が地球にこれほど接近するのは、六〇年後を待たなければならない。けれど私にとってその日が忘れられないのは、別の理由からだ。たまたまトロントからバンクーバーに来ていて、驚くべき発見をしたのだ。

古くからの友人と私は、どこかで朝食をとろうと、マーポール地区にあるオーク通りに車を走らせていた。西五七番通りに差し掛かったとき、私は友人に言った。「子どもの頃、このあたりに住んでいたのよ。六四番通り沿いで、オーク通りとグラヴィル通りの間だったと思う」

「オーケー。探してみましょう」面倒見の良い友人はそう言った。ハンドルを切って六四番通りに入ったが、私は番地を思い出せなかった。「確か〇一で終わる番号だった」そう言ったものの、思い出したのは別の懐かしい番地であることに気づいた。西三番街一七〇一番地。私が生まれる一年前に献堂された、私たちの愛するキツラノの主昇天教会の番地だった。

グランヴィルに近づくと、私は言った。「もういいわ、通り過ぎてしまったみたい。壊されたのかもしれない」そう言いながら通りの向こうに目をやると、信じられないことが起こった。

そこにあったのだ。子ども時代を過ごした、美しい窓の並んだ、ずっと探し続けてきた子ども時代のわが家が。二本の高い常緑樹の奥に隠れるように、ひっそりと立っていた。前面の歩道に沿って白い看板が二枚。そこに目を疑う言葉が書かれていた。

「売り家」！

懐かしのわが家。西六四番通り一四五〇。

子どもの頃、いつかこの家を買い戻したいと夢見ていた。高校生のときには、こんな手紙を書き送った。「売却をお考えかどうか、どうぞ知らせてください」誰からも返事はなかった。母親のためにこの家が欲しいと思ったこともある。亡くなる少し前、母は私を見上げ、訴えるように言った。「マーポールの家に戻れないかしら」

あれから一六年、その家が目の前にある。母の家。売りに出されている。遅すぎたのだ。

今にも誰かが買ってしまうかもしれないと思った。場所がいいのだから。

私たちは車を停めた。友人が先に車から降り、鉄製の門の前に立った。鍵がかかっていたので、友人は柵をよじ登り、ジャンプした。どさっと庭に落ちると、内側から門を開け、私を招き入れた。

庭は荒れ放題で、芝生は枯れて藁のようだった。どう見ても人が住んでいるとは思えなかった。歩道に沿って、カナディアンフットボールのクオーターバックのように並ぶ新築の家並みとは違い、今どきの基準からいえば質素な山小屋のような家だ。けれど私の記憶のなかでは、広々とした美しい家だった。その後に住んだ粗末なあばら家に比較すれば、マーポールの家は部屋も窓もたくさんあり、絨毯も壁も宮殿のようだった。電気、水道、浴室、ウォークインクローゼット、ダイニングテーブル、ソファ、人形、絵画、本、ティーセット、ピアノ、レースのカーテン、大きな蓄音機などが揃っていた。プレイルームは階下にあり、私の積み木はそこにあった。アルファベットが書かれた四角いブロックや、とんがり屋根の尖塔のついた、窓に赤いセロファンを貼ったお城の積み木。母は赤い字でAと書かれた積み木を一個だけ荷物に入れ、死ぬまで大切に保管していた。

私たちが通っていたデイビッド・ロイド・ジョージ校は、広い階段があり、黴くさい木の臭いのする学校で、この家からわずか数ブロック先にあった。一年生の私は小太りで内気な子どもだった。初日にパンを作ったこと、一行一行、指を定規のようにあてて字を読んだのを覚えている。本のなかに幸福な世界が広がっていた。三匹の熊が森を抜け、ポリッジと椅子とベッドの待つわが家に戻っていく。これは初級の教科書、『ジェリーとジェーン』のなかにあった物語だ。

三歳半年上の兄は学内コーラスの指揮者をしていた。眼鏡をかけ、長い黒の編上げ靴を履き、膝までの靴下に半ズボンをはいていた。エルガー聖歌隊に属し、近づく大会に向けて懸命に練習していた。一九四二年に私たちに外出禁止令が出ると、兄はそれらの名誉をすべて失った。

二〇〇三年は干ばつの年だった。空気は乾燥し、家もカラカラに乾いているように見えた。歩道がサンルームの前面ガラスから裏庭へと伸びていて、その先にある裏口のポーチは昔より広くなっていた。プレイルームへと通じるドアは以前とまったく同じ位置にあった。すぐ脇にガレージがあって、当時は燃料用のおが屑が置いてあった。私はすっかり夢中になった。

裏庭を眺めていると、高いフェンスのそばに、鬱蒼と葉を茂らせた古木があるのに気づいた。人と人が突然、わけもなく惹かれ合うこと、一瞬のうちに目と目で互いを意識し合うことを一目惚れという。それと同じようなものを、私はねじ曲がったその木に感じた。私はあとから、日記にこう書いた。「信じられない木……泣いている木、赤錆色の古い樹液と透明の新しい樹液がこびりつき、傷口がぽっかり開き、ボロボロの樹皮がはがれ落ちている」十字に組んだ柵で支えられた大枝が、ガレージの屋根の上まで張り出している。傷みのひどい部分には分厚い包帯が巻かれ、青い紐で止めてある。誰かが手入れをしているのだ。

数日後、私は再びその木に会いにいった。そこで起きたことは、今でも忘れられない。私はザラザラした幹に右手を置いて木を見上げた。雷に打たれたというほどではないが、はっきりと暖かい感触が右手から伝わってきて、私は畏敬の念に打たれた。その瞬間に伝わってきたのは神の臨在の感覚だった。人が人を知るのと同じように、私のことを知ってもらえたというのでも、その木が何かを知覚できるというのでもないが、そこに完全なる「知る」があって、それがはっきり示されたのだ。私もその一部である命、私たち一家の命、私たちの共同体の命、私たちになされた、あるいは私たちがしたすべてのこと、すべて良いこと、すべて邪悪なこと、すべての恥、すべての秘密、すべての優しさ、すべての悲しみ、それらすべてが完全な形で知られているのだ。私のなかに潮のようなものが湧き上がってきて、「知る」とは「愛の臨在」であることを確信した。

こんな歌がある。「靴を脱ごう、聖なる場所に立っているのだから」大昔の燃える柴のように、その木の周りから「声」が響いて、私たちの悲しみは知られているのだと告げていた。

木のそばにしばし立ち、手から暖かさが伝わってくるという経験は、二度と訪れなかった。けれど、知りたもう「臨在」に対する確信は揺るがなかった。完全に知られているとは、完全に愛されているということである。私はこの木を、私たち一家の木、知識の木と名づけた。私たち一家の枝が切られたように、その木も枝を切られた。その木は断絶の時代を生きてきた。私たち家族と同じように傷つき、血は固まっていた。柵に支えられて、強く健やかに伸びるその枝を、私の枝と呼ぶことにした。

日系カナダ人の映像作家である友人が、この木に手を当て、梢を見上げている私の写真を撮ってくれた。ぼんやりとした白い光と、赤や青の光の斑点が私のお腹のあたりに輝いているのが写っている。不思議な現象だ。

「この写真を見たとき、何もかもうまくいくと思った」と友人は言った。

二〇〇三年の夏、ブリティッシュ・コロンビアでは山火事が猖獗を極めていた。私は悪夢にうなされた。雷が落ちたかのように葉が黒く縮れて傷ついた植物や、踏みつけられた大量の灰の山。それでも熱波のなかで種は芽を出し、いつか森のなかの何もかもが元どおりになっていくのだった。

これはその家や木との出会いとなるのだろうか、それともこれでお別れとなるのか、私にはわからなかった。多分その両方なのだろう。売値は法外なものだった。土地だけで四〇万ドルした。不動産業者は待ってはくれない。頼み込んでも聞いてくれず、私は諦めかけた。木は老木だし、家も同じだ。老いれば死ぬのが習いである。けれど、愛はそうではないし、一瞬とはいえ「臨在」が示されたのだ。だからアーメン、アーメン。自分の思いは捨てようと思った。

バンクーバーにいる別の友人はこう助言した。「その家で朗読会をやったら？　そうすればいい思い出になる。諦めもつくでしょう」

「でも何日かしたらトロントに帰るのよ。オタワで用事もあるし」

「戻って来ればいい。そういう方法もあるってこと。先のことはわからないし……」

「確かに先のことはわからない」

「何が出てくるか、様子を見ましょう」

希望とは、畳まれたものが広げられること。希望の女神は翼を畳んだり広げたりして、私たち人間を運んでいくのだ。

トロントに戻ると、留守番電話に不動産業者からのメッセージが入っていた。あの家が、一週間後に売れる可能性がある、朗読会をやるのなら次の土曜日しかないというのだ。「至急、ご連絡ください」

私は航空会社に電話をし、チケットを取った。

朗読会は九月のある土曜日の午後に行なわれた。百人ほどが居間やサンルームの床に座った。美しいフランス窓を開け放ち、食堂やキッチン、寝室や裏のポーチにも立ち見の人々が集まった。庭の芝生にも人が溢れた。

そこにいるというだけで、涙が出るほどうれしかった。みんなで「また会う日まで」を歌った。スローカンやコールデールで、別れのときいつも歌った送別の歌だ。その日がいつまでも終わってほしくなかった。とても幸せだった。

家は朗読会の直後、台湾人に売却された。翌年の夏にバンクーバーを訪れたとき、その通りを歩いてみると、裏手に新しいフェンスが立っていて、例の木は庭の外に押し出されていた。意味がわからなかった。立って見ていると、四十代と思われるアジア系の女性が裏門を開けて出てきた。

「こんにちは」私はきまり悪く会釈した。「ずいぶん昔、ここに住んでいたんです」

女性は探るような目で私を見た。

「持ち主の方？」私はおずおずと尋ねた。「家を誰かに貸すつもりはありますか。この木、この老木……この木が気に入ったもので」

「持ち主じゃありません」と彼女は答えた。「代理人です。木に興味はありません、まったく。どうぞ持っていってください」刺々しくそう言った。

「古木だから」私は頭を振りながら言った。

数え切れないため息を、彼女に伝えたいと思った。私の思い出の盃から、一口でも味わわせたいと思った。けれどそんなことをして何の意味があるだろう。まして彼女の側には法律という楯があった。

彼女と出くわしてからというもの、その家を訪れるのは控えるようにした。たとえ行くとしても、隠れるようにして訪れた。ある春のこと、この木がいっぱいに白い花を咲かせた。所有者の代理人は決して敵でないと、私は自分に言い聞かせつづけた。

この木はその後、バンクーバーの樹医たちが「過酷かつ理不尽な伐採」と呼ぶものを受けた。柵に支えられていた太い枝は切り落とされた。道路に覆いかぶさるように茂っていた別の大枝も消えていた。次に訪れると、木はひどく小さくなっていた。それでも春を告げる白い花は勇敢に、可憐に咲いていた。

家は、情け容赦なく集合住宅に改修された。そんな破壊行為のさなかにも魔法が働き、夢が閃光のように現れて行く手を照らした。子どもたち、学者、記者、市議会議員をはじめとする数え切れない人々、あるいは遠隔地にいる読者までが、この家を救う運動に加わりはじめたのだ。『失われた祖国』が、市立図書館のブッククラブ「ワン・ブック・ワン・バンクーバー」の選定図書となった。『ナオミの道』*を下敷きにした子どもオペラが、各地の学校で巡回上演された。ブリティッシュ・コロンビア土地保全協会が細やかな心遣いを示し、寄付金集めを引き受けてくれた。リッチモンドの三年生と四年生が横断幕を作って市議会に陳情に出かけたり、テレビに出演したりしてくれた。市当局は解体許可の交付を三ヵ月延期させる異例の措置をとり、私たちはその間、時間の猶予を与えられることになった。三ヵ月の期限ギリギリになって、私の友人で女性の強い味方であるナンシー・ルース上院議員が五〇万ドルを寄付し、七五万ドルという法外な売却額に相当する資金が集まったのだった。

二〇〇三年のあの日以来、涙の連続だった三年間を経て、二〇〇六年にようやく家の保存が決まっ

＊ Joy Kogawa. *Naomi's Road*. Fitzhenry & Whiteside, 1986/2005. 邦訳『ナオミの道――ある日系カナダ人少女の記録』浅海道子訳、小学館、一九八八年。

た。生徒たちは自分たちがこの家を救ったのだと信じた。実際、その通りだったのだ。私の手元には今も彼らの手紙や絵が残っている。

14

二〇〇六年はローラーコースターのような波乱の年だった。私の生家を保存しようと自然発生的に起こった運動は、激しい反対にあった。当初は、一握りの人たちが苦情を言っているにすぎないと思っていた。私が創刊に関わったコミュニティ紙『ニッケイ・ボイス』に何通かの投書があり、愚かな女の身勝手なわがままと非難された。何千という人々が騙されて自宅を取り上げられているときに、どうして何の価値もないお化け屋敷がこんな幸運を得なければならないのか。

急先鋒はモントリオールに住む女性で、私の母や義理の姉と同じロイスという名前だった。その年の一〇月、それまで面識のなかったこの女性が私の講演会にやってきた。大学の広い教室の後方、扉に近い場所に彼女は席を占めた。

憎しみのこもった鋭い視線を向けられて、私は意味がわからず当惑した。二世かもしれないと思った。同年代で私より少し肉づきが良かった。講演が終わって学生たちが出て行ったあとも、すごい目つきで私を睨みつけていた。

「お名前は？」私は尋ねた。

その答えに、私は唖然とした。ロイス。不可解なロイス。私は無意識に彼女に腕を差し出していた。なぜそんな衝動に駆られたのかわからないが、後ずさりしたい気持ちより、そうしたい気持ちがまさったのだ。

彼女は身を硬くし、口をキッと結んだ。「どんな気持ちかわかりますか」唇も口元もいっさい動かさずに、彼女はそう言った。

「わかりますよ。ずっと会いたいと思っていました」私はそう答えたが、それは嘘ではなかった。「場違い」なハグで友情を示そうとした、そのときの自分の態度を、私はのちにメータにこう説明した。「ひょっとすると、日本的な何かだったのかもしれない。自分を守るために礼儀を尽くす。それは偽善じゃない。礼節というものよ。そうすることで怒りを別のものに変えられる」

「一体何に？　怒りを何に変えるというの？」

「ぶどう酒かな。つまり、最終的には、怒りをぶどう酒に変える？」

その教室で、私はロイスに言った。「二階でセミナーをやるので参加なさったら？　そこで自分の意見を言えばいい」

そのとき、予定外に数人の学生がサインを求めて来た。ロイスは帰ったのだろうと思いつつ、私は急いで階段をのぼった。けれどそうではなかった。椅子を円形に並べたセミナー会場で、二〇人ほどの参加者に混じって、彼女は扉のそばに座っていた。私は部屋を横切って、用意された席についた。

それからの三〇分間、私は教員と学生が居並ぶなか、生まれて初めて公然と非難を受けた。ロイスは立ち上がって発言し、猛烈な言葉を容赦なく浴びせた。私を攻撃し、私の作品、リドレス運動、私の家族、日系カナダ人の活動家たち、そして私の生家の保存運動を攻撃した。滅多打ちにされながら、私は言葉もなく座っていた。私の最大の敵が現れた。そして『失われた祖国』は日系カナダ人をも、カナダをも辱めるものだと非難したのだ。以前から耳にしていた彼女の持論は、『失われた祖国』に登場する隣人に性的虐待を受ける子どもは、実は著者である私自身であり、子ども時代に生家で近親相姦の被害も受けている、というものだった。

彼女の思い込みを初めて聞いたとき、なんとまあ想像を逞しくしたものかと思った。誰がこんなことを真に受けるだろう。ところが、驚くほど多くの人がこれを信じたのだった。そのなかには自殺学の専門家で、キリスト教原理主義の日系人牧師や、私に「それは事実なのに、あなたは否定している」と言い放った詩人も含まれていた。

「彼女の本を見れば、全部書いてあるわ」その日、ロイスは参加者たちにこう訴えた。「そこに出てくる夢ですよ！　両足を切られた三人のアジア系の女性！　両足を切られるんですよ！　彼女自身のことを語っているという以外、考えられません。皆さんだって、わかってるはずよ」

私の小説に描かれているのは、幼い頃から嘘をつくことを覚えた人間だと、彼女は言った。『失われた祖国』は歴史を歪曲している。日系カナダ人は苦しんだりしなかった。苦しんだのはジョイだ。ジョイは同情の対象であって、賞賛の対象ではない。私たちはカナダの人道的扱いに感謝すべきだ。第二次世界大戦の惨状を思えば、収容所での生活は楽なものだった。自分をアンネ・フランクになぞらえるなんて不謹慎だと、彼女は私を責めた。私がいつそんなことを言ったの？——「証拠ならあるわ。録音の書き起こし原稿を持っています」と彼女は言った。ジョイをはじめとする活動家による間違った表現が、カナダという寛大な牛から乳を絞り出し、カナダ国民を騙したのだ。その上、ジョイの家族は口にはできないほどの恥辱にまみれている。ロイス自身は、従軍経験のあるカナダ国籍の父をもち、そのことを誇りにしていた。

止めようとする人はいなかった。一人の学生が席を立った。ロイスはぶるぶる震えながら、いっこうにやめようとしない。

（神様）私は心のなかで祈った。（このままでは焼かれて灰になってしまう。燃える炉から手を離すべきなのでしょうか。ここから立ち去るべきなのでしょうか）

セミナー室にいた誰かが大きく頷いた。そうだ、カナダは素晴らしい国だ。そうだ、日本は恐ろしいことばかりした。リドレスなんて不要だった。ただしロイスの名誉のために言っておくと、彼女は連邦政府から二万一千ドルの補償金を受け取ったことも進んで打ち明けた。

講演に招待してくれた教授は、以前からこう言っていた。「いいですか、考え方の違う人もいることを忘れないでください」

違う考え方があることは、よくわかっていた。収容所に入れられたことは、ある意味で幸運だった。何もかも失い、家を追われ、離散させられたことは、良いことだった。おかげで人々は「町にジャップは自分だけ」と自らに言い聞かせ、カナダ人社会に同化せざるをえなくなった。他の移民たちが何世代もかかったことを、日系人は短期間で成し遂げたのだ。私たちは幸運を喜んだ。私たちは模範的市民となり、人々から好かれ、教育程度も高く、社会に貢献した。

物事を肯定的に見ようとするそうした考え方には、確かに当たっている面もあった。私にも成長期にはそういう考え方があったし、子どものために無難な道を選ぼうとした一世たちを尊敬してもいた。私の知る一世たちは不満を言わなかった。だからと言って、彼らが苦しまなかったわけではない。

いつだったか、スローカンまで私たちに同行した宣教師の一人で、私の名づけ親だったグレース・タッカーに尋ねたことがある。私たちに起きたことは、不幸に見えたけれど、じつは幸福だったのか、と。彼女は答えた。「とんでもない。何一つ、幸福と思えたことなんてなかった」と。

「私たちは何を失ったというの？」あの講演会場で、ロイスは私にそう尋ねた。

「私たちはコミュニティを失いました」私は口ごもりながら呟いた。

「コミュニティを失ってなんかいない」彼女は反論した。「私にはコミュニティがあるし、友達もたくさんいる」

ロイスは私に背を向けると、参加者たちの方を向いて、震える手で私を指さしながら大声で叫んだ。「あなたたちは知ってるの？　この人の父親は小児性愛者なのよ！」そして一気呵成に言った。「彼女はその父親の娘なのよ！」

ついに来た。矢は的に突き刺さった。真実が人前にさらされた。

私の父は小児性愛者だった。そして私は、その小児性愛者の娘なのだ。

会場にいた聴衆は、学生も教員もゲストたちも、その瞬間、私を含めて凍りついた。驚きの声ひとつあがらなかった。ロイスがそのあと何を言ったか、今ではほとんど思い出せない。激情がおさまったのか、ロイスはようやく口をつぐんだ。私には稲妻のように見えたその眼光も、光を失った。彼女は両肩を落とした。「言いたいことはすべて言いました」そう締めくくった。「これ以上、言うべきことはありません」そのまま腰を下ろすこともなく、彼女は背を向けて立ち去った。

嵐は去った。けれど私の内面において、それは始まりにすぎなかった。反動はゆっくりと起きた。スローカンからの反動がそうであったように。「ゆっくり行けばなんとかなる」——険しい山々を越えて、緑豊かな山間の谷へとやってきた先住民たちには、そんな言葉がある。ゆっくりなら行ける《スローカン》。

ロイスが出て行ったあと、恐らくは教授だろう、背が高く痩せた女性が参加者たちに呼びかけた。「いま私たちが目にしたのは、まさしく人種差別がもたらす負の影響のひとつです。つまり、抑圧者との同一化です」一人の学生が、自分と同じように二つの文化のもとに育った人々の文学について話したいと言った。彼は半分アジア系、半分ラテン系だった。しかし私は、ほとんどしゃべることができなかった。

セミナーが終わる頃、教員の一人が明るいグリーンのポットを紐で結わえた、植木鉢をプレゼントしてくれた。私はその植木鉢を、入れてあったポリ袋のまま手に持ち、呼んであったタクシーに乗り込んだ。

トロントへと向かう電車のなかでも、私は呆然としていた。まるで繭のなかにいるようだった。膝の上には、ポリ袋に入った植木が乗ったままだ。電車に揺られながら、私は植木を取り出して眺めてみた。葉っぱは細く、黄色い葉脈が走り、先端が棘のように尖っていた。不格好で、これといった特徴のない植物。種苗店に行っても、私なら手に取らないような植物だった。なのに、それはなぜかそこにあった。名前をつけよう。彼女の名前を、と思った。そうだ。この植物がロイスの代役になってくれる。

何マイルも走ったころ、おもしろいことに気づいた。彼女は私を狙い撃ちにしようとしたが、じつは的を外していたのだ。あるいは、撃ったけれども空砲だったのかもしれない。私は小児性愛者の娘である。でも神に誓って、そのことに罪はない。彼女は一族同罪（ジッペンハフト法）を適用したのかもしれない。ナチスはこれを使って、一人の犯罪で一族全員を罰した。しかしそれは文明社会のすることではない。

その晩、びっくりするようなメールが届いた。「傷つけるつもりはなかった」ロイスはそう書いていた。

15

モントリオールから戻ったある晩、メータが私のところに立ち寄った。「傷つけるつもりはなかった」というロイスからのメールを見せると、メータはお腹をよじって笑った。

「返事するつもりはないでしょ?」メータは言った。

「返事したわよ。『ようやくあなたに会えて、嬉しかった』って」

「どうしてそんなこと書くの? あんな人と、どうして連絡を取り合ったりするの?」メータは問いかけた。

「どういう返事がかえってきたか、聞きたい?」

「いいえ」

私はかまわず、話して聞かせた。

一〇月二一日付のロイスのメール。「私もあなたに会えてとても嬉しかった。講演会場ではできなかったけれど、今なら心を込めてあなたにハグを返したい。〝ロイス〟に水をやるのを忘れないでね」

「私はこう返事した。『人生って素晴らしくない?』と。本当に、彼女に対して温かいものを感じたのよ」

私とロイスの短く大雑把なやり取りは、仮想世界を通して行ったり来たりした。子どものように、今喧嘩した者どうしが、次の瞬間には忘れているという調子だった。

メータはそうしたことに呆れ顔だった。

私は肩をすくめた。「ロイスを見せたかしら。植物の「ロイス」それはベンジャミンの木のそばに置かれていた。

「まさか彼女からもらったんじゃないでしょうね!」

「違う。地球の静止する日に、うちに来たの」

『地球の静止する日』は生まれて初めて観たSF映画だった。五十年代のいつか、レスブリッジのパラマウント劇場でのことだった。映画のなかでは、宇宙人と、武器を破壊する巨大なロボットが、大きな宇宙船に乗って着陸し、人間たちに恐るべき警告を発する。あらゆる戦争をやめ、平和に生きないと、ひどい目に合わせると。映画の終盤で、ロボットが武器を手放そうとしない世界を丸ごと破壊しようとしたとき、「クラトゥ・バラダ・ニクトゥ」という呪文が聞こえてくる。すると殺人光線は止んだ。この呪文を覚えておこう、と私は思った。いつか役に立つかもしれないと。

「私も立ち上がって、ロイスに『クラトゥ・バラダ・ニクトゥ』と叫べばよかった」

「そりゃいいわね」メータは笑った。「友情なんて生まれるはずない。わかってるでしょ。怒りはどこに行ったの？　あなたは怒るべきよ。メールのなかのあなたは好きになれない」

最終的にはメータの言うとおりになった。ロイスとのやりとりはたった三ヵ月しか続かなかった。

一二月九日付のメールで、私はこう書いた。「友達になりたい。力を合わせれば、何かをやり遂げられると思います」

けれどそれは、無駄な努力だった。一二月一二日付のロイスの返事はこうだった。「力を合わせて何ができるのか、私にはわかりません。何を考えているのですか。私があなたに会って言いたかったのは、あなたの子ども時代の家、あなたの父親の家を保存し、名誉を与えるのは、倫理的にも歴史的にも間違っているということでした。あなたの父に被害を受けたのはあなただけではなく、彼の家に名誉を与えるのはあの女性たちに対して著しく不当なことなのです」

「あの女性たち」ですって?

一二月一三日、私はこう書いた。「世界は友情のためにあり、私たちの生きる目的はそこにあると思います」

ロイスは一二月一四日、最後のメールを送ってきた。

「あなたに会って以来、私が言ったこと、書き送ったことを、あなたはわかっていないし、わかろうともしない。友人なら、互いの言うことに耳を傾けるものでしょう。私が同情しているのは、幸福で無垢な子ども時代を過ごす権利を奪われた少女であって、相手のことをわかりもしないのに、友情について愚かな戯言を弄する有名作家などではありません。さよなら、ジョイ」

「やっと終わったのね」メータは腹立たしげに言った。「最初から無理だったのよ。考えが甘かったとしか言いようがない。彼女はさよならと言ったけど、私はやれやれ清々したと言いたい」

「私だったら、『平和がないのに、「平和、平和」』と言いたい。たしかエレミア書よね。『友達がないのに、「友達、友達」と言う』でもいいわ」

「迷惑をかけるだけの人間を、なぜそんなに大事にするのかわからない。自分をアンネ・フランクになぞらえたりしたから、自業自得よ」

「なぞらえてなんかいない」

「でなけりゃいいけど。確か、彼女は書き起こし原稿を持っているのよね」

少し調べてみたところ、インターネットでそれが見つかった。前年の一二月、バンクーバーのあの桜の木の下で、CBCのインタビューを受けていたのだ。

「アンネ・フランクの家のことを持ち出したのは、インタビュアーのほうよ」

「だから?」

「私は言ったのよ、比較なんてできないって。ある意味で――『ある意味で』なんて言うべきじゃなかったけれど、日系カナダ人に起きたことと、ヨーロッパのホロコーストで起きたことは比較にならない。規模が違いすぎて、同列に論じることはできない。ただ、人種差別はどの国にもあることで、これはカナダにおける人種差別的行動の一つだった」

「その通り言ったのね? それならあの女に反論すべきよ」メータは言った。

ある日、ロイスの植木鉢を持ち上げると、うっすらした白い霧のようなものが一瞬現れ、すぐに消えた。

ハエだろうかと私は思った。

石鹸水にニコチンを混ぜたものがいいと聞いていた。スプレーで吹きつけたところ、効果があったように思えたが、完全ではなかった。翌週、私は土がこぼれないように押さえながら、鉢を逆さまにして液体に浸し、葉っぱをグルグル振り回した。これで虫はいなくなった。

翌日、小さな灰色の蜘蛛が窓枠の上を歩いていた。動くものと見れば、ジャッキー・チェンのように油断なく、俊敏に攻撃していくタイプの蜘蛛だ。いいか! まっすぐ前を見て! 飛びつくんだ!

蜘蛛はロイスの鉢に登って行き、餌を探して葉から葉へと飛び移った。何も見つからないと、床から壁へ、壁から窓へとせわしなく動き回った。日が経つにつれ、さらに遠くへと移動するようになった。ある日、ベンジャミンの植わっている陶製の大鉢に物差しを立てかけておいた。蜘蛛は迷うことなく物差しのほうへ向かい、上へ登っていった。

それからの数日間、蜘蛛はそこから遠く離れることはなかった。ハエのいる世界、完全なる食糧供給の世界を探し続けていた。そしてある日、蜘蛛の姿は見えなくなった。ずっと探し続けたが、二度と現れることはなかった。防虫剤を撒いたことを、私は後悔した。

グーグル検索にふけっていたある日、ウパニシャッドに出てくるヒンドゥー語の言葉に行き当たった。「宇宙には食べるものと食べられるものしかいない。究極的には、すべてが食物である」

虫であれ植物であれEメールであれ、あるいは人であれ、人は敵に取り囲まれた惑星で、もっと自分を知ってもらおうと飛びかかっているのだ。

16

二〇〇六年、私が書いた子ども向け作品をもとにしたオペラ『ナオミの道』*が、西海岸で巡回上演

---

* 原著の *Naomi's Road* は *Obasan* を児童向けに改作したものだが、四五分のオペラとしても作品化されている。

された。言葉から音楽への転換は、まるで魔法のようだった。しかも、アルバータ州南部の広々としたプレーリー地帯には、素晴らしい歌手たちがいた。第二次世界大戦後、大勢の日系人が送り込まれた場所である。

コガワハウスの管理者であるアン＝マリー・メッテンと私は、アルバータ州レスブリッジのホテルに泊まっていた。熱帯をテーマに、豊穣な緑、小川、曲がりくねった小道をデザインした豪華なホテルである。

深夜のことだった。眠りに落ちようとした途端、ガチャガチャという大きな音にぎょっとした。大したことはないだろうと思ったが、朝四時になっても気になって寝つけなかった。あれこれ調べてみると、小さな機械がテレビの後ろに落ちていた。おそらくテレビの音で振動して、テレビから滑り落ちたのだろう。一九九五年に父が亡くなったとき、肖像写真が落ちたのも音の振動が伝わったせいかもしれない。でも、それはありえない。父のテレビには、一度もスイッチを入れたことがなかったのだから。それからも私は寝つけなかった。悪いことばかりが次から次へと頭をめぐっているうちに、デジタル時計の蛍光数字は朝が近いことを告げていた。

プレーリーのどこからか、雄鶏たちの鳴き声が聞こえてきた。子ども時代はいつも、「コケコッコー」の鳴き声で目覚めていた。スローカンでも、コールデールでも、近くから遠くから、バンタム種、ロードアイランド・レッド、レグホンといった鶏たちが「皆の者、目覚めよ」と叫んでいた。

トロントのマンションにも雄鶏が三つあった。一つめは止まり木にとまった親指ほどの小さな鶏で、バルサムの木でできていた。二つめも大きさは同じくらい、ノルウェーの蚤の市で手に入れた金属製の鶏で、両足を大きく広げ首をもたげていて、窓枠の上に東向きに置かれていた。三つめの雄鶏は床置きで、実物大のぼってりした木製の置物である。

私にとって、雄鶏たちは赦しのシンボルだった。彼らが教えてくれるのは、二度目、三度目のチャンスはある、朝が訪れる限り、チャンスはいくらでもある、償いをして、もう一度やり直すことができる、ということだ。無限に訪れる朝とともに、ささくれだったたくさんの真実が姿を変え、また変わり、私たちの物語は正しい姿に落ち着くのである。

私の毎朝の奇妙な習慣は、ネイビーブルーの手のひらサイズの新約聖書に、あてずっぽうに指を差し入れて開くことだった。背はすっかりボロボロになっている。医師ルカの癒しの物語である福音書を、繰り返し開いてきたためだ。その聖書をポニーテール用の黒いゴムバンドで留めて、私はどこへ行くにも持ち歩いている。

その朝もいつもの朝と同じように、ベッド脇のナイトテーブルに置いてある新約聖書に手を伸ばした。指を入れてページを開くと、そこにこの言葉があった。

「ペトロ、イエスを裏切る」

ペトロはメシアと崇める人に熱心に仕えていたが、自分がその人を裏切るとは夢にも思っていなかった。

しかしイエスは、ペトロが裏切るだろうと告げる。「あなたは今夜、鶏が鳴く前に、三度わたしのことを知らないと言うだろう」

ペトロは驚愕する。「いいえ、決して」と彼は言う。「わたしはあなたのためなら命を捨てる覚悟はできています」

ゲッセマネの園は、よく知られているように、ユダが接吻でイエスを裏切る痛ましい場所である。ユダは銀貨三十枚で、兵士たちを一行が隠れているところへ案内した。イエスが捕らえられ、弟子たちが逃げてしまったあと、ペトロは宮殿の中庭に忍び込む。おそらくは、イエスが捕らえられている場所になるべく近づこうとしたのだろう。皆から頼まれて、ことの成り行きを確かめにいったのかもしれない。ペトロはなるべく人目につかないようにしていた。

すると大祭司に仕える女中が、ペトロのことを思い出した。「あなたも、あの人（イエス）の弟子の一人ではありませんか」と尋ねる。

ペトロはそれを否認する。

そして鶏が鳴いた。

二度目の否認は、ペトロが出口のほうへ向かったときに起きた。「この人は、あの人たちの仲間です」

「私ではない」

そして三度目は、居合わせた人々がペトロのしゃべり方を聞きとがめる。おそらくはガリラヤ訛りだったのだろう。

ペトロは呪いの言葉さえ口にして、メシアを否認した。そのとき、鶏が再び鳴いた。

「裏切り者！」

「裏切り者！」

そこでペトロは思い出した。「鶏が二度鳴く前に、あなたは三度わたしを知らないと言うだろう」という、イエスの言葉を。

そして、彼は泣き出した。

マタイとルカの福音書では、ペトロは激しく泣いたとされている。

私が思うに、ペトロの裏切りと、イスカリオテのユダの裏切りとのもっとも大きな違いは、朝早く鳴く鶏である。両足をなお夜の闇のなかに踏ん張りながら、朝のなかに鳴き声をあげて、よき知らせを告げる鶏である。裏切り者、心せよ！　償いはできる。赦しはある、と。

けれど雄鶏には、赦しのもう一つの側面も見るべきである。

私の息子一家はタイのチェンマイで暮らしている。彼らを訪ねるときは、暗いうちから起き出して、道路を渡った向かいの寺院の境内まで歩くことにしている。まだ暗いうちは、鶏たちは掃き清められた境内に、置物のようにじっとしている。鶏たちの横をすり抜けて、二百段の階段を丘の上の祠まで登って行く。頂上から見ると、遠くに街の灯がともり、近くではゴミを燃やす煙が立ちのぼり、スモッグのたなびく向こうで空がピンク色に染まっていく。階段を降りていくと、明けそめた光のなかで僧侶が鉢一杯の米粒を投げたのか、鶏たちが跳ね回ったり、つついたり、鳴き声をあげたりしている。数にして二倍か三倍かの雌鶏たちに対して、十数羽の雄鶏たちが騒ぎを鎮めるかのように、白や極彩色の首をもたげ、しきりに甲高い鳴き声を上げている。美しい尾羽をこれ見よがしに高く持ち上げ、闘鶏用の蹴爪をつけたものも二羽いた。若い鶏のなかでもっともつつかれているのは二羽の茶色い雄鶏で、尾羽をちぢこませ、つねに二羽で行動をともにしている。力持ちで攻撃的なある雌鶏は、足が長くて毛色は真っ黒だ。まだ幼い四羽か五羽の雛鳥がひよこのような鳴き声をあげながら、褐色の羽色の母親にくっついて歩き､他の鶏たちからつつかれないようにしている。私がとくに注目したのは、五羽のひなを連れた白い雌鶏だ。ひなのうち一羽は黒、それ以外は黄色である。他の鶏たちから少し離れたところに集められたひなたちは、母親のそばを離れず、母親が撒き餌の一番外側から米粒を拾おうとするたびに、置いて行かれないようについていく。

ある朝、立派な黒い尾羽を持つ美しい極彩色の雄鶏が、例の母鶏を追いかけているのを見て、私はゾッとした。母鶏は飛び跳ねたり、逃げ回ったりするうちに、ひなたちを置き去りにする。雄鶏はひなたちを蹴散らす。私は慌てて、ノートを振りかざしながら駆け寄った。一羽の黄色いひなが、傷を負って仰向けになっていたが、なんとか体勢を立て直し、他のひなたちと一緒に母親のもとに走って行った。母鶏は全員を離れた草むらに連れていき、姿勢を低くして地面にうずくまり、ひなたちはその羽の下に難を逃れた。

翌朝、心配しながら同じ場所に戻ってみると、鶏たちはいつも通りそこにいた。白い雌鶏はお腹を空かせて他の鶏と先を争い、ひなたちは母親についていこうと必死である。別の雄鶏が近づいてきて、雌鶏を怒らせる。幸い、こちらの雄鶏はひなを攻撃することはなかった。ところが翌朝になると、ひなは三羽しか残っていなかった。二日後には、黒いひなしか残っておらず、そのひなも元気がなかった。母鶏の羽の下に抱いてもらって、少し元気を取り戻したらしかったが、翌日まで生き延びることはなかった。

「コッカ・ドゥードゥル・ドゥー！」我らは明日をも知れぬ、はかない存在！

私たちが来る日も来る日も、それと気づかず無数の裏切りを重ねても、赦すお方は私たちを赦してくださる。

「私は過ちを犯しました」カルガリーから審問のためやってきた大執事に、父はそう答えた。

父は父なりに、自分が傷つけた少年たちやその家族に償いをしようと努力し、謝罪の手紙を書いたこともある。だが、それでは不充分だった。充分ということは、決してないだろう。亡くなる少し前、父はカナダ聖公会あてに告白の手紙を書いた。最初に反応したのはカルガリー教区だった。

「私は過ちを犯しました」

父は牧師の職を解かれた。大主教全員に事実が伝えられた。当時の私は、それ以上の公的な断罪がなされなかったことに感謝した。

「コッカ・ドゥードゥル・ドゥー！」

あの夜、レスブリッジで、満員の聴衆はオペラ版『ナオミの道』に万雷の拍手と、スタンディング・オベーションを送った。聴衆のなかには、五〇年ぶりに再会した日系人もたくさんいた。そのほとんど全員が、父のことを知っていた。彼らが来てくれたことに、私は言葉にならない感動を覚えた。そして彼らの涙を見て、たくさんの人のことを思い出した。一九五四年当時のルームメイトだったアヤコ・ニシマ、私たちの教会の年少グループに属していた子どもたち、コールデールやレイモンド、テイバー、カルガリーで知り合った友人たち。彼らが来てくれたというだけで、私には充分だった。私は感謝のあまり嬉し泣きした。

17

アン＝マリーと私は翌日、フラットランズを横断して、思い出探しの旅に出た。行けども行けども、地平線まで続く真っ平らな土地を、まずはコールデール、次にヴォクスホールとたどっていく。ヴォクスホールはアン＝マリーだけでなく、私の元夫デイビッドも住んでいたことのある場所だ。『失われた祖国』のなかで、コールデールとヴォクスホールはグラントンとセシルが住むことになった町である。プレーリーはこんなに広いのに、人間同士はこんなにも密に繋がっているのだ。

レスブリッジから一六キロのところにあるコールデールは、一九四五年に私たち一家が、新たな未知の土地へと降り立ったところだ。山あいの土地から、今度は月の表面のような土地へと、木製のリンゴ箱に私たちの宝物である光学録音カメラ、児童百科事典、英国びいきの母が大切にしていたジョージ四世とエリザベス女王のマグカップなどを詰めて移ってきたのだった。折れ曲がった木がほんの数本、あたり一面を覆う埃と、絶え間なく吹きつける風のなかで私たちを出迎えた。寒風が肌を刺すように吹き付けるかと思うと、冬の暖かいチヌーク風がいきなり吹いて、固く凍った雪殻を溶かしてぬかるみをつくる。私たちは湿地に立つ掘っ建て小屋に落ち着いた。貯水池までバケツで水を汲みに行くと、長靴にシチューのような泥がずっしりとこびりついた。その水を沸かすと、カップの底に虫の死骸が沈んでいた。それまでは頻繁に風呂に入っていたが、滅多に入れなくなった。

兄が撮影した動画には、水汲みポンプの傍に立つ父が映っている。バケツを下に置き、父がポンプを押すと水が勢い良く出てくる。父の映像は珍しい。いつもは撮影する側で、左目をぎゅっとつぶり、四角い箱型のカメラに右目をぐいと押しつけ、ゆっくりと被写体をパンしていく。だがその動画のなかの父は笑顔もなく、バケツを持ってカメラをまっすぐに見ている。何かを訴えていたのだと思う。日系カナダ人にとって戦後の生活がどのようなものだったか。動画に映っている私は一〇歳ほど。サイズの小さすぎるコートを着て、元気いっぱいで嬉しそうだ。

父はカナダじゅうの日系人をフィルムに収めた。政府が「日本人問題」の解決策として厳しい分散政策をとったがために、苦肉の策として、とりわけ旅行が必要になった。カナダ全体が、父の教区となり、信徒全体が、一匹の迷える羊になったのである。

ある家族はプリンス・エドワード島に送られ、約束どおり仲間があとから送られてくるのを待ちこがれた。けれど誰も来なかった。父がようやく辺境のその地を訪れたとき、一家は走りよって彼を迎えた。母親は父の前で地面にひれ伏し、両腕を伸ばして父の足をつかんで泣いた。結局、この母親の精神は壊れてしまった。そして心が壊れたのは、彼女ひとりではなかった。

七〇年代に私は父にこんな話をした。「父さんの撮影したフィルムは貴重ね。公立の文書館に保存してもらいましょう」そのせいで、父の16ミリと8ミリのフィルムは、カナダ政府に保管されて姿を消すことになった。大判のフィルムリールは、金属性の保存缶に入っていた。戦前のカラーフィルムは、文書館が保存していた同時代のどんなフィルムより質がよかったという。日系人たちがいる場所はすべて、そこで行なわれていることはすべて、島であろうと大都会であろうと町であろうと、教会、工場、数多くの収容所、学校の運動会、遠足、演奏会であろうと、小屋の家並みであろうと、また戦後であればプレーリーのあらゆる場所の農場、オンタリオの果樹園、あるいはブリティッシュ・コロンビアに残っていた果樹園であろうと、父はすべて記録した。父はフィルムを通して、切り離されたものを結び合わせた。離れ離れになった家族。若者たち。年寄りたち。破滅し、傷ついた牧者である彼が、失われ、離散したものを捜し出そうとしたのである。

七〇年代、日系カナダ人に関心を示す人は誰もいなかった。父のフィルムのうちどれだけが、雨漏りのする保管庫で傷んでしまったのかはわからない。何年もたってから私が問い合わせたとき、文書館を管轄する部署の責任者、ウォルター・ニューテルは申し訳なさそうに弁解した。

両親は他の一世と同じように、あまり文句を言わなかった。その点は、ロイスの言う通りだった。

一九四五年にコールデールに到着するとすぐ、父は自転車に乗って、そしてのちには木製スポークタイヤの二八年型シボレー、ついでオースティンA40に乗って熱暑の季節も極寒の季節も、風の吹き荒れるプレーリーを四〇キロ、八〇キロ、一二〇キロと、でこぼこ道を土煙を上げ、そして零下三〇度、三五度の吹雪をついて出かけて行き、トゥーリン、レイモンドからアイアンスプリング、テイバーからヴォクスホールまで、屋外便所に糞便の溢れる粗末な家々で祈祷会を開いて回った。自ら鍬も持った。二世の家族たちとともに畑に出て、ビーツを間引いたり、キュウリやジャガイモを仕分けしたり、トウモロコシを収穫したりした。父は彼らの味方であり、財政的な援助をしたり、精神的に支えたりした。病院や学校で、あるいは争いごとや差別問題では通訳を務めた。大切にされない人々を、彼は心のそこから大切にした。彼らは辺境の地に、あちこちに離れ離れになって暮らしていた。私はこれらのことを、直接見聞きして知っている。私たちに食事として与えられたのは、一人に一個ずつのサーディンの缶詰だった。三人の幼い子どもたちはそれを宝物のように両手で包んだ。

父は通信者中の通信者だった。私たちの家には最先端の機器があふれていた。ウェブスター・シカゴ社製の鋼線式磁気録音機や、それよりあとに発売されたさまざまな種類のテープレコーダー、たくさんのカメラ、謄写版、それに短波ラジオからは、兄がエクアドルのキトから発信されるキリスト教伝道放送ＨＣＪＢを聴いていた。つまり、私たちは自由に世界情勢を知ることができたし、フォスター・ヒューイットが中継する『ホッケー・ナイト・イン・カナダ』、アメリカのラジオドラマ『グリーン・ホーネット』、ウェイン＆シャスターのトークショーなどを聴いていた。オーケストラの響きも、言葉に尽くせない喜びを与えてくれた。

雪や嵐を押して、信徒たちはコールデールにある聖公会の主昇天教会に集まった。教会は、スローカンにあった幼稚園の建物をマツモト造船所が鉄道で運び、改築したものだった。私たちの小屋はこの教会に付属していて、兄が使っていた屋根裏部屋は、彼が大学に進学後は私が引き継いだ。小さな窓から屋根の上に這いだして、星を眺めて空想にふけることもあった。

学校が終わると、近所の子どもたちが集まってきた。私たちは芝居を上演して、鋼線式磁気録音機に録音した。効果音として、マイクに向かって風の音を真似たりもした。兄のティムがＡＪＭＡというコールサインを考案し、アナウンサーのような声色で言った。「こちらはアルバータ聖公会日本人伝道局の録音部門です」ティムは大人になってから、なんと日曜学校向けラジオ番組の放送を手がけるようになる。私たちの生活は楽しいことが多かった。ティムはトロンボーンを演奏した。私は自分でダンスを考案して友達と一緒にコミュニティ・ホールで上演し、やんやの喝采を浴びた。クリスマスも素晴らしいものだった。来る年も来る年も、「羊飼い群れを守る夜に」や「ああベツレヘムよ」など、定番中の定番のクリスマス・キャロルを歌った。毎年、壁に張ったシーツに同じ映画が映写された。『クリスマスの前夜』や『日本への旅、一九四九年』などだ。父は戦後の日本を訪れた最初の日系カナダ人であり、字幕や絵葉書を使って旅の記録を映画に仕立てたのだ。ティムは『長靴をはいた猫』に、「チョン・へは香港から来た」というユーモラスな曲をつけた。紙袋に楽しいプレゼントをたくさん詰めこんだ。甘いりんご、日本のみかん、赤・白・グリーンを練り込んだクリスマスキャンディ、おもちゃなどだ。ティムが枕とバッテンヒゲを使ってサンタクロースに扮した。小さな子どもたちは有頂天だった。私とても同じだった。すでにヨレヨレになって汚れていたとはいえ、貴重品の飾りモールが年に一度、飾り付けられる。母がクリスマスカードなど、変わったものをクリスマスツリーに飾るので、私は恥ずかしかった。

ある年、青年グループのクリスマス写真が聖公会のカレンダーの裏表紙を飾ることになった。降誕劇の一場面だ。バスローブや四角い白布（タオルかと思ったが、のちに母の生理用白布であることがわかった）を私が集め、みんなの頭にかぶせて着物用の紐で巻いたものだった。帯に四角い印をつけた子どもたちが、諸民族を象徴した。母は大喜びで、私のおかげでカレンダーの写真ができたと言い続けていた。決して誉めてくれることのなかった母が、私のおかげと言ったのである。看板はウォルターが作った。『ナオミの道』の公演にも来てくれた、幼なじみのウォルター・ニシダである。

そのうえ、世界最高の食べ物、太巻き寿司や日本風の焼きそば、照り焼きチキン、甘酢漬けニシンの寿司、しゃりしゃりした歯ごたえの数の子昆布もあった。今でも私の大好物ばかりだ。

父がある日、茶色の布に包まれた機械を持って帰ってきた。スピーカー、ラジオ、78回転のレコードを彫ることのできる重い尖筆、それらが一つになった機械だった。父が最初に録音したのは、日本にいる最愛の母親へのメッセージだった。父が神の愛を語る背後で、ティムがゆっくりと「ラルゴ」を演奏した。裏面には、みんなで「いつくしみ深き友なるイエス」を歌った。ところが父がレコードを発送しようとしたその日に、母親が亡くなった知らせが届いた。私も祖母の写真を見たことがある。優しげな、知的な顔である。父は彼女に毎月、仕送りを続けていた。

祖母が死んだという知らせを聞いても、兄や私は平気だった。私たちは、その日もいつも通りに過ごした。ひょっとしたら、少しははしゃいでいたかもしれない。

「親の悲しみ、子どもにはわからない」父は静かにそう言って、苦渋の表情を浮かべた。私はその言葉を聞いて、気が咎めた。母親は私たちをかばい、とても優しい声で、二つの言葉を使って説明した。「知らない」と「なぜなら」だ。私たちは許されるべきだ。なぜなら、父の母親を知らないのだから。

知っても理解できないことが、一番悪いのだ。

父のもっとも厳しいお仕置きは、怖い顔をすること。母の場合は、私の横に座ってイエス様の恵み深さについて説教することだった。

こうした幸福な日々は、私が高校生のときに終わりを告げた。私たち一家は少しずつ、ゆっくりと転落していった。皆から尊敬される立場から、まともで文明的とされるあらゆるものから、どん底へと落ちていった。

父は何ヵ月も前から沖縄へ行っていた。私は父に会いたくてたまらなかった。私の元気の源は、何といっても父だった。

ある日、学校から帰ってくると、キッチンテーブルのところにいた母が意外な行動に出た。私に両腕を差し出したのだ。そしてぎゅっと抱きしめた。まったくありえないことだった。母は静かな口調で、手紙が届いたと言った。沖縄にいる父が、帰ってこられなくなったという知らせだ。

私はその知らせの意味を理解しようと、あれこれ頭を巡らせた。私は前から父に手紙を書いて、自分も沖縄に行きたいとせがんでいた。まずは事実を母に問いただささなければならなかった。私たちは大丈夫なの？　ええ、私たちは大丈夫よ。お金はあるの？　母はかすかに表情を明るくして、私を安心させようとした。ええ、お金は大丈夫と言って、おかしなことを聞くのねとでも言いたげな顔をした。

それからしばらくして、私はカルガリー近郊で行なわれていた聖公会のサマーキャンプ「キャンプ・オリヴァー」に参加して家に戻ってきた。そのとき突然、父も戻ってきたのだ。驚くほど小さく見え、寝たきりの病人のようで、ほとんどしゃべらず、私の質問にも答えなかった。

私は屋根裏部屋で自分の机に向かいながら、コオロギの鳴き声に耳をすませた。そして鳴き声の回数を四で割って四〇を足し、外の温度はこのくらいと計算したりした。

家のなかの温度はおかしかった。謎の会合が開かれていた。頭のなかは疑問でいっぱいだった。どこかに引っ越すことになるのだろうか。それとも引っ越しはしないのだろうか。

食卓にも、食後の片づけにも、いたたまれないような冷たい空気が流れていた。兄からばかにされて、私が癇癪を起こすと、延々と説教された。謝りなさいと母に命じられ、その背後で兄が笑いをこらえている。私はいやだと反抗した。意地の張り合いになると、母は決して折れなかった。私はベッドに駆け込んで泣きじゃくった。ようやく落ち着きを取り戻して部屋に戻ると、再び説教が始まった。

九ヵ月後になって、母はようやく私に打ち明けた。二つの言葉。それが二つの石となって私に投げつけられた。それは私の心の森に落ち、私の人生の春を過ぎ、夏の日照りを過ぎ、雪降る冬に至っても消えることがなかった。忘れてしまいたい言葉だった。それは目には見えないけれど、私の人生を取り返しがつかないほど変えてしまったのだ。

セックス。

母はそう言った。私は意味が分からず、母の顔を覗き込んだ。一瞬間をおくと、母は自分自身の言葉にショックを受けたかのように、目を見開いてこう付け加えた。

男の子たち。

口を丸くすぼめて、母はその言葉を発した。

私は怖くなった。なんとなく想像はできたが、本当の意味はわからなかった。私から目を背け、キッチンで棒立ちになっている母を残し、その場を離れた。私はベッドで寝ている父のそばを通りすぎた。屋根裏部屋に登る急な階段へ行くには、父のいる部屋を通らなければならなかったのだ。父はワインの瓶を抱きかかえていた。ピンク色のアフガンの毛布であごのところまですっぽり包んで、目で私を追っていた。私は急ぎ足で通り過ぎ、日記を開いた。

「このページを、二度と読み返すことはないだろう……」

父は沖縄で、二人のアメリカ人司祭に取り押さえられたのだった。

それからの何ヵ月か、母のお仕置きはますますひどくなった。当時の私にはわからなかったが、母は自分一人で負い切れない重荷を、私にも負わせようとしていたのだ。私が理由もなく罰せられていることは知っていたと、母が亡くなったあと、父は打ち明けた。でも助けられなかった。兄も長年たったのち、母から毎晩のように愚痴を聞かされていたと打ち明けた。愚痴のほとんどは私に対するものだったという。

「お前にはお手上げだと、母さんは言っていたよ」兄は電話でそう言った。「お前には理解力がないって」

私は心に誓っていた。全世界が父の敵に回ったとしても、私は味方をすると。自分を愛してくれると自信をもって言える、たった一人の人だった。私は現実離れした世界へと逃避した。空を見上げてぼんやりし、心は同じクラスの男の子へと向かった。その子の服装を見ると、私と服の色が一緒だ。家にいるとき、彼に覗かれているのだろうかと思った。私はベッドの後ろに身を隠して着替えるようになった。ラジオの雑音、車のクラクション、チカチカ光るライトまで、彼からのメッセージに思えた。電気座布団から時折聞こえるかすかな電子音すら、彼が発していると思った。そのすべてが、私にとって喜ばしいものだった。そのすべてが、現実のものではなかった。

そうしている間に、聖公会主昇天教会は崩壊していった。ピクチャービュートとアイアンスプリングスの人々は、教会から離れていった。レイモンドの信徒は、少数の祝福された人々のおかげで、忠誠を貫いた。私たちは一家そろって主だった信徒の家を訪ね、頭を下げ、赦しを請うた。哀れむような視線を向けられることもあったが、控えめにしているべきと私にはわかっていた。しかしティムは反発し、傲慢な態度をとった。夏休みで大学から帰省していた彼は、人前で父の悪口を言い、父のしたこと、言ったことを片っ端からこき下ろした。

それでも父は、兄への愛を失わなかった。親の愛は深い、と言って。そして、決して弁解をしなかった。

毎週日曜、父は母と私という、たった二人の信徒のために聖餐を授けた。私たちは聖歌を歌い、応唱をし、父の説教に耳を傾け、跪いてパンとぶどう酒を受けた。ときどき、敬虔な沖縄出身の男性が妻を連れて参加することもあった。彼女は礼拝も説教も無視して、ずっと聖書を読んでいた。

私がだんだんと病気がちになっていったため、母の現実逃避の対象は、インドのキリスト教神秘主義者の生涯へと移っていった。母はスンダル・シングという人を信奉するようになった。ボロボロになって黄色のテープでかろうじて綴じられた、その人に関する本が今も手元に残っている。兄の名づけ親だった人から父に、一九四一年のクリスマスに贈られたものだった。

相変わらず父を敵視する兄にとって、理解力のない妹は同罪なのだった。後年、父は私たちに仲直りをするように、何度も手紙を書いた。「私のせいであなたたちがお互いを愛せないとしたら、これほど辛いことはありません」父は私たちの赦しを願った。

私がプレーリーでの子ども時代を忘れられても、プレーリーでの子ども時代は私を忘れてくれはしない。

18

バンクーバーのあるセラピストを紹介された。患者のなかには日系カナダ人もいるという。モントリオールでのロイスとの出会いの少しあと、私は電話で診察の予約をとった。セラピストは電話で私の名を聞くなり、私への批判を始めた。私や父、生家を保存する運動などについて、自分がどう思っているかを語り始めた。小児性愛者がもたらす被害は計り知れないほど大きいと、彼女は言った。多くの人生がめちゃめちゃにされる。共同体全体が破壊される。この背信行為は、いく世代にもわたって爪痕を残すのだ。そんなことが分からないの？　父親のしたことを知りながら、よくもまあ、その家を保存したいなんて言えるものだわ。

私はやっとの思いで答えた。「私は父ではありません。あの家も、父だけの家ではありません」

一週間後、もう一度電話をかけた。こんなことって、あるだろうか。彼女はプロのセラピストではないか。私のほうだって言い分がある。

彼女は改めて言い張った。自分がどれだけひどいことをしているか、まず理解してもらう必要があります、と。小児性愛者は若者の信頼を裏切り、彼らの人生を傷つけ、幸福な人生を根底から破壊する。続いて発せられた言葉に、私は寒気を覚えた。「幼児をレイプする者は誰でも……」

「父はそんなことしてない！」私は叫んだ。どこでそんなことを聞いたのかと尋ねた。彼女は父の被害者を一人も知らない。被害者の家族も知らないのだ。

私だって被害者のことはほとんど知らない。それでも、幼児をレイプして殺し、銃剣で串刺しにした人々と、父は決して同じではない。それはよその人の父親である。世界のどこかで、その人の娘が、父親に関する事実を知らされて、暗闇の片隅に身を潜めている。膝に顔を伏せ、悲しみに真っ青になって、死んでしまいたいと思いながらうずくまっているのだ。

父親の人生について作り話をするのはやめなさい、とセラピストは言った。事実を明らかにし、人々の前で事実を告白し、彼をきっぱり断罪しなさい。「あの家から手を引くべきです」と彼女は言った。「自分が人々に対してどんなことをしているのか、わからないの？」

わからなかった。本当のところ。

まもなく知ったのだが、生家の保存に反対意見があると聞いて、バンクーバーの市議会議員二人が驚きを表明しているということだった。とくに、ある有力な日系カナダ人男性が反対していて、それは私の父がその人の父に「醜い行為」を働いたからだという。別の有力な日系人女性も、当初は熱心に保存運動を支持していたが、その男性から叱責されて考えを変えてしまった。「あなたが尊敬を受けるのは当然よ」と彼女は言った。「でも家は別。家はダメよ」そして、自分の父親のことを延々と語りだした。非の打ちどころのない男性だったという。愛しげなまなざしで、彼女はそう語った。

こうしたことがあって、私は眠れなくなった。眠れなくなった人たちは、ほかにもいた。

私は大急ぎでトロントに戻った。けれど私の心には毒が回っていた。

ある晩、トロントのマンションにある共用のパーティルームで、精神科医のハロルド・マースキーに出会った。彼は、マンション内のジムで知り合った若い女性の父親で、その日はこの女性の誕生パーティだった。マースキー医師が、今何を書いていますかと尋ねた。

「赦しについて書こうと思っています」

「クリスチャンなのですか？」

「違うと言う人もいるかもしれないけど」

「クリスチャンは赦しを信じ」彼は言った。「ユダヤ教徒は正義を信じる。私たちの態度は、憐れみで和らげられた正義とでも呼ぶべきかな。預言者ミカによれば、『主が何をお前に求めておられるかは／お前に告げられている。正義を行ない、慈しみを愛し／へりくだって神と共に歩むこと、これである』」

「いい聖句だわ。正義を行なう。慈しみを愛する。でも『赦し』とは違いますね」

「憐れみのことは〝ハシェド〟と言います」彼はそう言って、ヘブライ語の喉音「ヘート」の発音のしかたを教えてくれた。それを聞いて、日本語の「吐きっぽい」という言葉を思い出した。「憐れみ」は、はらわたと関係があるのかもしれない。「ヘート」、はらわたの女神。猫が威嚇するときのような音。

子どもへの性的虐待についてどう思うか、尋ねてみた。

「その問題の専門家ではありません」マースキー医師はそう答えた。「私の専門は痛みの問題です」

私は耳が遠いので、パーティの騒音を避けて、集会所の向かいのビリヤード室に行きませんかと誘った。二人で居心地のいい革製の椅子に座ると、私は改めて質問を繰り返した。「精神科医としてのこれまでの経験から、どう思いますか？」

彼はすぐには答えなかった。まず私自身の子ども時代はどうだったかと尋ねた。私は近所の人に愛撫されたことがあると答えた。

「何歳のときですか?」

「たぶん四歳くらい」

「どんな気持ちがしましたか?」

「いい気持ち。気持ちが良かった。私は被害を受けたのでしょうか?」

彼は首をひねった。「不快感はまったく記憶にないのですね?」

「わかっていない部分もありました。一度は自分から彼の膝に乗ろうとして、降ろされました。そばに別の子がいたからです。なぜ私を降ろしたのか、わかりませんでした」

「ご両親に言いましたか?」

高校になってから、そのことを母に話した。父親の件を知らされて、自分なりに理解しようと努めていたのだろう。「私は被害者なのでしょうか」私は同じ質問を繰り返した。

「お母さんの反応は?」

私は肩をすくめた。母は反応を表に出さない人だった。相手の老人のことをどう思ったとしても、それを内に秘めてしまうタイプだ。父の問題についても、母は自分を責めていた。

人それぞれだというのが、マースキー医師の意見だった。子どもに及ぼす影響はさまざまだ。まったく害がなく、私のように快感を覚えるだけで、ほとんど影響が残らないこともあれば、挿入や痛みを伴う場合には、重症の心的外傷を引き起こすこともある。従って、その場の状況、子どもの年齢、虐待の深刻度、継続期間などを調べる必要があるという。

バンクーバーのセラピストが聞いたら、この意見に怒り出しただろう。

「社会の見る目も問題ですね」マースキー医師は言った。「〝過誤記憶〟の事件で一五回、証言台に立ちました。三人を除いて、被告全員が無罪放免となりました」

父の犯罪行為は過誤記憶ではない。それは確信をもって言える。

「本人が不快感を覚えたなら、それは性的虐待に当たるという考え方は危険だし、根拠のない主張です。こうした考え方は、今では広く否定されています」マースキー医師はそう続けた。

彼の作成した「苦痛」の定義は、国際疼痛学会に採用され、その後、他の研究者の協力も得て改訂されているという。「苦痛とは不快な感覚的・感情的経験であり、実際の組織の損傷やその可能性によって引き起こされ、そのような損傷に基づいて記述されるものである」

「では精神的な苦痛はどうなるのですか」私は尋ねた。「肉体的苦痛の区分は明快だけれど、精神的苦痛や背信行為については？」

彼は頷いた。「〝苦痛〟という言葉は、精神的な苦しみにもメタファー的に使われます」

「では小児性愛、これはこの世で一番の悪ですか？」

「たとえば事件が起きたあとに、性的に接触されることは恐ろしく悪いことだと教えられたとします。場合によって、とくに何の苦痛もなかったような場合、そう教えられたことのほうが、実際に起きたことより打撃が大きいかもしれません。こういう状況をつくったのは女性運動だと、私は思いますね」

子どもの性的虐待に対する現在の考え方が、女性運動に負うところが大きいのは確かである。けれど小児に対する性的侵害はまったくないし、ほとんど問題にならないこともあるという彼の意見を聞けば、フェミニストの友人たちは椅子から飛び上がって彼を窓から放り投げることだろう。

「私の考えは、ずっと非難され続けてきました」マースキー医師は続けた。

彼の意見では、社会に害悪をもたらしているのは『癒す勇気』（*The Courage to Heal*）という本だという。「あなたが抱える問題は、子どものときに受けた性的虐待のせいだと患者に告げるのは、弾を込めた銃を渡して、どこを狙えば良いか教えるようなものです。ポール・マクヒューの『思い出そうと努めなさい』（*Try to Remember*）という本を読んだことがありますか？　あるいはマーク・ペンダーグラストの『記憶の犠牲者』（*Victims of Memory*）は？」

私はどちらも読んでいなかった。

「悲劇的なのは、被害者以外にも、いかに多くの人生が破綻したかということなんです」マースキー医師は言った。「深く傷ついた人がいないとは言いません。でも、全員が傷ついたわけではないんです」

「じつを言うと、私の父は小児性愛者でした」私は言った。

マースキー医師は、まるでそれが天気の話でもあるかのように、あっさりと受け入れた。

「最近、あなたの父親はどうして自殺しなかったのか、というメールを受け取りました。自殺していたほうが良かったのでしょうか。小児性愛者をかばおうとは思いません。神は禁じていることです。

でも……」

「現在、この問題がどう扱われているか、疑問を突きつけることを恐れてはいけません。子どもがさわられるのを怖がるというのは、健全な状況ではありません。知らない人は危ないと思わせることもね」マースキー医師は言った。

「いつだったたか、テレビに出ていた男の子なのですが」私は言った。「八歳くらいかしら。男の子と母親、たぶん母親だったたと思います。母親は腕組みしてカメラに向かい、男の子は両手で紙を持っていました。ニュース番組で、ある男性と近所に住む幼女の間で起きた事件をとりあげていたんです。男の子はカメラの前で何かを読んでいる。よく意味がわからなくて、顔を動かしながら一語一語追っていく。「きょう——から——あなたは——もはや——父親ではありません。あなたは——もはや——私を息子と——呼ぶことはできません」

「この問題をめぐって、むやみに囃し立てるような雰囲気があるのは問題です」マースキー医師は言った。「メディアはそういう報道ばかりしています」

あの男の子の心のどこかで、自分はテレビを通して父親を捨てたのだという思いが一生消えないに違いない。彼は学校でバカにされるかもしれないが、暴漢に襲われるようなことはないだろう。一人の罪のために、村全体を破壊していたのは過去の話とはいえ、日陰に追いやられた人々は、別の形で今も罰せられ続けている。

大昔から、悪魔退治には過ちがつきものだった。罪人も無辜の人も、一緒くたにして荒療治が行なわれる。仲間うちから悪魔を見つけ出すため、網で容赦なく海の底をさらうように、か弱い生き物たちが一網打尽にされる。私にも経験がある。群れから追い出されるとはどういうことか、極寒の地の非人間的な掘っ建て小屋に閉じ込められとはどういうことかを。

その男の子は一生、そしてその幼女も同じように、ずっと問い続けるのだろう。日の光に溢れたもう一つの世界、しゃべったり、笑ったり、信頼したりできる、傷つけられることもなく、安全でいられる元の世界に戻れるときは来るのだろうかと。

19

保存反対運動のなかでも、おそらくもっとも執拗で、規模も大きな運動を始めたのは、友人のひとりだった。そのことは私を苦しめ、友を敵と感じるようになった。彼女は私の社会への耳となった。彼女が耳にしたことは、私も耳にした。共同体は怒りで沸き立っていた。彼女が理解したことは、私も理解した。日系コミュニティ全体が、私と生家のことで真っ二つに割れていた。

この友人、レスリー・コモリに初めて会ったのは八〇年代のトロントでのことだった。和太鼓をやっていて、鼻にしわを寄せて笑う子どもだった。当時は二人とも、父のことなど気にかけていなかった。彼女はただで泊まれる場所を探していて、モントローズ通りにあった私の家に半年ほど滞在していた。部屋にあった大きな緑色の革製アームチェアがお気に入りだった。

レスリーは歩き方がヤクザっぽく、大威張りで歩く小熊のような歩き方をした。メールアドレスをdykon-ashi（大根足）にしていたこともあった。日系カナダ人ならではのユーモアだ。実際、レスリーは力強い立派な足をしていて、ふくらはぎは大きくて筋肉質だった。

「日系だからじゃない」そう彼女は説明した。「dyk（レズビアン）からとったの。誇り高い、大きな体の三世レズビアン、という意味よ。あなたにとっては、いつまでもチンピラのガキでしょうけど、気にしないわ」

彼女はpunk-ass（チンピラ）というアドレスも使っていた。

トロントなど、よそにも住んでいたが、バンクーバーがレスリーの故郷だった。さほど連絡を取り合っていたわけでもない。再び私の人生に登場したのは、生家の保存運動が始まったころだった。そのころには父のことも耳に入れていて、彼が小児性愛者であることを世間に知らしめようと考えていた。直接、父のことを知っていたわけではなく、知り合いを介して知っていたわけでもなかった。それでも黙っていられなかったのだ。彼女といると、心の休まるときがなかった。例のセラピストに相談するよう勧めたのも、彼女だった。

「あなたがこのことで苦しむのをずっと見てきた」と彼女は言った。「そんな苦しみを終わりにしてもらいたいの」

レスリーは二〇〇六年、バンクーバー日系カナダ人協会人権委員会との会合を設定してくれた。不安もあったが、私は進んで、むしろ熱心に会合に参加した。一番聞きたくないことを聞きたいと思っ

た。（神様、真実を教えてください）

十数人が、バーナビーにある日系文化センターの二階で、緩やかな円を描いて座った。三世の女性三人が私の左に座っていたが、私と目を合わせようとはしなかった。父のことを知っている二世の女性が一人、優しそうな顔の二世の男性、白人男性一人、そして戦後に移住した日本人一人がいた。元夫のデイビッドもいた。男性を中心に何人かが意見を述べたが、概ね好意的なもので、私のことも、レスリーのことも支持していた。私は、父から性的虐待を受けた人を知りませんかと尋ねた。二世の女性が知っていると答えた。自分の兄弟たちだというが、詳しくは話さなかった。男性の一人は、あの家を作家センターにするなら保存に賛成だと言った。ことを荒立てないほうがいい、という考えの人もいた。

レスリーの友人たちはあまり好意的ではなかった。そのうちに口調も厳しくなり、私に情報公開を迫りはじめた。「真実を書くべきです」「その通り。手遅れにならないうちに」「被害者たちが亡くなる前に」

「それが償いになると思いますか」

「思います。心から」

デイビッドはそうしたことすべてに腹を立てていた。そして私をかばおうとした。結婚したてのころ、彼は父のことを、変人だが粗暴な人ではないと言っていた。父のことをよく知るアルバータ州南部の人たちなら、一笑に伏すだろうとも言っていた。危険な人物じゃない。抵抗されたり断られたりしたら、思いとどまる人だ、と。

喉に塊のようなものがこみ上げて、ここにいる全員から逃げ出したいと思った。私は正反対のことを要求されていた。書け。書くな。告白しろ。告白するな。会合が終わったときは、ひたすら消えてしまいたいと思った。

「これからどうするかが、むずかしいわね」会合のあと、レスリーはそう言った。「でも、お父さんについて真実を書くのはいいことだと思う。書いて出版すれば、隠れている人たちも出てくるでしょう」

私は、あまり長くない文章を書いた。兄は反対した。家族全体のことを、私が「カミングアウト」する権利はない。「当事者の娘が何をしようと、人々の傷を癒すことはできない」と彼は言った。「沈黙は金」なのだと。

私が書いた短い文章が公表されることはなかった。兄は、ささいなストレスさえ避けなければならなかった。心臓バイパス手術を受け、その後も何度か発作を起こしていたからだ。

会合を受けて、人権委員会の代表が聖公会に情報提供を求めた。すると、苦情を申し立ててきた者は一人もいないとの回答が返ってきた。父が死の前年に罪を告白していたことを聖公会が認めるのはそれより後、世論の圧力を受けてからのことである。当初、日系カナダ人教会委員会は事件を公表しないこととし、聖公会に沈黙を守るよう求めていたのだ。

こうしてこの問題は、その後しばらく沈静化したが、レスリーは納得しなかった。そして父に関する会議を招集しようと考えた。トロントにいる私にも電話をかけてきて、出席を打診した。

トロントにいるある二世の精神科医が、父の虐待被害者からの連絡は一切ないことを教えてくれた。

「一人も？」

「一人も」

「お父さんについて書けば、そこに非難が集中しますよ。そういう怒りは、すべてがあなたやお父さんに対するものではないのに、あえて論争を巻き起こすようなものです。標的になりますよ。私の意見では、寝た子を起こさないほうがいい。それでもやるというのなら、覚悟してやるべきです」

「傷口を放置するより、切開して膿を出すほうが健全だと思ったのです」

「膿んだ傷があるのですか？」

「わかりません」

傷はいつか癒えるものです、と彼は言った。治った傷に再び感染が起こることもあるように、被害者が二重に被害を受けることもある。癒しのプロセスに正解はないのだ。

レスリーは、父の犯罪が公になれば、日系コミュニティと被害者にとって有益だと確信していた。私は真実を語るべきだと。

「私次第というわけ？　それは私の仕事なの？」

悩みのなかで、私は女神を求めた。女神にすべてを引き受けてもらいたかった。そして問題を先送りしようとした。信管を外せば、爆弾は破裂する。いつかは私にも、みんなと同じように、邪悪なモンスターが見えてくるのかもしれない。いつかは、鳥たちがまた歌うのを聞けるのかもしれない。広い心をもたないといけないと、父はよく言っていた。情のある人だった。けれど私の心は、彼ほど広くはなかった。

『雨はプリズムの向こうに』を書き終えたら、ようやく呼吸ができるようになるかもしれない、自分の人生を取り戻せるかもしれない、と思っていた。けれど怒りは一向に収まる気配もなく、私を孤独へと引きずり込もうとしていた。

第三部

20

見ようとしなければ、見えなくなる。長崎であってもコールデールであっても、あるいはパイロット、政治家、聖職者の誰であろうと、そうなのだ。私の父の行為が子ども、家族、そして次世代の人々に深刻な影響を与えた。ハワード・グリーンの行為もそうである。この政治家のとった反日政策は、私と同世代の日系二世の心に焼きついて離れない。

ハワード・グリーンは、最初は野党として、その後はディーフェンベーカー率いる進歩保守党内閣において、カナダに二八年間奉仕した。院内総務、首相代理、党幹部会議長、公共事業大臣、国防生産大臣、外務大臣というポストを歴任したのである。輝かしく、際立った経歴だ。グリーンは人気があったので、初当選ののち、六回再選された。初当選したのは、私の生まれた一九三五年だった。彼がついに落選したときには、ディーフェンベーカー首相が敬意を表した。「ハワード・グリーン氏の落選に、世界中が遺憾の意を表するだろう。彼はカナダを代表し、国際会議においていろいろな意味であまりにも大きな働きをしたのだから」

私が初めて、ハワード・グリーンの孫娘であるドナ・グリーンとバーブ・マクブライドから連絡を貰ったのはいつだったか、よく覚えていないが、当時私たちは三人とも困惑していた時期だった。

二〇〇六年にグリーン家の人たちは、ハワード・グリーンの死後、彼に与えられた栄誉に浴していた。歴史家を含む委員会が、バンクーバーのバラード通り四〇一にある連邦政府のビルに名誉ある名前をつけるのに、グリーンの名を選んだ。グリーンの名は三五〇名以上の名前を抑えて勝ち残ったのだが、そのなかにはテリー・フォックス、ピエール・トルドー、それに私なら選んだと思うローズマリー・ブラウンの名も入っていた。

命名ののち、何人かの日系カナダ人が立ち上がった。選考委員会は再考を請われたが、審議の上選択を変えなかった。しかしながら、結局はその栄誉は撤回され、グリーン家はショックを受けた。

ドナとバーブには、自分たちの愛する祖父が憎まれてもいたことなど、思いもよらなかった。この物議にひどく混乱して、日系カナダ人コミュニティに接触してきたのである。もし我々日系カナダ人が選考委員会の決定した人物を理解してさえいれば、そしてもし、自分たちの祖父の品性を、祖国愛を、民主主義への貢献をわかっていれば、そして彼が当時のブリティッシュ・コロンビア州の他の人たちと何ら変わりはなかったと知っていれば、我々がハワード・グリーンに当然与えられるべき栄誉を与えることに反対などしなかっただろうにと。当時は戦争中だったのですよ。おわかりにならないのですか？　孫娘たちは、自分たちがよく知っていて愛した、その素晴らしい人物の素顔を紹介したいと言った。

私は、ウェストエンドにある私のマンションで彼らに会うことに同意した。私たちは双方とも日系カナダ人の攻撃を受けていた。どちらの場合も、建物に関してだった。

黒髪のバーブが姉で、活発にして気骨があり、結婚適齢期の息子がいるくらいの年齢だった。ドナは金髪で背が高く、上品で高貴な顔立ちをしていた。バーブが主に話をした。「祖父は私を『茶色い目をしたカワイ子ちゃん』と呼んでいましたが、一番のお気に入りは末っ子のドナでした」

「誰にでも欠点はあります」バーブは初めて会ったときに言った。

「祖父の欠点は、といってもそのために完全に敵対されなければならないほどのことではありませんけれど、日系の人たちに思いやりの手を差し伸べなかったことです。時間をかけて彼らを知ろうとしなかっただけなのです」

「あなた方」ではなく「彼ら」だった。その次の話し合いでもバーブとドナにとって、日系カナダ人は「彼ら」というよそ者のままだった。自分たちの祖父をもっとよく理解してもらおうと努力するばかりで、加害者を弁護しても犠牲者の心に寄り添えないことが、まだよくわかっていなかった。

少なくとも二人の日系カナダ人は、ドナとバーブの話にたじろがなかった。一人は私で、もう一人はロイスだった。

バーブとロイスはモントリオールの和食レストランでディナーを共にしたが、二人には共有できる話題があった。ロイスは、私の小説『失われた祖国』を読んで、私が近親相姦の犠牲者だとわかったと言ったそうだ。

「私にはそうは読めなかった」とバーブは言った。「そうは読めなかったとロイスに言ったけど、彼女と話して楽しかったわ。あの人が好きよ」

詩人であり、学者で活動家のロイ・ミキは、「日系カナダ人に対するハワード・グリーンの憎しみには、容赦がなかった」と公言した。

それは嘘だとバーブとドナが私に言った。

彼女たちの祖父が我々を憎もうと、憎むまいと、彼の言動が謝罪で緩和されることは、彼の生涯を通じてなかった。彼は日系カナダ人の良さを見ることはなかったし、我々日系カナダ人は彼の良さを見ることがなかった。

「嫌われ者の家族」というクラブを立ち上げましょうか、とその姉妹に思いつきを言ってみた。嫌われ者ですって？　私たちの立派な祖父が？　二人は私の提案に不快感を顕わにした。

「あなたのお父さんと一緒にはできない。危害の種類が違うもの。そんなこと、気分が悪いわ」と、バーブは頭を振った。それでも私は、嫌われ者の側に立つグループがあるのは有益だと思った。なぜなら、擁護者がいなければ、一部だけの真実が、すべての真実であるかのように独り歩きしてしまうから。

バーブは祖父を崇拝していた。ドナもそうだ。「あんなにいい人、他にいないわ」とバーブは言う。「素晴らしくて特別な人よ。みんなが愛していたわ」

祖父は私が家から離れているときには、毎週手紙をくれた。一〇人いる孫の誕生日を忘れたことはなかった。日曜日のディナーのあとには、私やドナとトランプをしたわ。私たち姉妹は祖父と一緒に庭の雑草を引き、花を植えた。バーブは思い出を語った。彼女らは恵まれたプライベートな世界でくつろぎ、特権階級が食事をする豪華な大広間でのディナーに、祖父のハワードと一緒に出席した。

自分の祖父の考え方が独自のものではないことを証明するために、バーブは議会議事録のコピーを持ってきた。

「証拠を見た? 利益団体はすべて中国人グループも、カナダ共同連邦党の党員も、実業界のリーダーも、そしてすべての政治家が例外なく、市、州、そして連邦政府のありとあらゆる人が、どうにかしないといけないと思った。その人たち全員が人種差別主義者だったって言える? 起こってしまったことは祖父の責任じゃない。祖父はただ、反日感情を反映させただけよ」

彼が先導したのではないって? そう言われても、カナダ一恐ろしい政治家として私世代の二世の心に焼きついているのは、ハワード・グリーンの名前なのだ。住み慣れた地から追放され、家を失い、生計の道もなくなったあと、戦争が終わって何年たっても、我々日系人全員をカナダから追い出したいという見解において、ハワードは最右翼だった。必要なら船に乗せて太平洋のどこかの島へ送ろうとまで言ったのだ。これが「日本人問題」に対するハワードの解決法だった。彼の言葉は、一九四四年五月五日と一九四五年一一月二二日の議事録に記録されていた。

別の政治家のルイ・サン゠ローランはこう言った。「……東洋人の考えが我々と違うのはわかっている。その東洋人のゆがんだ奇妙な考えのせいで、どんな惨事が他の国に襲い掛かったかも知っている」*しかしハワード・グリーンにとっては、我々は単に奇妙なだけではなく、恐ろしいものだったのだ。

「祖父は、心から恐れていたのよ」とバーブは抗議した。

グリーンは自分の見解を余りにも確信していたので、それを裏づける証拠を必要としなかった。「日本の海軍兵士が漁船に乗って、カナダ沿岸で訓練を受けたという事実を疑う人は、ブリティッシュ・コロンビアには一人もいないだろう」

議事録に記載されているように、一九四七年四月二二日にグリーンは、ブリティッシュ・コロンビア州に残っている我々日系人に「強情な陰謀家」というレッテルを貼った。

「日本人は沿岸漁業から追放された。この政策は維持されなければならない……恒久的な政策にするべきだ」

それでもバーブは彼女たちの祖父だけが反日を表明したわけでもなければ、もっとも声高に叫んだわけでもないと主張した。他の二人の政治家のほうが酷かったし、彼らの名前にちなんだ学校まである。ポートアルバーニのA・W・ニール中学校と、サリーのリード上院議員小学校だ。「この二人が栄誉を与えられるのをやめさせた人なんて、いないわ」バーブは彼らが言った言葉を私に読み上げた。日系カナダ人は「野蛮人から産まれたんだ。茶色や黄色の皮から白い肌の人間は生まれない。ジャップはいつまでたってもジャップだ。白色人種の人間と黄色人種の人間を掛け合わせたら、十中八九両方の人種の最悪な特質をもった混血のろくでなしが生まれるんだ。ここは白人の国だ、だから白人の

＊ Patricia E. Roy, *The Triumph of Citizenship: The Japanese and Chinese in Canada, 1941–67* (Vancouver: UBC Press, 2007), 60. 参照。

国のままにしておきたい」

「彼らの言ったことは、時代の思潮に一致してるわ」とバーブは説明しようとする。「でもおじいさまは、そんな軽蔑的な言葉を使ってない。祖父はいつだって正しいことをしていると信じていたのよ。朝起きて、鏡に映る自分自身を見つめられるって、言っていたものよ。祖父は話し方が上品だったから、他の誰よりもよく新聞に引用されたんだわ。多分自分の言葉が与える影響に、気がついてなかったのね。

バーブとドナは彼女たちの祖父が人種差別主義者ではなかったという承認を私に求めたのだが、私は彼が人種差別主義者であったという承認を求めた。

一九八八年に連邦政府が日系カナダ人に対して謝罪したことをハワード・グリーンはどう思ったのであろうか。人生の終盤で、彼が我々に敵対してとった態度について、自責の念を抱いたのだろうか。いや多分、彼は最後まで、自分の果たした役割に満足していたのだろう。そのときでも、鏡に映る自分の姿を見て、満足できていただろう。

ある日の午後、バーブは『ユナイテッド・チャーチ・オブザーバー』誌*の一九五九年一二月一日付けの記事を持ってやってきた。その記事は部分的にこう書かれている。

「グリーン氏は一つ意見を変えた…」

「グリーン氏は今はこう考える。真珠湾のあと、日本人は西海岸から移動させるべきだという考えがほぼ全員の合意だった。しかし私は、日本人をカナダから移動させるべきだという一九四五年の私の提案を撤回したいと思う。当時日本人の多くが日本に送還されたいと願っていた。しかしその時以来、日系カナダ人は極めてよくやった。素晴らしい貢献をしている」

「謝罪ではないけれど」バーブは言った。「少なくとも前向きだわ」

「そうね」

21

二〇〇六年の秋にスチュアート・フィルポットと初めて会ったときには、二人とも私たちの過去に共通のつながりがあることなど考えもしなかった。彼は私と同じ年頃の寡夫で、文化人類学者だった。トロント大学の教授だったがもう退職していた。やがて彼は私の友となった。大人で、博識で、良識があった。良識があることを私は高く評価していた。一緒に散歩したり、コンサートや映画に行った。

何気ない彼の発言に、一瞬私は引っかかった。こう言ったのだ。「君は僕と同じで、日本人じゃないね」。「君は僕と同じで、釣り目でずる賢い誰かさんじゃないね」と言われたように聞こえた。もし一九四五年にそう言ったのなら、お世辞だっただろう。けれど長い時間をかけてやっと私たちが受け入れられるようになり、自尊心をもてるようになった今では、日系であることにおおよそは満足して

＊カナダ合同教会の機関誌。

いた。彼の発言に引っ掛かりはしたものの、深刻に悩みはしなかった。善意の言葉と受け取っておいた。

スチュアートと出会って三年ほどたったとき、茶色の封筒が郵送されてきて、なかにはバーブ・マクブライド著のエッセイ「ハワード・グリーン――カナダ人反日政治家の研究」が入っていた。それと一緒に、幾つかの文書のコピーが入っており、その一つはエルモア・フィルポットという名の誰かが書いた、『バンクーバー・サン』紙のコラムだった。

私はスチュアートに電話して尋ねた。「たった今、一九四二年二月にエルモア・フィルポットが書いた新聞のコラムを読んだのだけど、あなたの親戚?」まさかね、と思っていた。

僅かな間があった。話す前に間を取るのはスチュアートの癖だった。

「ああ、父だよ」

私が電話でコラムを読み上げたときに、彼がどういう反応をしていたのか、沈黙からはわからなかった。のちに彼がひどく動揺していたことがわかった。「心の奥底まで」と彼は言った。

スチュアートにその記事を読んで聞かせてからというもの、すべてが変わってしまった。友情から生まれる快適なリズムや声の調子やテンポは、ときに不安定な緊張へと崩れていった。

そのときまでは、私たちは面白い偶然に気がついていた。子ども時代、私たちはバンクーバーの近隣地区に住んでいた。二人とも、デイビッド・ロイド・ジョージ小学校に通った。スチュアートは学校に行く途中、私が子ども時代に住んでいた家の近くを歩いていたことになる。私たちはよく似た感性と政治的見解や精神性をもっていることを発見した。

バーブが、封筒のなかにそのコラムをいれた目的は、エルモア・フィルポットほど自由党寄りの人物も含めて、ほとんど全員が日系カナダ人に関しては同じ意見だったことを示すためであった。エルモアは「思うがままに」という人気のコラムで評判の良かったコラムニストである。

エルモアがそのコラムを書いてから五年後の一九四七年に、ハワード・グリーンが下院でこれを引用した。

「ここに、カナダを代表するコラムニストのエルモア・フィルポットからの速報があります。彼は極めて進歩的な解説者です」


日系人の第五列《スパイ》が、日本政府の意向に沿って、どんなことでもやるということは、秘密諜報員でなくても、誰にでもわかることだ。日系人個人個人が、カナダ生まれであろうが、そうでなかろうが、忠誠心をもっているのかどうかという問題ではない。日本政府が、日系人の総人口二万五〇〇〇人のなかに活発な第五列を潜り込ませたり雇ったりして、思うままに事を運ぶとすると、それを阻止するための方法を考えつかないことこそが問題なのだ。

人間的見地から見て可能な限り早急に、日系人全員を西海岸から移動させるべきである。つまりそれが今なのだ。実際に軍事行為が起こる前の、今。

ところが実際は、カナダ政府がやっと、暗号文を毎日受信できる短波などのラジオを日系人から取り上げ始めたところだ。日系人の銃の所持を認めていたばかりでなく、極めて重要な発電所から彼らを引き放すこともしていない。発電所の警備はずさんだから、先週火災にあったノルマンディ号よりも、もっとたやすく破壊されるだろう。

グリーンはコラムの最後の段落を読み上げなかった。

政府は彼らを深い森林地域に置いたままにしているが、夏が来て乾燥すると、一〇人ばかりの破壊工作員たちがその手に一握りのマッチを持つだけで、何百万ドルに上る財産が破壊されるかもしれないのだ。こういった政府の態度は愚かであるだけでは済まされず、もはや犯罪的である。シンガポール陥落*に至った要因さえ無視している。

一九四二年にそのコラムを読めば、誰だって納得させられただろう。ジャップは不可知で、組織立っており、何をするかわからない。危険の火種を根絶せよ。スパイ網が張り巡らされる前に全員を捕まえよ。エルモア・フィルポットも恐れていたのだ。

当時六歳だった私も即座に、彼らと同じように野蛮人を恐れるようになった。北米人の一〇%が、日本人には残虐な遺伝子があるので、絶滅させなければならないと信じていると、聞いたことがある。本当なのだろうかと思っていた。スパイがいるのならば、拘留すべきだと強く望んだ。少しのちになって、もし敵が上陸したなら、トム・ショーヤマのような我々日系コミュニティの立派なリーダーが、カナダ最強の防衛にあたるだろうと思った。トム・ショーヤマは、カナダ医療の父として知られる社会主義政治家のトミー・ダグラスの下で働くようになり、ピエール・トルドー政権では財務次官を務めて、国民皆保険制度を導入した。他にも忠誠心の厚い二世がいて、トムのように第二次世界大戦中に軍隊に入隊しようとした。私たちにはさまざまなことが起こったが、それにも拘らず日系人コミュニティから裏切り行為は一切でなかった。私たちのコミュニティには、ミュリエル・キタガワのような作家もいて、私は『失われた祖国』のなかで彼女の作品からの引用をたくさん用いた。彼女は何と情熱的なカナダ人であったことか。

スチュアートに、彼の父がなぜ当時の軍指導者の意見に留意しなかったと思うか尋ねた。というのも、私の聞いたところでは、軍指導者たちは私たちを収容することが必要だとは思っていなかったのだから。スチュアートは、オタワの軍部と西海岸の軍部では意見が違ったのだろうと答えた。

私は、一九四二年六月付の反日アメリカ漫画の画像を、Eメールでスチュアートに送った。それは歯を見せてニヤニヤしている日系人第五列の大量の群衆が、カリフォルニアからオレゴン、ワシントンとその先まで、「名誉ある第五列」の小屋に向かっている絵だった。この日の吊り上がった裏切り

＊一九四二年、当時イギリスの植民地であり、難攻不落といわれたシンガポール要塞を、日本軍が一〇日足らずで攻略。イギリス軍の歴史上最悪の惨事、最大の降伏として連合国に衝撃を与えた。

者たちは、それぞれが腕にトリニトロトルエン爆弾を抱えて、小走りで駆けていく。小屋の屋根の上には、日系人の見張りが小型望遠鏡を覗いている。その漫画は「故国からの指令を待って」という題がついていた。漫画家はセオドア・スース・ガイゼルで、ドクター・スースとして人気の、反日アメリカ人だった。

「ほら」スチュアートは言った。「君はこれ一つ送ってよこすだろ、また脈絡がないんだよ」

はぁ？　脈絡がないだって？

ピシャリ。その凍るような冬のあいだ、私たちがお互いに投げ合った雪の玉は、次々ときつく当たった。

この間スチュアートは、自分が知っていたはずの、正義を愛する父親探求の旅を企てた。調査の結果に満足したと彼は言った。自分は人種の境界などない、友好的な家庭で育てられ、自分が価値観を受け継いだ人は、今でもつねに敬服できると確信している。その人は、虐げられた人々の擁護者であり、当時の人種差別主義に立ち向かった人なのだと。「僕自身は満足した」と彼は言い、「父は人種差別主義者ではなかったんだ。僕より立派な人間だった。けれど、君は僕の言葉を信じるのではなく、君自身で記録を確かめるべきだ。父が書いたものを読めばいい」と結んだ。

彼の父親が他に何を書こうと、私の知ったことではない。私の問題はエルモア・フィルポットではなく、スチュアートであった。

スチュアートに、私の真実と向き合ってほしかった。カナダ人としての私の心の傷に心を留めてほしかったのだ。彼は、父親のなかに自分自身を見出すことのほうに関心があるような気がした。だから、彼は私の身になって、共感することはなかった。そのように考えて私は言った。「弁護すれば。弁護すればいいでしょ」責めるように言ったあと、私はそれ以上聞く耳をもたなかった。

スチュアートは何度か私をわからせようと試みた。「父はシンガポール陥落の直後にそのコラム記事を書いていたんだ。それが父の記事の脈絡だよ。だから、人種差別が動機で書いたわけじゃない。君たち日系人に敵対したわけじゃないんだ。戦争に反対したんだ」

「あら、そうなの？　じゃあ、どうして私が敵だと思われたの？」

スチュアートは父親を正当化しようとしているのだと思った。不正を正当化するのは、不正を浸透させることだ。子ども時代からずっと、私はジャップだから敵だという社会通念を吸い込み、人種差別という飼い葉おけからその通念を食べていた。生涯続くアレルギーになった。老年になった今でも、納屋の向こう側からその微かな臭いがするだけで、身体が委縮する。

友達のレスリーがかつて言っていた。「白人が、私たちに起こったことを、あれは軍事的に、安全確保のために必要な行為だったといって片づけてしまうと、私は激しく興奮してパニックに陥るの。それほど酷いものではなかったとかいって、片づけてしまう。そうすると、私のなかの恐怖が強い怒りに代わり、何も考えられなくなって、その会話に入れなくなってしまうの」

私には良くわかる。私も一九八八年九月二二日までは同じように感じた。その日、日系コミュニティのリーダーが入念に精査した声明を、カナダのブライアン・マルルーニ首相が読み上げたのだ。

その声明は、我々日系人に対して行なわれた行為は、人種差別に動機づけられていたという点を明確にしていた。その声明は鎮静効果のある香油だった。その日以来、私は旅の別の行程へと足を踏み出した。犠牲者というコートはトランクのなかにしまった。他に着る服がある。もう塵のなかから出てくるときだった。

しかし、スチュアートやハワード・グリーンの孫娘たちと話しているあいだに、私は過去の屋根裏部屋へと投げ戻された。

スチュアートはEメールを送ってきた。「君のコミュニティに起こったことは、人種差別に基づいた過ちだったというのが、今では支配的な考えだ。僕もそれに同意するよ。実際、僕もこの新思潮形成に貢献したと思う。一九七〇年代、まだ誰のレーダーにもこの考えが映っていないときに、僕はブリティッシュ・コロンビア大学で何年にもわたってこのことを教えたんだ。日系の全コミュニティが強制収容で極めてつらい目にあったのだから、たとえどんな理由からであってもその強制収容を擁護した人間には、厳しい判決が下されても当然だと、僕はずっとそういう立場を取っている。しかしこの線を超えて、動機を決めつけようとしたり、この人たちは善人で、あの人たちは悪人とか、差別主義者だとか決めつけるのは、彼らの親族ではなくて、記録に依るべきだと思う。君に渡した記事を読むと、収容中の日系カナダ人に対する恥ずべき扱い、日系カナダ人の所有財産を合法的に窃盗したこと、意欲的な若者たちの国防軍入隊を不名誉にも禁じたことについて、父が一九四三年という早い時期に書いていたことがわかる。その後も続いて、父は日系人の投票権のために戦った。中国系、インド系カナダ人、そして最後にカナダ先住民の投票権のためにも。そして父の勤めていた新聞社も反対していたのに、日系カナダ人がブリティッシュ・コロンビアに戻る権利のためにも戦った。だから父を、ハルフォード・ウィルソンやハワード・グリーンの類と一緒に並べて論じられるのは、ひどく悲しいんだ」

エルモア・フィルポットは「ブリティッシュ・コロンビアを白人の州に」の主唱者ではなかった。たとえそうであれ、彼が一時書いた記事で、我々は深く傷ついた。ある人種の人々を傷つける行為が差別的行為でないのは、いったいどういうときなのか？

「ジョイ、父は間違っていた。でも人種差別主義者じゃない」とスチュアートは言う。

「どうして、彼を弁護しないといけないの？」と私はやり返す。

「君はそう言うけど、僕はそうは思わない。僕は父を理解したいだけで、弁護しようとしてはいない。肝心なのは事態を整理して、収拾することだよ」

私にとって事態収拾に役立ったはずなのは、連帯と悲嘆の明確なメッセージを表してくれることだった。スチュアートとバーブやドナの心が弁護している二人の人間の行為によって、直接、日系カナダ人が危害を受けたことを認めてくれることだった。けれど、そのメッセージは現れない。私たちの問題は、彼らの問題でもあり私の問題でもあるのだが、「他者」の現実を感じ取ることができない、あるいは感じようとしない態度であり、その苦悩である。そのことが、次第にわかってきた。

スチュアートと私は、一足の古靴をくわえてバラバラになるまで振り回す二匹のブルドッグだった。

彼は私に「しつこく叩き続けられている」と感じていただろう。その通りだったと自分でも思う。私は古傷のズキズキする痛みを感じながら、スチュアートに対する攻撃材料をせっせとため込んでいたのだ。

22

さほど寒くないが、ジメジメするバンクーバーの冬。

小雨が何日も続いたあと、やっと青空の気配が見えた。ウェストエンドのマンションの三階下の歩道は、黄色い落ち葉で埋め尽くされていた。窓の傍の桜の木についている葉よりも、地面に落ちている葉のほうが多かった。マーポールの家にある桜の木には白い花が咲き、それが甘い香りの赤黒いチェリーになる。しかしこの桜は春に明るいピンクの天蓋を作ってくれるが、純粋に観賞用で実は結ばなかった。

桜の枝は、まだ完全に葉を落として丸裸という状態ではなかった。十羽ほどのちっぽけな小鳥が、ヒラヒラと軽やかに飛び回っては、去って行った。二匹のリスが、通りの向こうの木の高い枝を駆け回り、ピューッと別の木に跳び移ったかと思うと、ピクピクっと動いて地面に降りる。一匹はつやのある黒で、もう一匹はふっくらとして、フワフワの灰色だった。車の間を縫って、大急ぎで失踪するトロントのリスとは、何と違うことだろう。

一一月一六日。父の誕生日。生きていれば一〇九歳になっている。

一一月一七日。遠くタイにいる息子、お誕生日おめでとう。

一一月一八日。

寒々とした日。裸になった木は、土のなかから突き出した巨人の手。頑丈な指のような四本の枝が、手を伸ばしたように上を向き、そこから小さな小枝が放射状に広がる。

オレンジ色の葉が、少し虫食いになっているが、まだ明るく生き生きしていて、目の高さの位置についている。その下の左側には、ピンク、黄、オレンジが交じり合った見事な葉がある。その二枚が、桜の木に最後まで残されて色づいた葉であった。他の茶色くなって縮れた葉は、蝙蝠のようにブラブラとぶら下がっていた。

二枚の葉。二人の思いがけない幽霊。一枚の葉はハワード・グリーンの、そしてもう一枚はエルモア・フィルポットの亡霊か。過去が物語を語る。その神聖なパンと神聖でないパン。過ぎ去った日の傑出した二人が、その子孫を通じて私の人生に到着した。

最初気がつかなかったもう一枚の色づいた葉が、木の真ん中辺りで乱雑に出ている枝から垣間見える。鮮やかな黄色だ。三枚目の葉は、父だとしよう。勿論そうだ。

人間の命のようにはかない葉。カチカチと刻まれる時。さっと一吹きするそよ風。知らないあいだに一番上の葉が落ち、二番目の葉も落ちた。

一一月一九日木曜日。不思議なことに、三枚目の葉はまだそこにあった。

次の朝早く、カーテンをサッと開けた。見てごらんなさい。その葉は夜を生き抜いていた。私は時折その葉をじっと見つめた。父さん。風の吹き荒れる一一月のその日中、その葉は風のなかに震えながら耐えた。

もしその最後の葉が散っていく瞬間を見届けられたなら、父にさようならを言えたことになると思った。馬鹿げた考えだ。けれど見つめながら待っていることで、父の最後の夜に傍にいてあげられなかった償いができるかもしれない。私はその葉が落ちる時刻と日にちを書き留めたかった。

一一月の日々は過ぎてゆくのに、葉は残っている。黒と白の尖った頭をしたアメリカコガラが、数羽跳びまわった。灰色の太鼓腹をして、少し太っちょだ。この小鳥たちのせいで黄色の葉が散ってしまうのではないかと思ったので、飛び去ったときにはホッとした。

なかなか落ちようとしない葉を見ていると、山中に墜落した飛行機の記事にあった画像を思い出した。記者が残骸の凄まじい現場に着いて、女性の死体に出くわした。その女性の腕をつかんでいるのは、幼い子どもの手と腕だった。小さな手と小さな腕だけ。胴体はなかった。

思春期にも、子ども時代にも、私は父にしがみついていた。父が専ら私の愛の源泉だった。私は父から離れられなかった。

ハリネズミのような金髪頭の若い隣人は親切で、コンピュータを魔法のように扱える。その彼が、複雑そうなカメラと、長くて重いレンズを持ってやってきた。彼がクローズアップにしたのを見て、なぜ来る日も来る日もずっとその葉が落ちなかったのか、その理由がやっとわかった。落ちることができなかったから落ちなかったのだ。小枝の端っこが、その葉の中ほどから先まで伸びていた。冬が葉を叩いてその葉は一枚の紙のように真ん中から折り畳まれた。しかし、その葉の茎である小枝は、しっかりと持ちこたえていた。

23

数ヵ月後に私は木の葉よりずっと高いところにある、トロントの一四階のマンションに戻った。ある朝ブラインドを上げると、窓枠に蜂の死骸が丸くなっていた。その黄色と黒の縞模様が軍隊風で、羽をヴィクトリー（勝利）のVの形に開いている。その前の日に、蜂が出て行こうとして窓ガラスに強く体当たりしていたのが見えた。蜂がそこからいなくなったので、「やったね、蜂君。自由になったね」と思っていた。でも、違っていた。そうではなく、死んでいたのだ。

窓を開けると、もっとたくさんの蜂の死骸が窓の外枠上にあった。蜘蛛の巣が小さい黒い死骸をつけてチラチラ光った。私の部屋の明かりを求めて飛んできたが叶わずに、夜の雨に打たれて死んだブヨだった。昆虫の飛行編隊が、毎夜突入を試みるがしくじるのだ。

昨夜、私の夢の回廊へ入り込んだのは、飛び回る虫だったのかもしれない。私は暗闇のなかに目覚めて、鉛筆に手を伸ばした。朝になると、私のノートに絵が残っていた。鉛筆の跡が五つあって、一本の長い曲線の両側にサッサッと走り書きした四本の線がある。かつて素晴らしい飛行をした昆虫の残骸だ。私のところに来るまでに過酷な旅で翼をなくし、宙を飛ぶ小枝になっていた。ただの骸骨だ。どんな小さなことにも意味がある。ノートの上から骸骨の使者がそう教えてくれている。ふとした考えにも、小さな葉っぱにも、ちょっとした言葉にも。私たちの人生の磁石の針は、ほんの小さな倫理的選択にも気づかないうちに振れるので、私たちは人生の飛行のあいだに砂鉄のように磁力を帯びて、その方向にひきつけられるのだ。

§§§

ある日の午後、私はスチュアートに電話をかけて、彼の家の裏のハンバー河畔を一緒に散歩した。彼は、父親の書いたコラムを私に読ませようと、バンクーバー公立図書館で一ヵ月もかけてコピーしたのに、私が読もうとしないので機嫌を悪くしていた。

「そうね、考えなきゃね」と私は言った。

その後間もなく、彼は書類かばんを抱えて私のマンションにやって来た。ドスンと両足で床を踏みしめて書類を整えると、両手でしっかりと掴んだ。フィルポット劇場だ。「これを今から君に読みあげる。大きな声でね」そう言って、一九四四年七月に書かれたものから始めた。

「カナダ全土での、日系カナダ人の投票を禁じる法案は、カナダにとって不名誉なだけでは済まない。憎悪や偏見、人種的傲慢さに基づいて公共政策を実施するという愚かさの決定的な証拠となるのだ」

私は当時議会で何が起こっていたのかよく知らなかったので、この冒頭陳述に戸惑いを覚えた。とはいえ、どういう戦いが繰り広げられていたとしても、エルモア・フィルポットは彼の矢を、我々日系人に対してではなく、我々の敵に向けていたことはわかった。恐らく私は彼を誤解していたのだろうか。

「共同連邦党が即立ち上がり、この最近の憎悪とヒステリーの政策表明に堂々と反対したことは、称賛に値する。しかし、まさに核心をついたのは自由党上院議員、とくにケイリーン・ウィルソン（スチュアートによれば、カナダ初の女性上院議員だそうだ）とノーマン・ランバートだった。この法案は文字どおりナチによる人種差別の臭いがすると言って……」

スチュアートは読みながら、時折ちょっとしたコメントを付け加えた。私が思うには、何らかの衝撃を減少させようと試みたのだろう。彼の父親は生涯を通して、我々日系人を追い払ったのは正しかったと信じ続けたようだ。勿論彼は間違っていた。日系カナダ人を個人的に知っている人を捜しだすことだってできたはずだ。たとえば私の名づけ親のヘンリー・ゲイルとか、グレース・タッカーとか。あるいは、私たちが在籍していた学校の先生誰でも。

戦後の我々の将来についての議論のなかで、エルモア・フィルポットは三つの可能性を用意した。一、我々をひとまとめにして、日本に送還する。二、我々をカナダ中に分散させる。三、太平洋岸の狭い地域に密集したコミュニティを作らせて、再収容する。彼は二番目を選んだ。政府もそうした。そのようにして、我々の帰属意識は破壊されていった。

口を挟みたい衝動をこらえて、スチュアートが読み続けるのをただ聞いていた。

エルモア・フィルポットは一九四七年にはかなり見方を広げて報道し、「すべてのカナダ人が恥を知って赤面すべきだ」というアメリカの反応を引用した。これは、イギリス軍がカナダに対して「ビルマで従軍させるために、できるだけ多くの日本語を話せるカナダ人を送ってほしいと嘆願した」ことについて（米紙が）書いたものだった。「この依頼は、カナダで何ヵ月ものあいだ、棚上げにされた。要するに、国内で偏見をもつ人たちが、戦争を悪用して憎悪と復讐のキャンペーンを行なうことに余りにも熱心だったので、**彼らは同盟軍を不利な立場に置くことさえ厭わなかった**」

太字は父による強調だとスチュアートは念を押した。「カナダ史におけるもっとも不名誉なページは、ブリティッシュ・コロンビア州で日系人所有の不動産を売却したことである」エルモア・フィルポットは続けて述べ、T・バック・スズキの例を挙げた。

ススキ《ママ》青年は三度カナダ軍に入隊しようとするが、毎回「人種」を根拠にして拒否された。結局彼はイギリスの軍隊に入り、一九四五年にカナダ情報部隊に転属となった。ススキ准尉はブリティッシュ・コロンビア州のサンベリー近郊の一等地に三万平方メートル弱の土地を所有しており、そこに四千ドルで改装した家もあった。これらに抵当はついていなかった。しかし彼のこの財産は、適性外国人資産管理局によって売却された。それまでカナダという自分の国が、戦争で闘い勝利するために奉仕していたこの人に、同意はおろか、知らせることもなくことが運ばれたのだ。

受領価格は一九六三ドルであった。これが露骨な強盗でないとするなら、何を強盗というのだろうか。

他にも文字どおり何百という類似例がある。もっと理不尽な非道極まるものもあったのだ。

エルモア・フィルポットが記事で書かなかったことがある。フレーザー・バレイにある、見事に耕されて、収穫量の多い農場は、一世の開拓者たちが森を悲愴な思いで開墾したものであった。彼ら自身の手で、馬や鎖や鋸を使って、コツコツと精を出し、手押し車一杯に積んだ石を運んでやっとつくりあげたものだ。その労働が、その夢が、すべて、彼らやその子孫から永久に盗み取られてしまったのだ。そしてそれらを与えられたのは誰か？　カナダの退役軍人であった。皮肉なことだが、自身がカナダの退役軍人であったスズキは、自分の農場を返してもらえなかったのだ。彼はあらゆる法的手段に訴えてみたが、成功しなかった。そして健康を損ねて没した。彼の夢は、彼と共に墓のなかに眠っている。

一九四八年にフレーザー・バレイが洪水に襲われたとき、日系カナダ人が集結した。自分たちが盗まれた土地に住む人たちに寄付金を送ったのだ。それは一世の遺産であった。物言わぬ、寛大で、赦しの心をもつ人々。

スチュアートが読んでいるあいだに、私はコールデールでのある日のことを思い出した。そのころ、バード委員会の公聴会があった。公聴会は一九四七年に始まり、名目上の補償を提供するための取り組みが進行中だった。父の書斎で、母は私の前を通り過ぎるときに、私たちは金銭的な要求を行ないません、と厳かに言った。母は私にそのことをわかってほしかったのだ。私は母のその発言の高い道徳性を理解した。

スチュアートは読み終わると、書類をまだ握ったまま背中をそらせた。私の反応を待っていたのだ。

「さぁ、これで終わりだ」と、ようやく言った。

「私も、これで終わりよ」私は静かに言った。

「何が?」

「私も終わりにするわ」一瞬置いて、付け加えた。「いい人だったのね」

スチュアートは、彼らしくゆっくりと頷き、体を横にねじって、背中を手で押さえた。痛みがあるように見えた。

彼は感情の高まりを抑えているのだ、という考えがふと浮かんだ。目に涙が浮かんでいたのだ。昔スチュアートは、「勿論、父があんなこと書かなければよかったのにと思うよ」と言ったことがあった。日系人のコミュニティには、エルモア・フィルポットは私たちに敵対する二つの行為を促したのだから差別主義者だ、という人もいる。私は、スチュアートの父親に、そういうレッテルを貼るのはよそうと心に決めた。

24

バンクーバーに戻るたびに、バーブとドナに会っていた。ミュリエル・キタガワの『これこそわが国』*(*This is My Own*)を貸してあげた。ミュリエルを読んでいなければ、私は『失われた祖国』を書くことはなかっただろうし、登場人物のエミリー叔母さんも存在しなかっただろう。

バーブとドナは、並々ならぬ努力を重ねて、日系カナダ人のコミュニティの人たちに会おうとしたが、拒絶された。それればかりか、自分の家族の一部からさえも受け入れられなかった。それでも二人は諦めなかった。

「今日の話し合いには得るところがあったわ、あなたはどう?」帰り際に、バーブはドナに聞いたものだ。

丹念に時間をかけて友情を育み、敵ではないと心に誓い、嫌がられる真実を掲げて、私たちは個々の人種的絆をほぐしていった。

ある日の午後、お茶を飲んでビスケットを食べながら話していると、また人種差別の話題が持ち上

*未邦訳である。

がった。驚いたことに、何かが変わっていた。バーブは肘を椅子の背に寄りかからせて、私が話すのを聞いていた。「このあいだ会ったときには、アーチー・バンカー*が差別主義者だと言ったわね。けれど、あなた方のお爺様は違うって。お爺様は話し方が上品で、私たちをジャップと呼ばなかったんだと。少なくとも人前ではね」

バーブは太陽から目を庇うかのように、少しのあいだ手をこめかみにあてた。それから私のほうを向いて、いつものように単刀直入に言った。「いいえ、祖父は差別主義者だった」

私は唖然とした。彼女の言葉が頭に入るのに数秒かかった。

「それでも、私が彼を愛していることに変わりはない」と彼女は付け加えた。「でも、そう。彼は差別主義者だった」

長い時間をかけて今、彼女が本当に今までとは違う理解の仕方ができるような何かがあったのか？私は軽い疑念を抱いた。しかし私の感じでは、彼女は率直だった。腹に一物抱えるようなタイプには思えなかった。

「あなたがそんなこと言うなんて信じられない」と私は言った。

「その差別主義者という言葉にてこずったの。たくさんの意味合いがありすぎる。ドナはどう思う？お爺様があらゆる点で差別主義者だったというわけではない。辞書によると、差別主義とは自分の種族が優っているという優越感をもつ態度だと書いてあるけど、お爺様はそうは思ってなかった」

「それに、お爺様は邪悪じゃなかったわ」とドナが少し口をすぼめて言った。

「その通りよ」とバーブが語気を強めた。「なぜ彼があんなふうに考えたのか、ドナと私は何度も話し合った。日系カナダ人に対する祖父の信念には私たちは同意できない。日本が長年にわたって侵略と残虐を重ねてきた、あの戦争中に起こったことは理解できるの。でも戦後に彼のとった態度にはゾッとする。彼は議会で日系カナダ人の数を数え上げた――マニトバに五〇人、ノヴァ・スコシアに一人っていうように。人種グループでレッテルを貼っていたわけ。一人の例外もなく、すべての日系カナダ人をブリティッシュ・コロンビア州から追放したかった。だから、そう、祖父は日系カナダ人に対して差別主義者だった。そういうことに異論はないわ」

私はゆっくりと頷いた。私が生来の性格、あるいはしつけのせいで感情を抑えてしまわなければ、こういうときに、寛大で友好的な言葉をかけ、彼女たちが一線を越えたことへの喜ばしい興奮を反映できただろうに。けれど私にできたのは、ただ微かに頷き続けることだけだった。

バーブは続けた。「辛いのは、日系カナダ人が私たちと口をきこうとさえしないこと。その結果どうなるってものじゃないけど、苦しいわ。納得できない」

私にはバーブが切望していることが痛いほど良くわかった。自分の家族がしたことで非難されたくないという思い、平和的に繋がっていたいという望みが。

＊ Archie Bunker: 一九七〇年代のアメリカテレビドラマ“All in the Family”の登場人物で第二次世界大戦の退役軍人とされており、「憎めない頑固者（偏見をもつ）」として描かれている。

「もっと自分で勉強しなさいと言われて、そうしたわ」とバーブが言う。「ドナと私は今でもそうしている。でも、話し合えれば、と思う。祖父の加えた危害についてドナと私が、何もわかっていないと思われたくない。日系カナダ人家族の歴史から、ずいぶん学んだわ。私たちにできることがあるなら、するつもりよ」

「こういうことって時間がかかるわ」と私は言った。「あなた方のお爺様は、私たち日本人が文明人になれるということを理解するまでに長い時間がかかった。それに、私たちが『すばらしい貢献をしている』ことも。そう言われたのはお爺様じゃなかった? たぶん日系カナダ人が、ハワード・グリーンも考えを変えたのだとわかるにはもっと時間がかかるでしょう」

「ミュリエル・キタガワのような人たちが、どれほどカナダを愛していたか、祖父がわかっていればよかったのに」とバーブが言う。「祖父が彼女を知っていればよかったのに」

「私だって、彼女を知っていればよかったのにと思うわ」と私。

ミュリエル・キタガワはウォルター・スコット卿の詩を愛した。それで、彼女の本の題名もスコット卿の詩から取られたものだった。

「それほどまでに魂の死んだ男が、この世に生きているだろうか」と私が始めると、バーブとドナが続ける。「これこそ我が国、わが祖国なのだと/自らに語りかけたことがないほど*」

「祖父が第一次世界大戦から帰郷したとき、こんなふうに感じたんだわ」とバーブが言った。「祖父はカナダのために働こうとしていた。そしてそうした。二八年間議会で、何百という議案について陳述した。ブルース・ハッチソンの言ったことを覚えてる？　彼ほど立派な政治家はいなかったって」

「彼は時代に先駆けていた」とドナは頷いた。

「とくに世界的な核軍縮の促進と核実験終結においてね」とバーブが付け加える。

「それに、アフリカ諸国への援助設立も」

「利益供与撤廃もね」バーブが言う、「それに、強引なアメリカのやり方から、カナダを引き離そうとした。キューバ危機の折には、アメリカ人に敢然と立ち向かったし、カナダ軍に核兵器を承認しようとはしなかった。この件については意見が割れて、そのために、ディーフェンベーカー政権は一九六三年に失脚したのよ。祖父はその立場を取ったために議席を失った。彼は平和を支持する国家を望んだのだわ。そういうことすべてにおいて、祖父を誇りに思う。でも、祖父がミュリエルやその友人たちを知ってさえいれば、と思う。彼の言葉が、問題解決をするのでなく、そういう人たちの人生を破滅させたとわかっていればよかったのに」

ドナが静かに付け加えた。「私が祖父を謝罪させていればよかった。祖父は自分が間違っていたと認めることができたはずなのに」

私たちはしばらくのあいだ沈黙した。

ドナがもう一度切ない声で言った。「一九六〇年代になると、祖父は一九四〇年代とは違っていた

＊ *The Lay of the Last Minstrel*, Sir Walter Scott (1805). 佐藤猛郎訳から。

の。一九六二年にはこう書いているもの。『今日、イギリス連邦は人種、宗教、肌の色にかかわらず、個々人の尊厳に敬意を表す。これこそが、人種や大陸を繋ぐ最良の架け橋であると考える』。私、お爺様のこの声明をしっかりと心に留めているわ」

「いい言葉ね、ドナ」

その日の午後、ロッキー山脈に吹き下ろす雪食い風のシヌークが、思いがけず私たちのいる部屋に吹き込んできて、ドナ、バーブと私に春の雪溶けが訪れた。バーブも認めたように、確かにハワード・グリーンは差別主義者であった。しかし、それだけが彼のすべてではなかったのだと私は思うことができた。私の心のなかの氷柱がきれいに溶けてなくなったように。

さて、二枚の葉に安らぎが訪れた。もう一枚が残っている。父の葉だ。私の人生の葉。

25

父は、赤いプラスティックケースのなかに、書類と一緒に六ページの略歴を残していた。一九歳の年、父はバンクーバーにいて日本人用の病院で働いていた。二〇歳代で日本語を教え、カナダ合同教会の設立に尽力し、資金を集めて二軒の日本語学校の創立を監督した。そのうちマーポールに建てた日本語学校の校長になったが創立者でもあった。その後キツラノに聖公会の教会を建てた。

その六ページの略歴に、少ししわの寄った紙が一枚つけられていた。「ブリティッシュ・コロンビア州バンクーバー、西六四番通り一四五〇に残した家具」という見出しがあった。

一、寝台兼用大型ソファ三脚
二、ピアノ一台（D・W・カーン）
三、食堂用家具一揃い（テーブル、食器棚、椅子六脚）
四、ビクター蓄音機
五、ウィルトン社製絨毯二枚

父が一本指でタイプを打つので、ところどころ大文字が少し上にずれたり、文字の濃さがバラバラだったりした。

私たちがマーポールの自宅を追い出されて一年以上たってから、父が依頼した品物のうち数点が、スローカンにいる私たちの元に届いた。絨毯は、コールデールの粘り気の強い土埃のなかで過ごした四〇年も入れて、最後までずっと使い続けることができた。鮮やかな色彩はまったく褪せなかった。

父が一番手元にほしかったのは、一一番目に挙げた、家の階下にある父の仕事部屋においてあった、どっしりとした蛇腹巻き上げ式書斎机だった。

私が二、三歳の頃だっただろうか、たぶん私のもっとも幼いときの記憶だ。黒縁の丸眼鏡をかけた父は、金属の傘をかぶって重そうなランプの下、大きな机に向かっていた。書いていた手を少し止めて、何やら不可解な走り書きに頭を垂れている。私を捕らえたのは、父の強烈な輝きだったと思う。私の幼い孫娘が同じような電荷を帯び、目を四角くして母親のペンを凝視したのを見たことがある。猫もまたこういうエネルギーを感じとるらしく、こちらが何か仕事をしていると、避難して身を潜める。

父の大きな机は彼のもとに届かなかった。折り畳み式の蓋がついた小さな机が、代わりに届いた。それ以降、父は生涯リンゴ箱を使った。二度と良い机を持たなかった。私もそうだった。それでも、私たちは運が良かったのだ。他の人は何も取り戻せなかった。人がいなくなるとすぐに家は荒らされたからだ。私たちは優遇されていたほうだ。人々は私たちを尊敬した。が、のちには、蔑んだ。見上げたり、見下げたり。上へ下へと、人生は首をねじらせるものだ。

レスリーに父の六ページの略歴を見せると「自分のことをあんなに立派に書いて、あなたは嫌じゃないの？」とレスリーは言った。

「レスリー、あなたは聞きたくないだろうけど、父は良いこともしたのよ。でも、自分のやっていることの被害について考える糸口がわからなかったんだと思うの。子どもみたいで、無邪気な……」

「待ってよ」レスリーは両手で空気を押しのけるように、私を遮った。「ちょっと待って。口を挟んで悪いわね。あなたのお父さんは知らないから、こんなこと言っていいかしら？　そう、言うわ。あなたにはお父さんを愛するあらゆる権利がある。あなたのお父さんなんだから。でも、あなたが私に、彼は無邪気だったっていうなら、無茶苦茶だわ。あなたを傷つけたくはないけど、でも、そう言うってことは現実に起こったことを否認するのかと思うの。どうやってこの人と通じ合えるんだろう？ 誰の話をしているんだろう？ 父親がやったことを知らないんだろうか？ 彼はこんな立派な人だったはずがない。悪い思い出があったはずだ。そうだったはず」

父はスローカンで一度ひよこを殺したことがある。彼はまな板の前に立っていて、私はそれを見ていた。私が七歳か八歳のときだったろう。私が走って行って母にそのことを話すと、母は目を大きく見開いた。また別の折スローカンでこんなこともあった。夜なのに、母が兄と私の手を取って、宣教師のボーエンさんの家まで歩いて行った。奇妙なことに母は無言で、祈りましょうとだけ言った。家に戻ると、父がテーブルクロスを敷いて食器や彼の作った食事を置いていた。一体何があったのか、わからなかった。そして、私が妊娠していることがわかったあの忘れられない衝撃的な時間。私はそのとき二一歳で、バンクーバーで教師をしていた。車のなかでの愛撫、私たちには見えていなかった警察官が、車の外から突然目の眩むような明りを当てた。イングリッシュ・ベイに駐車した車のなかで、ブラウスははだけて、スカートはめくれ上がり、私は半裸だった。若い情欲。若い肉体。ドカン！ にわかにできちゃった婚となった。

父と母はコールデールから車に乗ってやってきて、私のアパートに泊まった。三階で、コモックス通りにある建物の最上階だった。壁がはっきりと傾いていた。

「恥ずかしい」私はレスリーに言った。「父はそう言ったの。でも怒ってはいないと」

「何が恥ずかしいっていうの？」

「父が言いたかったのは、私に子どもができてしまったから結婚しなければならなくなったことが、恥ずかしいということ。三人でテーブルに座っていたら、父が額を両手にうずめて、『ああ、恥ずかしい』と溜息をついたの」

「何ですって？　あなたのことが恥ずかしいって？　あなたが妊娠したから？　冗談じゃないわ、ひどすぎる」

「ええ、でも時代が違うのよ、今とは。親は普通そんなふうに思ったのよ。牧師の娘が孕んじゃったっていうのは、そりゃぁ酷いことだった」

「あなたは……その……激しい怒りを感じなかったの？」

「いいえ、ただ悲しかったと思う。何もかも、悲しかっただけ。私、父を愛さないことなんて、できないのよ」

「お母さんはどうなの？　妊娠したことを何て？」

「私の傍に座って、両膝をさすっていたわ。母は私が悲しんでいるのが悲しかったんだと思う。その夜、私は胸が張り裂けんばかりに泣いた。母は黙って私の傍に座っていた。私は本当に結婚したくなかったの。あるとき、その夜じゃなくもっとあとで、母は、私たちの家族には今まで悪いことが起こったことがないけど、どうしてかしら。なぜって、どんな家族にも何か悪いことが起こるものだから、と言った。けれどその後、父が捕まって沖縄から戻って来て、何やかやのあの事件。そして今度は私のこと。母はどんなに悲しんだか。そしてまた、次は私の離婚。私の結婚か、離婚か、どちらのほうが母に打撃を与えたか、私にはわからない。私は母を失望させてばかり」

もし私が『雨はプリズムの向こうに』を書いていなかったら、父のことを知らない人がほとんどで、日系カナダ人の歴史から父が拭い去られることもなかったかもしれない。そして何千という日系人に関する父の詳細な記録を、皆欲しがっただろう。ところが実際は、父が死んだとき、バンクーバーの日系カナダ人の資料収集家は、見向きもしなかった。

スキャンダルの破裂の仕方はさまざまだ。私は公の場で話した。一度か二度インタビューにも応じた。しかしそうしたことで、私が子ども時代を過ごした家を残そうという話は、論争の火種となった。

「この略歴を読んでいると」レスリーが言った。「ふと考えてしまう。そう、この人は日本語学校の校長先生だったんだ。ゾッとするわ。他には何があったの？　あちこち旅行して、何をしていたんだろう。世界中への旅、カナダ中を巡る旅、ソルト・スプリング。ヘーニーも？　ヘーニーの学校でも教えていたんだ。一瞬、私の母を教えていたに違いないと思ったけど、年代が離れている」

ヘーニーはたくさんの馴染みのある名前の一つだった。日系カナダ人が戦前、戦中、戦後に住んだ町の名前は沢山あった。

スローカン、ベイファーム、ポポフ、レモン・クリーク等、略歴にあるこういった懐かしい名前。それに私たちが『教会通信』を送っていた馴染みのある住所、たとえば、ポート・アーサー、フォート・ウィリアム、セントキャサリンズ、ワンハンドレッドマイル・ハウス、ニピゴン、スー・セント・マリー、ゴールデン、レブルストークなど——カナダ中の町や小さな村、そして市の名前だ。略歴を読んでいてこういう名前を目にしても、真っ先に浮かぶのは悪党の父ではなかった。父のなかのハイド氏の部分が姿を現し、不正行為を企んでいたとは思えなかった。充分あり得ることだったが。

そういうことより、私はスローカンやコールデールで『教会通信』を作っていたのを思い出していた。父が謄写版原紙に鉄筆で文字を書いていく。靴墨インクの上を、ねっとりしたローラーでネチャ、ネチャと前後に押す。母は住所を書いた紙を貼りつけるために、粥を煮詰めて糊を作る。そしてコイル切手の長い列を、水で湿らせては、貼りつけて、切りはなす。ホッチキスを使いすぎて、私の手の平が赤くなる。全部を折り畳んで、地域毎に束にしたあと、ティムの自転車についていた、肉用の運搬台に載せる。どんな荒天でも、ティムは郵便局まで行ったり来たりする。その新聞は一九二九年から一九七九年まで五〇年間発行された。人々は情報に飢えていた。友人の結婚や葬儀や出産。船大工のマツモト家のマシューにマーク、ルークそしてジョンのことを思った。クリスマスとイースターの特別号には、彼らがページ一面に手の込んだ絵を描いて表紙をつけてくれた。それにスローカンでの学校新聞『パイン・クレセント・ブリーズ』。これは父も手伝ってくれた。私たちは皆、いつでも、何と懸命に働いたことだろう。

一九四四年、ケベックで開かれた聖公会の教会会議で、父は強制収容所について、それから私たちの財産の売却について述べた。連邦政府に賠償を求めた決議書が提出されたのは、父のものが最初だったのかもしれない。一九四九年に父は日系カナダ人として初めて、戦後の日系人の苦しみを証言した。そして、日本人の移住を請願した。恐らく声をあげたのは彼の請願が初めてであった。ずっと苦しみを見てきたのだ。一九五五年八月に、エドモントンでの第一九回カナダ聖公会総会で、彼は日本人移住の請願をして、その決議書が政府に提出された。一九六七年になるまで移住に対する障壁は取り除かれなかった。

「あなたのお父さんの本質は、二つあるみたいね」とレスリーが言った。「一世のヒーローと、そして悪魔。どちらも彼の本質よ」

「パウエル街のさくら荘を覚えてる?」私が尋ねた。

さくら荘は日系高齢者用のアパートだった。歩道に直接面している薄汚れたドアを開けると、階段になっていた。「名前は忘れたけど、腰が二つに折れ曲がった、本当に小さい、年老いた一世の男性が住んでいたの。その人はさくら荘から東バンクーバーにある父の家にやって来て、暖炉の前の丸椅子に座っていたものよ。父が死んでからは集会に来て、おじいさんらしいしわがれ声で言った。『世界中で、先生みたいに優しい人はいなかった』。その人は父の顔に最後のお別れをしたかったのに、『あんたの兄さんが棺を閉めておきたがったんだ』と言った。父を診てくれた癌の専門医も、『あなたのお父さんは、本当の紳士だよ。特別な人だ』と言ったのを覚えてるわ」

「その医者は知らなかったのね」とレスリーは言った。

「多分一世のおじいさんは知っていたわ」

「あなたのお父さんを好きな人がいるからとか、政治的なことや、学校を建てたみたいな良いこともしたからって、それで罪を免れられるわけじゃないわ。私は七〇番街のマーポールの日本語学校を見た。あなたも見たでしょ？　あなたのお父さんが創立者だったなんて知らなかった」

「父はそれについて何も言わなかった」

この学校のあった建物の壁に貼りつけた飾り額にはこういう文がある。


マーポールの日系コミュニティが、一九二七年に自分たちの子弟のための学校として、七二番街とセルカーク通りが交わる辺りに、このホールを建設した。しかし第二次世界大戦中の日系人強制収容のあとは誰も来なくなり、一九四六年にバラード・ライオンズクラブが入手してマーポール・ボーイ・スカウトに寄贈した。


「父は二七歳のとき、その学校を建てさせた」と私は言った。「いつ七〇番街に移転させたのか知らないけれど。でも父が一番好きだった建物は、キツラノの教会よ。寄贈したのは一九三五年だから、父が三五歳のときだったのね」

「それって、私の家の近くだわ。西三番街、一七〇一番地」とレスリーが声をあげて読んだ。「『美しい、新たな教会』、そう呼んでたんでしょ？　美しい、新たな昇天教会」

「美しい、そうよ。美しかったわ。一世たちがすべての費用を出したのよ。しかも、大恐慌の最中に」

「あなたのお父さんは、資金集めが上手だったのね。憶えてる？」

「教会の内陣仕切り。祭壇の明るい色調の木。兄なら全部憶えてるわ。でも、マーポールの家は、兄より私のほうがよく憶えてる。政府がそれをいつ売ったか当ててみて」

「家？　それとも教会？」

「家よ。敵性外国人資産。私たちがやっと敵ではなくなった、正式な日にちを憶えてる？」

「私たちが補償を勝ち取った日のこと？」とレスリーが聞いた。

「そう」

「勿論補償の日を憶えてるわよ。一九八八年九月二二日」

「ええ、じゃあ、いつ家が売られたのかわかる？」

彼女は肩をすぼめた。

「一九四四年九月二二日よ。敵から友人になるのに、四四年かかったわ」

26

一九五七年にその教会を一度見た。デイビッドと結婚して、早すぎた赤ん坊が産まれた年だった。私たちはパイン通りと二番街の交差したところに、キツラノのスラム街にあるようなアパートの管理人として住んでいた。そこが今では、カナダで最高級のお洒落な地域になっている。

その年に学んだ倹約の教訓。店頭の部屋にある藤色の簡易長椅子に寝て、レンジが一つしかない電熱器で調理し、別の三家族と共同のトイレとシャワーは廊下の先にあった。

ある日、角を曲がってパイン通りを歩いてゆくと、何という驚き！　目の前に昇天教会の姿が見えた。「美しい」昇天教会、パイン通り三番地だった。高くて立派な階段の脇の雑草のなかに、父が大好きだったピンク色のコスモスの花が、ヒョロ長く生えていた。その花はそこにずっと咲き続けていたのだろう。開いているドアのなかは、美しい木造りの何もない空間の骨組み。まだ素晴らしく美しかった。薄暗い洞窟。そこは使われていないようだった。不法侵入になるのでは、とびくびくしながらも、私は記憶を呼び戻せるだけの時間、そこにいた。――受難節のあいだに倹約して貯めた献金箱を持って、母と一緒に信者席に座った。尖塔のある教会の形をしたその箱は一セント銅貨と五セント白銅貨で重く、チャリンチャリンと鳴った。

その次に私が教会の前を通ったときには、ドアが閉まっていた。

日系カナダ人の一五〇〇人の聖公会信者のなかで、誰一人として私たちの教会がどうなったか知らなかった。余計なことを言うのは、私たちのやり方ではなかった。私たちの頭は他のことで一杯だった。たとえば、いかに生き残るかという問題だ。水を求めることも。コールデールでは、何と酷い水を飲まなければならなかったことか。

一九五三年、兄のティムはブリティッシュ・コロンビア大学の聖公会神学校の学生だった。私たちのバンクーバーでの年月は、兄の心のなかで生きていた。教会が彼の生き甲斐だった。建物の精巧な細部まで記憶していた。教会を建てた人、お祝いに集まって、歌い、感謝をした人、そういう人すべてを兄は知っていた。日曜学校の子どもたち、宣教師、幼稚園の卒園式、巻かれた卒業証書、赤いリボン、スタンレーパークでのピクニック、卵載せスプーンリレー、二人三脚、それに袋競争。

ティムは主教を訪ねて質問した。

「主教様、私たちの教会がどうなったかお教え頂けますでしょうか？」

ティムの教会への忠誠心は、私の理解を超えていた。一九六〇年代に、若き牧師であった兄は、聖公会の最高位であるハワード・ヒューレット・クラーク大主教から次のような命を受けたのである。ハワード大主教はカナダ首席主教でエドモントンの主教でもあった。

「日系カナダ人が聖公会からいかなる不当行為を被ったかについて、なんぴとにも一言たりとも述べてはならないと、大主教が仰せになった」とティムは私に言った。「その時点で、キリストが我々に与え給うた自由を、教会が私には与えないと打ち消したのだと感じた」

それにもかかわらず、ティムはその命に従った。

シアトルでは日系アメリカ人が戦後補償のために結集していた七〇年代に、ティムは代弁者になるようにと話を持ち掛けられた。彼が断ったので日系カナダ人は戸惑った。ティムが臆病者でないことは、みんなわかっていたからである。実際、彼は臆病者ではなかった。少数派の人々に対する強制退去の件で、彼は銀行に立ち向かったのだ。このことや他の勇気ある行ないを称えて、シアトル市は「ティモシー・ナカヤマの日」を制定した。

「理解できない」とある活動家が言った。「彼は何も語らずにただ泣いたの。心のなかで何かが起こっていることはわかったけれど、それが何なのかわからなかった」

一九五三年に「主教様、私たちの教会がどうなったかお教え頂けますでしょうか?」と尋ねたとき、ティムは、恐らく建物のうちの一堂くらいはまだ利用できるだろうと考えていた。馴染み深い、愛する教会。もしそれが利用できるなら!

ニューウェストミンスター教区のゴッドフリー・フィリップ・ゴウワー主教が、ティムに部屋から出るように手招きし、そこから会計担当者のマチューソンを呼び出して、ティムのその質問を彼に託した。

「マチューソン、ここにいる若いティモシーに日系信徒たちの教会がどうなったか教えてやってくれないかね?」

会計担当者は、「教会は放棄されました」と素っ気ない返事をした。いったん日の目を見るかと思われた教会の問題は、再び墓場へと葬られたのである。

それで終わりだった。それ以上何の説明もなかった。ティムは呆然とした。

彼は大学に戻り、自分のオクスフォード辞典で「放棄する」という文言を調べた。この辞書は今は私の家の本棚にあり、上の端まで長く伸びたサインがついている。若かりし日のティムの字だ。

この件に関する教会の行為は、その後六〇年間我々に知らされていなかったが、もう一人の神学生、グレッグ・タッチェルが、ついに墓場から掘り起こしたのである。

「放棄」これがグレッグの論文の題目だった。

グレッグに初めて会ったのは、二〇〇八年八月九日の長崎であった。彼は愛想の良い、極めて礼儀正しい物腰の人だった。驚くほどさまざまな技能を備えており、経営学修士で何年にもわたり上級管理職の経験もあった。日本女性と結婚し、夫婦でバンクーバーの日系カナダ人聖公会に通っていた。「心を動かされた瞬間をはっきり覚えています」とグレッグは言った。「私が神学校に入る数年前の一九九九年のことです。教区委員とコーヒーを飲みながら何気ない話をしていたのですが、そのとき彼が何の前触れもなく『私たちの教会はどうなったんでしょう』と聞いてきたのです。グレッグの指が花びらのようにゆっくりと開いた。「ショックでした。心が痛みました。最初の反応は『御存じないのですか?』でした」

その問いかけの火花がグレッグを導く星となった。

§ § §

グレッグの発見したもの。

我々には三つの教会があった。一九四五年の三月二二日と七月六日、ニューウェストミンスター教区はそのうちの二つを売却した。その当時、日系カナダ人は全国に分散させられていた。戦後四年もたった一九四九年四月一日に、日系カナダ人はやっとブリティッシュ・コロンビア州に帰還する自由を与えられた。

それから一ヵ月後の五月一〇日に、聖公会教区審議会が「日系クリスチャンは西海岸を出て行って、もう帰って来ないのだから、日系人に対する布教活動の必要性は皆無である」という動議を可決した。一九四九年八月一九日に我々は帰還を始めた。そういう、我々を温かく迎え入れてくれる拠り所が一番必要とされるまさにそのときに、教区は最後に残った三番目の教会までも売り払ったのだ。

聖公会全体で見たとき、日系カナダ人と日系アメリカ人が受けた処遇は、きわめて対照的なものだった。

バンクーバーでは教会も市も差別主義者が采配をとった。市会議員のハルフォード・ウィルソンが「ブリティッシュ・コロンビア州を白人のものに」というキャンペーンを掲げて選挙に立候補した。牧師である彼の父は、我々日系人に対する暴動を仕掛けた。聖公会において、ウィルソン父子はその教区の総務会幹部であった。

「彼の魂に呪いを」というのは、ミュリエル・キタガワによるハルフォード・ウィルソンへの呪いである。

バンクーバーにおいて、ニューウェトミンスター教区のヒースコート主教は差別主義者であった。一方、アメリカのシアトルにおいて、オリンピア教区のヒューストン主教はそうではなかった。一人の羊飼いは自分の羊を貪り食ったが、もう一人は羊の世話をした。シアトルでは教区会館の床に印がつけられ、そこに追放された教区民の所持品が方形に積まれていた。ヒューストン主教は自分で会館を監視しており、収容センターから自分の教区民の所持品を送ってほしいとの依頼の手紙が届くと、教区会館に出向いて必要なものを見つけ、そして小包にしてみずから郵送したのだった。

「シメオン・アーサー・ヒューストン主教の魂に祝福あれ」

戦争が終わる前に日系アメリカ人は帰宅し、自宅がボーイング社の技術者用社宅になって住めなくなった人たちには教会のホールが宿泊施設としてあてがわれた。日系アメリカ人聖公会は現在も活発であり、そのコミュニティは繁栄している。

日系カナダ人が全土に分散させられたあと、信者の多くはトロントに集まることとなった。母教会を失った信徒は居場所を求めて、五つの教会を転々としたあと、やっと資金を集めて自分たちの建物を購入しようとしたが、トロント教区によって拒否されたのだった。

カナダの日系聖公会信者は三重に見捨てられた。カナダという国、教会、そして主教によって。子羊たちは一体どの茂みに身を隠せば守られるのだろう。

第二次世界大戦中のバンクーバーの主教は、ハーズリー準男爵のフランシス・コールフィールド・ヒースコート卿であった。主教は我々のような輩に見向きもしなかったが、我々の苦労の成果に手を付けることは厭わなかった。というのも、我々の教会を売却した金は、主教の給与を支払う主教分与基金に流れ込み、今日に至っても、なおそのままなのである。

§§§

二〇〇九年一一月一〇日、コガワハウスの近くの教会ホールで、グレッグ・タッチェルは初めてこの話を公表した。聖公会教区総務会のメンバー五〇人が、父が撮影した映像を観た。そのなかでは信徒たちが昇天教会の階段を下っていた。

集会のあと、私たちはこの集まりを記念しようとコガワハウスに向かった。食事をし、シャンパンのグラスを交わし、それに記念写真が待っている。コガワハウスに近づくにつれ、何人かの人たちが慌てふためいて駆け回り、ハウスから出たり入ったりしている。オーバーオールを着た男性が道具箱を持っていた。

我々が数ブロック先でグレッグの話に聞き入っているときに、前庭に埋められている水道管が破裂して、地下室が浸水していたのだ。

事故は起こるものだ。水が家のなかに流れ込むようには作られていなくとも、そうなることもある。主教基金に流れこむこともあるのだ。まったくの偶然だろうか?

四年後の二〇一三年に、グレッグは聖公会総務会総会で発言するためにトロントに行くことになっていた。以前、ハワード・ヒューーレット・クラーク大主教が私の兄に沈黙を命じた。現在のカナダ大主教、フレッド・ヒルツはその沈黙の意味を理解していた。

一瞬のことであった。雄鶏が鳴くよりも素早く私にはわかった。私たちの物語を告げる額が大主教に手渡されると、彼は俯いてそれを見た。顔は震え、今にも涙があふれそうだった。一目見れば、大主教が私たちの悲しみを理解したことがわかった。

どれ程長い道のりだっただろう。しかしその旅にかかったすべての時間、費やした一秒、一秒は、その道程を体験して学ぶために必要だった。

これは、ハマーショルドの残した言葉である。その道程には、一瞬垣間見える永遠があり、放棄という闇夜のなかに差し込む微かな光が見える。

27

霊にあって生きるなら「時はゆったりと、優しく流れる」* とアニー・ディラードは言う。赤子のように生きるなら、時はゆったりと、優しく流れる。時は愛ゆえに膨らむ。

二〇〇九年の秋、私はバンクーバーでタイから来た赤ん坊を迎え、心を弾ませていた。私の第一子の第一子である。前夫デイビッドのアパートで赤ん坊を崇めて暮らす楽しいひと月だった。初めて歩いたと言っては大喜びして騒ぎ――初めてのことがたくさんあった。鍋の蓋ができたり、木のスプーンを持ったり、缶のなかに小さなものを入れてそれを振ったり。「ガラガラ」すべて初めての体験だ。赤ん坊が予定通り家に帰るまで、見たり、聞いたり、学んだり、完全なる至福の日々だった。赤ん坊

＊ アニー・ディラード『本を書く』(*The Writing Life*, 1982)

はその小さな完璧な拳に、私の心を掴んだまま、素晴らしい母親と優しい父親、つまり私の息子、と共に空を飛んで家に帰って行った。喪失感で混乱したものの、満たされて、私はトロントへ帰る荷づくりをした。

出発の日になって航空便がキャンセルされたという知らせが届いた。エンジントラブルだった。次の午後の便に乗るために空港へ向かう途中、私はためらい始めた。なぜトロントへ帰るの？　もうちょっとここにいてはどう？

思いついて、マーポールのコガワハウスに今誰がいるのか聞いてみようと電話をした。長期滞在の作家たちのなかに、旅行やワークショップや読書会などの世話をする人が次々と住み込んだ。たまま最近、どうしたことか世話人が出て行き、家が空き家になり、そして荒らされたのだと聞いた。テレビ、食堂セット、それにシャワーヘッドやタオルにトイレットペーパーまでなくなってしまったそうだ。

「誰が今の私なんかを愛してくれるの」と老朽化した家が夢のなかでため息をつく。

「私が、私が愛してあげるわ」私は言った。

空港のチェックイン・カウンターで、私は爪先旋回をした。「オープンチケットにして下さい」片足を棺桶に突っ込んだ老女がクルッと回って踊った。

そして老女は到着し、西六四番一四五〇の玄関で苦労して鍵を差し込んだ。簡単には開かなかった。ドアが開いた瞬間、玄関の壁に立て掛けられた、一枚板の等身大のドッペルゲンガーに挨拶された。

いらっしゃい、と私の分身が細い目をして言う。どなたですか?

「見知らぬ国の見知らぬ人」*

たまたまこの家を見つけて売りに出されているとわかったときには、優雅なフランス窓のついたサンルームが、まだ広い居間に続いていた。けれど二〇〇九年までに、その家はもっと小さく、暗い部屋に分割された。つくりつけのウォークインクロゼットはなくなっていた。愛しい家がこんなに傷ついてしまった。しかしその後数日たって、静かに、優しく、過去が蘇ってきた。枕もとでお話しをしてくれた母の香水の残り香。

前に来た際に、数点の貴重な品を持って来ていた。兄、ティムのおもちゃの車。両親がこの家を購入した年を憶えておくためにとっていた一九三七年のカレンダー。その表紙には赤子のイエスを抱くマリアの絵が描かれていた。

自分の体のなかで、私は「むかし、むかし」の赤ん坊の日々に戻った。神の愛が築いた家に、麦芽シロップの甘い香りと共に朝が訪れていたころ。

「おはよう、ニコニコおひさま
どうして　そんなに　はやおきなの?」**

---

* R・A・ハインライン著のSF『異星の客』(*Stranger in a Strange Land*)(一九六一)からの引用か。
** *Good Morning, Merry Sunshine.* 米国で古くから親しまれている子守唄。G. Ambrose 作とされる。

南向きの私の寝室で、母はこの歌を歌ってくれた。母の美しいソプラノの声は有名だった。父ではなく、母こそがこの家の持ち主であった。母は日本の母親らしい細やかな気配りで私と兄を育ててくれた。

「天のお父様、今まで護って下さいまして有難うございます」

深い信仰をもつ母は、毎夜このように祈りを始めた。子ども時代にこの家で、母は、生涯の追放に耐えられるだけの命の水で私たちを満たしてくれた。

父の撮った映画のなかで、母と私はキツラノの昇天教会の階段を降りていた。ふっくらした私は白い靴下をはき、カットガラスのネックレスをしている。母のお気に入りだった青いウールの長袖のワンピースを着ていた。母は、濃紺の帽子にグレーのコートとグレーのスカート、そしてグレーのスカーフをつけて、奇麗だ。母はスタイル画から抜け出したようだった。クロゼット一杯の絹製品や流行の洋服があったその家から、母はクロゼットどころか部屋さえもない、泥だらけの物置小屋に移ったのだ。

「どんなに掃除しても、埃がなくならないの」と母はよく言っていた。きれい好きで潔癖な母はプレーリーの砂塵が入ってこないように、ドアの下にボロ布を押し込む。それでも砂塵を防げないとわかって、母はため息をついて喘ぐ。

この美しい女性は耐えた。その上、代償を支払った。母は、私の小説のなかで、掘っ建て小屋にうずくまり、ブーツについた泥をパティナイフでこすり落としていた、沈黙の「オバサン」となった。

しかし、私の実際の母に起こった変貌は、戦争や人種差別や困窮だけが原因ではなかった。世界一の母親、その私の母は、耐えがたい苦悩に直面して、私に心を閉ざしてしまったのだ。

コールデールにいるときには、だれよりも澄んだソプラノで歌い、教会では、私が作った布製の濃紺の帽子をかぶり、修繕してずっと生涯履き続けた靴を履いて、足踏みオルガンを演奏した。それは、今思えば、どこにもないようなお洒落な靴だった。三角形の葉形のどちら側にも三角形の小さな穴があいていた。母はその靴が気に入りすぎて手放すことができなかったのに違いなかった。最後には私がその靴を捨てた。

28

母はかなり耳が遠く、記憶にも障がいがあって、私たちの古い家が保存される一九年前に亡くなった。母の晩年は神の祝福に浴したものだった。父を愛した人たちが日本、スカンジナビア、そしてブラジルから訪れた。複数の敬虔な信者が到着した。父はその人たちを、息子や娘、兄弟や姉妹と呼んだ。彼らは光の当たるところで水を飲むため、巡礼者となってやってきたのだった。

母の死後、父は『日陰に咲く花——ロイス・マスイ・ナカヤマの思い出』（*A Flower in the Shade-Memoir of Lois Masui Nakayama*）という本を自費出版した。それは、母に対する父の尊敬がまだやまずに続いていることを示す愛の行為であった。その本で父は、「秋になると、風もないのに、木の葉が人知れず密やかに落ちるように、私の愛しい妻ロイスは静かに亡くなりました」と書いた。私は序章で父と母二人に敬意を記した。

荒廃した平地、コールデールで過ごした思春期には、私たちは取るに足らないただの人間だと思っていた。ただの人間以下だと。とくに母はそうだと。私は間違っていた。私たちはただの人間なんかではなかった。とくに母は。母が必要以上に謙虚だったので、父の本を読んで親戚の人たちと話すまでは、母がいかに特別な人だったのかまったくわからなかった。

母は一九二四年三月二八日、一六歳でカナダに移住した。その前の数年は幼稚園の園長をしており、愛知県知事から表彰されたこともあった。

母の子ども時代は辛いものだった。両親が離婚して、四歳で孤児院に入れられた。それが原因で、母は生涯孤独感を味わい、何年も夜尿症が治まらなかった。彼女の母がプレゼントを持って孤児院にやって来た日のことを私に話してくれた。この愛の形は、次の日に激怒した父親にもぎ取られたそうだ。喪失感が永遠に母の心に刻まれ、それ以来恐ろしくてプレゼントを受け取れなくなった。

母はその日から生涯、両親の痛みを忠実にもち続けた。子どもというものは親のためにそうするのだ。コールデールで、私は教師として初めて手にした給与で、母に安物で白木の整理箪笥を買った。何年もたって両親がバンクーバーに引っ越した際、ほとんど口を開くことのない、何も求めない母が、「欲しい」と言った。母はその整理箪笥が欲しいと言ったのだ。他のどれでもない、その箪笥が。新品ではだめでその箪笥が。父はその箪笥を人にあげてしまっていた。

「愛が私に与えたものを、私から奪わないで」

母は繰り返し、繰り返し、その箪笥が欲しいと言った。父と私にとっては、ぽたぽたと水滴を落とし続けられるような拷問であった。

少女時代の母は、とびぬけて頭の良い子どもたちが行く特殊な学校に通っていた。英国人宣教師が経営する寄宿所に住み、母一人だけが高等教育を受ける資格を得た。これは自分が真実を話すからだと母は信じていた。それが、西洋ではもっとも称賛すべき価値観なのだ。母の人生における道徳的軌道は英国教会の宣教師によって定められた。母は生涯揺るがず、侍のごとく誠実を極めた。マグマのような固い決意と不屈の精神をもっていた。

「だから、偽りを捨て、それぞれ隣人に対して真実を語りなさい」これは「エフェソの信徒への手紙」（四章二四節）からの引用だが、母の大型活字の聖書にはここに赤い下線が引かれていた。

私の記憶のなかで、母がただ一度だけ嘘をついたのは、スローカンに移って一年目、私が七歳のときだった。食糧庫のなかの二段ベッドで、母や兄と寝ていたのだが、棚の上に二つの人形が入った箱を見つけた。見つけたときの嬉しさといったら！　私の人形はバンクーバーの家の台所に、箱に入れて残してきたのだ。どんなにその人形が恋しかったか母にはわかっていた。けれども母は、この新しい人形はあなたのものじゃないのよ、と言った。クリスマスの朝に、結局その人形は私のためのものだったとわかったとき、私は母の嘘にショックを受けた。プレゼントは輝きを失ってしまったのだ。

「フィリピの信徒への手紙」（二章三節）にも下線がある。「へりくだって（二重線が引かれている）、互いに相手を自分よりも優れた者と考え、」

学校から帰ると、母は台所のテーブルで聖書を開けて座っていたものだ。沈黙。祈り。私はそんなものは要らなかった。笑い声にあふれる家が欲しかった。いつも留守がちだった活気のある父がいてくれれば、どんなにいいだろうと思った。

他人を自分より優れていると考えるのは、母には難しかったにちがいない。それを母は私に実行しようとして、何でもないことで私を褒めた。

母は日曜以外には、着る服にこだわるのをやめた。粉おしろいをはたいた美しい白い肌を除けば、少しも魅力的だとは思えなかった。ある日、白人の女性が連れに「なんてきれいな人なの！」というのを聞いて、驚いた。

何ですって、母が綺麗？

母と父は対照的だった。父は日光でもあり雨でもあった。母は岩であった。家族の不名誉という苦悩のなかで、母は地下に潜った。私を連れて。母が生きているあいだ、私にはその存在が耐えがたく重たかった。しかし母が亡くなったあと二〇〇九年の冬にマーポールに戻り、そのときになってやっと私が幼かったころの母に会えた気がした。

最後に母を見たのは、バンクーバー・イーストエンドにある両親の雑然とした家だった。母は誰を見てもわからなくなっていたのに、私のことだけはわかった。私が身をかがめると、母は急にこの上なく可愛い微笑みを浮かべるのだった。

父は母が「深い」人だとよく言っていた。この頃の母は可愛いらしくなっていた。古き良き日本の一つの例は、幼い子と老人に対する優しさだ。父は買い物に出かけるとき以外はいつも母と共にいた。ほとんど毎日、父は食堂の片隅で背を丸め、ひっくり返したリンゴ箱の上に置いたタイプライターを右手の人差し指でカタカタと打つ。通信、手紙、教会報で忙しいのだ。箱の外側に打たれた釘には大きなクリップが掛かっており、教会の記録と住所録が挟んであった。父はお得意のおはぎで来客をもてなし、最後まで人との結びつきを絶やさなかった。だが、とりわけ妻に献身的であった。

父に仕えた母は、最後には父に仕えられた。父は朝、母のためにグレープフルーツを細かく切り、お粥に昼食のおかずを混ぜ、薄くなっていく母の髪の毛を梳かし、二言三言母に喋らせた。服を着替えさせ、歌ってやった。母さんの記憶が少し戻ったよ、とよく言った。長椅子に座って、母の手を取り、母の耳に自分の口をあてた。父の声は若々しく、深く、豊かだった。母も父と一緒に歌った。かつては澄んで清らかだったソプラノも、ついにはしわがれ声になった。

「母さん、今日何があるのかわかる?」私は母の耳元で叫ぶ。母は補聴器が上手く使えないのだ。母は長椅子の上で振り返る。ずっとそこに座っているのだ。身体をこわばらせて私のほうを向き、私が何をしていようとも母の目は私を一心に見ていた。「私とあなたは繋がっているのよ」母の目が語る。

「あなたが誰だか知っているわ」

母は白いセータにスラックスをはき、ネックレスを着けていた。父は毎日違う洋服を母のために選ぶ。二人は書斎にベッドを並べて寝ていたが、母が昼と夜とを間違えるので、父は眠れないことがよくあったそうだ。別の部屋に移動する際にも、父は母の手を引いて一緒に歩いた。

母は精一杯背筋を伸ばし、できる限り凛とした気品のある物腰で私を見つめた。露のしずくのように一瞬、母の意識がはっきりした。

「ノゾミ?」母の顔に愛情の灯がともった。「ノゾミなの?」

子どものころ、私は自分の日本名の「Z」の音が嫌いだった。いびきのZ、木を切る音のZ。

「トロントに行くの?」

「すぐに帰ってくるわ」

母は曇った眼で私を見上げ、自分が今天国にいるのだと言う。すでに永遠の命を得ているのだと。

そして急に笑い出して、ほぼ半透明になった手でうまく合っていない入れ歯を隠した。

「何かおかしい? 母さん」

「何もおかしくない」母は痙攣のように身を震わせてクスクス笑った。

「だったら、なんで笑っているの?」

「わからない」

翌朝、母はピーナッツバターを塗ったトースト一切れをのどに詰まらせた。真理を愛した私の母、オルガンを弾いて歌った母、シーツに継ぎを当て、さらにその当て布の上にまた継ぎを当て、沈黙することですべてのことに継ぎを当て蓋をした母、その母が亡くなった。父は「五分だけ」地下の借家人に郵便物を届けるために階下に降りていた。父が戻ると、母は床の上に倒れていた。まだ息があった。母は、死なないでと懇願する父の両腕のなかで、地上での最期の瞬間を終えた。

天国で、母は歌と踊りで歓迎された。そんな夢を見た。しかし生前から「私はもう天国にいるの」と母は言っていた。毎日天国のような優しい思いやりに囲まれていたから、母は地上から天国へと滑らかに昇ったに違いない。

29

晩秋をコガワハウスで過ごし、すぐに二〇一〇年の一月になった。街中に靄がかかっていた。トロントでは、メータが二日間にわたる核兵器ゼロフォーラムを市庁舎で開催していた。

一月二日、私はベッドのなかで新約聖書のお馴染みのたとえ話の箇所を開けていた。ルカによる福音書（一八章一–八節）の「やもめと裁判官」のたとえ話である。厄介でうるさいやもめがひっきりなしに裁判官の前に来て訴えるので、裁判官はイライラする。もう、たくさんだ。あのやもめの言うことを聞いてやらねば、こちらが参ってしまう。

そのしつこいやもめのように、私も救いを求めて、定期的に永遠なる神の世界への扉を執拗に叩いた。

その朝、私は優しさという贈り物を求めた。それは母が私に作ってくれて、大事に保存してあった青いウールのドレスにあった。そのドレスを見ると私たちのあいだにあるどんな傷をも癒してくれたものだ。父の死後、そのドレスを、私が持っていた二体の人形や他のいろいろなものと一緒に、レスブリッジのゴールト博物館に送った。私の願いに応えるかのように、よりによって、あのロイスに対する温かい気持ちが、思いがけなく湧きあがった。

私の敵、ロイス。私の母、ロイス。マスイ・ロイス・中山。二人のロイス。裁判官が二人を取り違えたのかと考えると、面白かった。

日課にしていた運動のあと、我々二人のあいだのEメールを読み返してみた。急に爆発し、次第に消えていった私たちの短い「友情」、そして二人の通信の三年間にわたる空白。

長い沈黙のあと躊躇はしたものの、二〇〇九年にロイスに短いメールを送った。すると彼女の親類からピシャリと平手打ちを喰らわされた。私は連絡してはいけなかったのだ。それからしばらくたって、ロイスから連絡があった。返事したかったのだが、彼女の親類からメールのやり取りをするなと厳しく警告されていた。それで私は返信しなかったのだが、彼女のメールは次のように書かれていた。

「戦争博物館が、第二次世界大戦中に日系カナダ人が被った不当な扱いについてのあなたのコメントを削除したのに気づきましたよ。有難いことだ。我々が苦しみを受けたのは何にせよ一時的なことで、何百万人という他の罪のない人々が受けた恐怖に比べると取るに足らないことだから。とくに憤慨に堪えないのは、あなたが二〇〇六年一二月にCBCのインタビューで、自分をアンネ・フランクに喩えたことだわ。アンネは一六歳になる前に死の収容所で死んだのよ、だからあなたとアンネが同じ不当な扱いに苦しんだなんてペチャクチャしゃべられると、唖然とするわけ（私は放送の書き起こし原稿も持ってるわよ）」

インタビューに対する私の返答を、どうしたらそんなに読み違えられるのだろう。戦争博物館には行ったことがないので、どういう言葉が使われていたのかわからない。恐らくロイスが私のコメントを削除するように運動したのだろう。コガワハウスの保存にも激しく反対運動をしたのだから。

一月一一日に友達からEメールが届いて、ロイスの死を知らされた。ショックだった。詳しいことは何も書かれていなかった。あり得ないと思った。ロイスのことは忘れたことがなかった。到底受け入れられない。

享年八一歳だった。最後に彼女からメールが来たときに、返信すべきだった。後悔の極みだ。

トロントにあったロイスの植物は、親切な隣人のラルフに世話を頼んで、預けたときにはすでに元気がなく、長くて細い葉はねじれて垂れ下がっていた。落ちてしまっている葉もあった。水が少なすぎるのか、多すぎるのか、それとも病気にかかっているのか、私にはわからなかった。「私が留守のあいだに枯れてしまっても気にしないで。たぶん枯れてしまうと思うわ」とラルフに言ったのだ。

バンクーバーで過ごした子ども時代の寝室の窓から、桜の木の枝が三本に分かれているのが見えた。真ん中の長い枝の両脇には少し短めの二本の枝がついている。黒い頭の小さな茶色の小鳥が、冬のリンゴの木の下でピョンピョン飛び跳ねていた。突然姿を現わしたかと思うと、また突然消えていなくなった。サッと素早く。地上での我々の短い逗留の如くに。

地下室におりて裏庭へと続くドアを開けた。庭は日中よりも鮮やかな色で、一月の空気は清々しい。微かなそよ風が通り過ぎた。

朝露に濡れた草の上を静かに歩いて門扉の掛け金をはずした。庭の裏にある路地には病んで死にかけの桜の木があった。前の家主が庭から締め出したものだ。けれどその木はまだ、枝から小さなトーテムポールのように噴き出しているつぼみに、命を注ぎ込んでいた。傷ついた幹には赤茶色の甘い樹液が流れ出して固まっており、その一番大きな致命傷はどんどん上に拡がって、茶色と灰色の層をなす縮れた樹皮に縁どられていた。

ロイスは私に宛てた最後のEメールにこう書いた。「私は生まれてこの方、他人様を苦しめてしまったことすべてを、いやというほど承知している。あなたには幸運を祈るばかりです。本当に。元気でね」

彼女の言葉は信じられなかったが、そう書いたのは謝罪をしようと思ったのだろうか。私はかさぶたに覆われた木の幹に恐る恐る触れて、光に気づかないのは、我々の意識に巣くう病のようだと思った。ロイスと私。二人の日系二世。ロイスは日系カナダ人に対する差別主義者やカナダ政府に、私は少年に危害を加えた父に、それぞれ自分の立場を重ね合わせており、この二人が友情を育むことはなかった。

二月の初めにトロントのワンルームマンションに戻って、脱いだコートをかけたあとすぐにしたことは、隣人のドアを叩いて、ロイスの植物がどうなったか尋ねることだった。

「枯れちゃったわよね」顔を出したラルフにそう言った。「でも、もしまだ捨ててなかったら――捨ててなければいいのだけど――引き取りたいの」

「あぁ、いいとも」と、ラルフは言ってクルリと後ろを向き、戻って来たときに目に入ったのは驚くべき光景だった。植物は少しも枯れてなんかいなかった。ロイスは活き活きと茂っていた。

「こんな不思議なことってないよ」ラルフは私のマンションまで植物を運び、テーブルの上に置いて言った。「ここをご覧」と指さした。一枚の長い葉の鋭くとがった先っぽから、ちっちゃな葉が出てきている。

「ここもだ!」

一枚の長い葉が付属の肢をつけていた。何て珍しい！　それは、長くて細い地球外生命の手の親指のように、全世界を求めていた。ロイスが私に握手をしようと手を差し出している。私は笑い出しそうになった。

ラルフが帰ってから、私はその植物を穴のあくほど見つめた。「ロイス、そこにいるの？」私はクスッと笑って、その葉っぱの手を自分の手に取った。

30

遠藤周作は日本でもっとも著名なクリスチャン作家であったが、植物が大好きでもあった。『最後の殉教者』を読んだときにこのことを知った。これは従妹の夫であるフランシス・ニイロがくれた最後の本だった。ハードカバーで、フランシスからもらった他の本と並べると少し背が高かった。

永井隆や遠藤周作と同様、フランシスも日本出身の数少ないクリスチャンだった。何年間も『最後の殉教者』には手を触れずに置いてあったが、フランシスが亡くなった日に手に取ってみた。その本は死者からのメッセージとなった。

私がフランシスに初めて会ったのは、一九六九年の初めての日本への小旅行の際である。日本人は妙に身近に感じられもすれば、妙によそよそしく感じられもした。私をチラッと見る目や身振りから、私を仲間だと思ったり、仲間じゃないと思ったりしているのがわかった。叔母、叔父、それに従弟たちは、私の知らない人たちばかりだった。親戚の結婚式で、私は日本人に見えるがそうではない人だと紹介された。

従妹のマリコは母の姪に当たる人だった。マリコとフランシスは四人の子どもと東京の喧騒に囲まれた二階建ての家にすんでいた。食べ物売りの呼び声、キーキーと自転車が通る音、学校のスピーカーから聞こえてくる『慈しみ深き』のマーチ。私たちは畳の上で、段ボールのようにザラザラしたシーツのあいだに、もみ殻の硬い枕をして寝た。床と同じ高さのトイレは月に一度汲み取られるもので、鼻をつんと刺すような臭いがした。そのトイレにしゃがみ込むと、床近くの小さな開口部から通りの活気が伝わってきた。

西洋と東洋の価値観について、キリスト教と日本について、フランシスと私は活発に議論した。栗拾いにも行った。カナダは素晴らしい国だから、家族を連れて引っ越していらっしゃいよ、と私は勧めた。実際に彼らがやって来たときには驚いた。たぶん、自分たちはクリスチャンなのだから、キリスト教国に住むほうが居心地が良いと思ったのだろう。

名家に生まれた読書家のフランシスは出版業界に非常に通じていたのだが、カナダに来て移民の辛い生活に直面することとなった。彼を待ち受けていた生活は、夢見たものとはまったく違っていた。神は私を笑っておられる、と一度ならず言った。カナダに来てフランシスとマリコは生活のためにドライ・クリーニング店を営んだ。日本では編集者であったのだが。

フランシスに最後に会ったのは二〇〇八年であった。南バンクーバーの大きな平屋にある居間のソファに座っていた彼は霊のようだった。そこは円の相場が高く、家の価格が安い折に購入した家だった。私がかがみ込んでそっと抱きしめると、彼は目を閉じ、穏やかで優しい顔をしていた。私は彼の耳元に手を添えて「フランシス、愛してるわ」と囁いた。

少しのあいだ身じろぎもせず、「ありがとう、元気が出たよ。よく眠れた」と彼は呟いた。そして数呼吸おいて、私への最後の言葉を残したのだ。「仕事が沢山あるんだ」と。

私がトロントに戻ってまだ日もたたない八月一五日に、フランシスは亡くなった。日本人にとって余りにも重要な八月一五日に。神風が吹いて人々が元寇から救われた日。日本の降伏を告げる天皇の玉音放送の日。フランシスはカナダに移住したものの、最後まで日本の息子であり続けた。

八月一六日は眠れぬ夜。フランシスを悼んだ。本棚に向かって、ずっと放っておいた『最後の殉教者』を探した。短編集の題名にもなった*最初の物語の冒頭の言葉を読んで、ギョッとした。

「長崎からほどちかい浦上に…」

ページから幽霊の囁き声が湧き上がってくる。遠藤周作の主人公を通して、長崎のかくれキリシタン**が手招きをする。主人公は「図体だけは像のように大きい」が大変な臆病者の、痛ましいほどに不器用な男であった。拷問に直面すると、男は即座に信仰を捨ててしまう。村人も、彼が愛した子どもたちも、親切な隣人たちも、皆そろって死へと追い立てられていた。その苦悶の瞬間、彼は苦々しく憤慨した。神は何と慈悲の心がないことか。とそのとき、彼は声を聞く。それがどこから聞こえるのかわからなかったが、海の波の音のなかに混ざっていた。男でも女でもないその声は、彼に一つのことを求める。

「みなのあとを追って行くだけは行きんさい」

この弱虫は、そのようにした。

遠藤の描くこの愚弄の的であった人物は、地獄で神の使いとなった。あなた方は一人ではない。私はあなた方と共にある。物語の最後でその臆病者が尋問に連行されるとき、友人の一人が、信仰を捨てても構わないと囁くのが彼の耳に聞こえた。「苦しければころんで、ええんじゃぞ。お前がここに戻ってきただけで、ゼズス様は悦んどられる」

何という繋がりだろう。長崎。かくれキリシタン。私にも命じる声が聞こえた。「来なさい。私に付いて来なさい」と呼びかけたお方は「行って、皆と共にいなさい」と言っておられた。

『最後の殉教者』(短編集)のなかの最後の一篇は、本当の話かそうでないのか知らないが、「箱」という作品だった***。最初の文はこうだった。「原宿の仕事場に、[…]幾つかの盆栽や植木鉢を置いている」

その語り手は、植物に対して単なる一時的な興味以上のものを抱いている。その盆栽や朝顔は、不

---

* *The Final Martyrs* は一一篇の小説を集めた短編集になっている。

** 江戸幕府の禁教によってキリスト教信者は棄教するか、潜伏して信仰を守り続けるかの選択を迫られた。この潜伏キリシタンは外海、浦上、天草などで幕府の摘発を逃れるために表社会では仏教徒として生活し、観音像をマリアに見立てたり、その地域の言葉で祈りを捧げたりして、内面的にキリスト教を信仰する生活を送っていたが、一八七三年禁教令撤廃とともにカトリック教会へ帰参した。しかし撤廃後も、このような潜伏時代の信仰形態を継承しながら、独自の信仰を守った人たちが「かくれキリシタン」と呼ばれ、その信仰は現在でも長崎県の生月島や熊本県天草などに残っている。二〇一八年六月に登録された世界遺産「長崎と天草地方の潜伏キリシタン関連遺産」では、一八七三年以前の禁制下の信者を「潜伏キリシタン」、それ以降の信者を「かくれキリシタン」と区分するが、区分設定は研究者によって異なる。

なお遠藤の当該小説では「かくれキリシタン」と表記されているので、遠藤の小説に関するこの部分ではその表記に倣う。

*** 「箱」は原著日本語版『最後の殉教者』のなかには所収されておらず、『ピアノ協奏曲二十一番(文春文庫)』に所収されている。

思議に自分の影響を受けていると、彼は思う。

花の種に話しかけるなんてちょっと変だという気がする。それでも頭を柔らかくして、植物はもしかすると人間の話に反応したりするのだろうかと考える。植物には「理解」できないだろうが、彼は朝顔に、たくさん花を咲かせてくれよ、と熱心に説得する。彼が驚いたことに、秋が過ぎ一一月の雪が降るまで、花は咲き続ける。益々心を込めて懇願したから、朝顔が頑張ったのだ。彼は、降り落ちる雪を背景に、花を咲かせた植木鉢を抱えた自分自身の写真について述べている。

私にも、裏庭の桜の木に触れた際に、私の腹部から光が発散している写真があるが、もちろん何の証明にもならない。太陽の反射なのだろうか。それでも、そういう写真があるのはおもしろい。

遠藤の物語で目を見張るのは、我々は感性のある海のなかにいるという強い知覚である。遠藤によれば「私が言いたいのは、心や言葉や能力をもっているのは人間や動物だけではないということなのだ。あなたたちがまったく物質だと思っているようなもの――たとえば石ころや木片にも、何かの力が宿ることがあると私はいいたいのである」

私ならそういうふうには書かないだろう。この世は隠し事のない開かれた本だと私は考えている。そこには物語が埋め込まれている。聞く耳がある人には、その物語が聞こえるのだ。

いつかバンクーバーのスカイトレイン（バンクーバーの中心街から空港までつなぐ電車）に乗っているとき、赤い風船が空をあちらこちらと飛んでいるのが見えた。赤い風船が、男の子の手を放れて飛んでいく映画を思い出した。腹を立てた少年は、大声で風船に叫ぶ。「戻って来い！　今すぐに戻って来い！」とうとうその子は諦めて、風船は飛んでいってしまった。けれどその後、少年は気づかないのだが、風船が時折現れて、注意深く少年のいる辺りを漂う。

こういった話は、冷徹で歯切れのよい言葉に釘を刺されることが多い。所詮、赤い風船は子どもたちについては来ないと皆知っている。遠藤周作も弁解がましい。素敵な偶然の発見は、「根拠のない興奮であり、恐らく実体のない幻影」にすぎなさそうだ。

短編「箱」のなかで語り手は、聖書を熟知した人だけが解読できる秘密の暗号が隠された葉書を見つける。それはあたかもこの何枚かの葉書が「ひとつの念力となって、私のような誰かに読まれるのを、長い歳月のあいだ木箱のなかでじっと待っていた」かのようだ。

私は『最後の殉教者』が、私の本棚で手をつけられずに、辛抱強くずっと私を待っていたと感じずにはいられない。

私はその本を読み終えて胸に当てた。私にはわかっていた。私は自分の小さな地獄へと進んでいっているに違いない。私の個人的な長崎へと。そこには隠された他者が苦しみのなかにいる。失敗してもいい。でも、その不器用な男のように、私もその声を聞き入れねばならない。

第四部

31

トロントにある聖三一教会での集会のあと、ひとりの女性が近づいてきた。集会のあいだ、肩越しに驚いたようにこちらを見ていた女性だ。二世かな、と思った。彼女は話し始めたかと思うと、ふと口をつぐんだ。そしてほとんど囁くような声で、あなたと話していると知ったら兄に殺される、とつぶやいた。

「私を殺す?」びっくりして相手の顔を覗き込んだ。

「殺すといっても、あなたではなく私をね」彼女はそう言ってまた話し始めたものの、私を睨みつけてからくるりと背を向け、去っていった。

「待って……」そう言って手を伸ばしたが、女性は出口のほうへと進んでいく。出て行く寸前で、彼女を捕まえた。「お兄さんって?」

女性は渋ったが、吐き捨てるように兄の名を告げて去っていった。

頭のなかがクラクラした。「あなたと話していると知ったら兄に殺される」

その兄の名はカールといった。

カールのことは覚えている。スローカンでの子ども時代の遊び友達だった。年齢は私と同じくらい。妹の方も、当時の面影はないものの、子どもの頃のことは覚えている。カールは父の被害者だったのだ。でもいったい、いつ、どんな経緯で？

長い歳月のあいだ、カールはどんな人生を送っていたのだろう。そっとしておこう、と自分に言い聞かせた。あえて波風を立てる必要はない。私に話があるのなら、向こうから言ってくるだろう。私たちが会う運命なら、世界がそう取り計らってくれるはずだ。

忘れようと努めたが、できなかった。知りたいという気持ちは、抑えようがなかった。まるで、とりつかれたようだった。カールは無事で、その後も順調な人生を送ったのだろうか。そのことをとやかく言う権利は私にはないのだが。

電話帳でカールの名前を探した。ダイアルを回そうとして、思いとどまった。そしてある日の朝、とうとう電話をかけた。

「もしもし、カール？」

「そうです」

私は名前を名乗り、覚えているかと尋ねた。「ええ、覚えていますよ」

「不審に思ったでしょう。こんなふうに、いきなり電話して。でもひょっとして……ひょっとしたら……」。どんなふうに説明すればいいか、あらかじめ考えていなかった。少しためらったあと、会ってくれるかと尋ねた。カールは承知した。いともあっさり、ことは運んだ。地下鉄の近くのコーヒーショップがいいという。私たちは会う日を決めた。

待ち合わせ場所はすぐにわかった。私のほうが先に着いた。奥まった一角にある丸テーブルに、数人の男たちが座っていた。あそこがいい。早くあかないかしら、と思った。けれど別の若い男女が出て行ったので、二人がいた中央のテーブルをとることにし、窓に背を向けて座った。そこからなら入り口がよく見える。

アジア系の老人が入ってきて、この人がカールだろうか、と思った。お互いに相手の顔がわからなかったらどうしよう。最後に会ったのは九歳くらいのときだ。けれどライトブルーのジャケットというラフな服装でカールが入ってくると、すぐに彼とわかった。相手も私に気づいた。彼はコーヒーを注文してから、私のいる席までやってきた。握手はしなかった。典型的な日本人の二人だった。彼はそのまま腰を下ろした。

私のほうから口を切った。「久しぶり」

「そうだね」

「会えてよかった。どうしていたの？　何年ぶりかしら」彼は口数少なく、態度も控え目だった。話しているうちに、自慢こそしないけれど、暮らしぶりは間違いなく良さそうだった。子どもに恵まれ、夫婦仲も良く、仕事で成功している。

君はどうなのと尋ねる。ずいぶん前に離婚して、子どもや孫もいて、作家をしていると答えた。カールは『失われた祖国』を読んでいた。

「『雨はプリズムの向こうに』も？」私は恐る恐る尋ねた。

「その作品のことは聞いているよ。人から聞いたんだ。君がまた本を出した、ハーバーフロントで朗読会があったと」

「朗読会なんてやったかしら。覚えてない。誰かに聞いたのね。みんな、なんと言っているの？」

彼は顔をしかめ、口をへの字に曲げて見せた。「君がお父さんの弁護をしてるって」

「なんですって？　みんな、あの本のことをそんなふうに言ってるの？」私は呆然とした。

真相を聞き出すのに、どこから話し始めたらいいのかわからなかった。悪くすれば怒って出ていってしまうかもしれない。「じつを言うとね、カール、私は……」

思わず喉に手を当てた。言ってしまおう。いや、言ってはならない。（神様、どうか本当のことを私に教えてください）

カールは辛抱強く私の言葉を待った。

「じつは、あなたに聞きたいことがあるの。答えなくてもいい。私にとやかく言えることではない、でも……」

カールは頷いた。「それで電話してきたんだね」

「じゃあ、父さんは……？」

「ああ」

「いくつのとき？」

「一一歳、いや一二歳かな」

「それで父さんは……何をしたの……？　教えてくれる？」

とても落ち着いた声で、彼は答えた。「いいよ」

そして教えてくれた。

私は打ちのめされた。

彼の言葉をここで改めて繰り返すなんて、とてもできない。文章にしていないものは真実ではないとでも、私は思っているのか。

セラピストは「幼児をレイプする者」と言った。そして私は「父さんはそんなことはしていない」と答えたのだ。

一一歳か一二歳の少年といえば、まだ幼児だ。

「これらの小さい者の一人をつまずかせるよりも、首にひき臼を懸けられて、海に投げ込まれてしまう方がましである」（ルカによる福音書一七章二節）。

カールが話し終えたとき、私はテーブルの上に突っ伏したくなるのをこらえ、椅子のなかで背を丸めた。両手でお腹を抱えこんで、前かがみになった。

人前で醜態を演じたくはなかった。片手をテーブルに伸ばし、彼が差し出したナプキンをつかんで口に当てた。テーブルに手をついて、顔を突っ伏して泣いた。喘ぐように、声を押し殺してすすり泣いた。涙が止まらなかった。カールの顔を見ることができなかった。

とうとう、カールが静かな声で言った。「そうだね、彼のことを憎んでいるよ」

私は目を伏せたまま頷いた。濡れたナプキンがくしゃくしゃになって顔にはりついた。「私もよ」

震える声で、やっとそう答えた。

「小児性愛」という言葉が何を意味するのか、私は本当に考えてきたのだろうか。女神よ。「すべて《クウォエ》真実なこと《カンク・ヴェラ》」を。父は、愛がもつさまざまな顔を踏みつけにして、顔なき顔にしてしまったのだ。

カール。カールと父。

「幼児をレイプする者は誰でも……」

§§§

これは私にとっての「長崎」、光の見えない荒れ果てた土地。幼児たちが銃剣の先で突かれ、放り投げられ、荒涼とした廃墟に死体となって転がっている場所。犯罪者の子であり、親である私たちは、どんより淀んだ空気に包まれて、真っ白に灰をかぶり、死にたいと願っている。犯罪者たちにも、死んでもらいたいと願いながら。

そのとおり、父は死んだ。いろいろな意味で、私も死んだようなものだ。

二人でも三人でも、日本のクリスチャンに祈ってもらいたい。赦しがたい罪に対して、私たちが赦しと憐れみの場を見出すことができるように。

§§§

カールと会って、私の人生は変わった。けれど変わらない部分もあった。私は相変わらず祈りつづけていた。カールの妻であるキミが電話をくれた。中華料理店で夕食をともにした。もう忘れなさい、と彼女は言った。あなたのせいではないし、あなたが重荷を負う必要もないと。「今までどおりの生活を送るのよ」キミはそう言った。

それからは、父のことはあまり話題にしなくなった。日系カナダ人との付き合いはやめていたが、カールとキミは別だった。リドレス運動の設立記念日を祝う晩餐会があっても、欠席してカールとキミと一緒に行きつけのレストランに行った。

いつか、虐待の傷はどれだけ深いかと、カールに尋ねたことがある。わからないと彼は答えた。何度も繰り返されていたら、きっと傷は深かっただろうね。

「一回だけでも、たくさんよ」私は言った。

ついに、ジキル博士を初めて目にしたのだ。カーテンが両脇に引かれて、おどおどした様子の見知らぬ人物があらわれた。知りたい気持ちと、知りたくない気持ち、どちらが強いのか自分にもわからなかった。陽気で快活な父が、どうして悪の化身となってしまったのか、理解しようとした。素晴らしい父親。そして、か弱い少年たち。その矛盾を、父はどうやって耐えたのだろう。私なら、決して耐えられないだろう。

そうしたことすべてを忘れさせてくれる、うれしい瞬間もあった。かつて地獄を見たカールは、今は天使のような子どもたちにかしずかれている。カールとキミの夫婦は子ども思いで、孫を可愛がった。よき人生とは、満たされた老後を送り、子どもたちに恵まれることだと、どこかで聞いたことがある。その点から言うと、カールとキミは羨ましい老年期を送っていた。

虫酸が走るほどの嫌悪感が繰り返し襲っては消え、その合間に痛いほどの愛しさにとらえられた。嫌悪感と愛しさ。もうこのカーテンを閉めて、終わりにしたいと、心の底から思った。父を弁護しようなどと、思うはずがなかった。ときには、すべてが耐え難く、向き合えないこともあった。こんなふうに無意識に忘れようとするのは、逃避だとわかっていた。でもそうでもしなければ、生きることも、動くこともできず、ささいな日常の営みすらできなくなる。目を背けなければ、ひどい鬱状態に陥っていただろう。朝起きて、歯を磨いて、朝食を作る。それがなければ、ベッドに寝たきりになるしかない。普通の生活と思えるものを送らなければ、感情の渦に巻き込まれて、流されていただろう。私は父を理解しようとした。理解したいと切望した。けれど、できなかった。うらぶれた場末の劇場で、できの悪い映画を観ているような気分になることもあった。家に帰って、もっとましな物語を観たいと思った。気分を変えてくれる、もっと楽しい何かを。

嫌悪感がすっと引いていくときもあった。存在の根底において愛していた男性を慕う、かつての愛情がふつふつと蘇るのを感じた。ジキル博士はハイド氏もろとも地獄に落ちるべきと、誰だって思うだろう。けれど私は、ジキル博士を地獄に見捨てることはできなかった。それは、できなかった。

ハイド氏が視界にあらわれた。聖職者のカラーをつけ、スカーフで目隠しをされている。ピーター・

パン。人は成長したら大人にならないといけない。さもないと、危ない人間になってしまう。ハイド氏は金属製の羽虫に変身した。ダース・ベイダーの姿をしたピーター・パン。羽虫は、私に踏みつぶしてもらいたいのだと思った。そうすれば、羽虫は人間に戻れるかもしれないのだ。

私のアパートの幅木から床へと、小さな黒い虫が出たり入ったりしていた。それはハイド氏かもしれず、ポル・ポトかもしれなかった。私は踏みつぶしはしなかった。逆に外に放して、そこで清められればいいとも思わなかった。機会さえ与えられたら、私だってポル・ポトやヒトラーを殺さなかったとも限らない。それでも、父を殺すことなどできなかった。自ら命を絶とうとも思わなかった。

「お父さんは、どうして自殺しなかったの?」ある友人から尋ねられた。

蜘蛛が蝿にする質問のようだった。

父に尋ねたことがある。八歳の少年だったときに起きたことは、間違ったことだとわかっていたのか、と。父に何があったのかはっきりとは知らないが、家が貧しかったせいで意地悪な女性の小間使にされ、この女性にバカにされたり、笑い者にされたりしたことは知っている。女性は息子にだけ牛乳を与え、彼には与えなかった。そんな孤独な日々、たぶん近所の人だと思うが、何者かが性的な誘いをかけてきた。父の説明はそれだけだった。わかっていたよ、と父は言った。いけないことだとわかっていた。恐ろしかった。でも同時に快感もあった。謎めいた、強い刺激。それはそのとき、彼のなかに埋め込まれてしまったのだろう。それは心の奥ふかくに潜り込んでいたから、何度もそこへ舞い戻って、その正体を探り、なんとか立ち直ろうとせずにはいられなかったのだろう。あるいは、それは生まれつきであり、母親の胎内にあるときから、根っからのジキルとハイドだったのかもしれない。感じやすい、丸顔の、目のクリクリした少年。そして許されざる性的欲望。

両親はいずれも孤独な人生を送ってきた。私が孤独な人生を送るのも、無理はない。

祈りは聞かれないのだろうか。なんと苦しみに満ちた人生なのだろうか——他者を苦しめ、自身も苦しみ、子どもたちに赦しを求めなければならないとは。

父を憎んでいるとカールには言ったが、私のジキル博士への愛は変わらなかった。ハイド氏と同じく、ジキル博士も現実の存在だった。ハイド氏は父でなく、父はハイド氏でもあった。

32

芝居を観にいった。それは当初、楽しいひと夜の気晴らしに過ぎなかった。まさかそれによって、父をめぐる恐怖から、舞台を通して世界中に発信される別の恐怖へと導かれるとは、さらには、人々の信じられないほどの無関心、そして友との絆の喪失へと導かれていくだろうとは、予想もしていなかった。

劇作家マージョリー・チャンの『南京の冬』は劇中劇であり、ある作家をめぐる物語と、その作家が語る南京レイプの物語からなる。劇場をあとにすると、街はそれまでと何一つ変わっていなかった。けれど前からも後ろからも夜の闇が垂れ込めてきて、もはやそれは自分の知っている世界ではなくなっていた。

何ヵ月もたってから、私はマージョリー・チャンをお茶に誘った。トロントの私のマンションで、青緑色の肘掛け椅子に座り、背の低いテーブルを挟んで向き合った。二人ともアジア系の作家であり、一人は若く、一人は年かさだが、いずれも現代史に関わりをもっていた。一九三七年の南京事件のことは、私はほとんど知らなかった。マージョリーの劇を観て、私の目から少しずつ鱗がはがれ落ちていった。

この世界には、まだまだ知らない物語がたくさんある。どの国も、国を挙げて自分たちの歴史を闇に葬り去ろうとしている。トルコは一五〇万のアルメニア人の殺害を「ジェノサイド（集団虐殺）」とは認めなかった。この沈黙があったから、ヒトラーは「今となっては、誰もアルメニア人のことなど覚えていない」と言って、ユダヤ人虐殺を正当化できたのだ。

ホロコーストはドイツの子どもたちの目をひらいた。だから今や、ホロコーストを知らない者はいない。世界中の人々が、アカデミー賞を獲得した一連の映画を通して、あるいは追悼行事を通して、大量の歴史書や小説、回想録、学術論文、展覧会、大学の講座、宗教セミナー、ツアー、記念館、儀式を通して、今なおホロコーストを目にしつづけている。ドイツは法律、賠償、教育、哀悼の表明を通して、ホロコーストと向き合ってきた。

でも日本はどうなのか？　ドイツに匹敵する哀悼の気持ちがあるのだろうか？

私はマージョリーの芝居を通して、アイリス・チャン著『ザ・レイプ・オブ・南京――第二次世界大戦の忘れられたホロコースト』*へと導かれた。この本のことは聞いたことがあったが、まだ読んでいなかった。この画期的な書は一九九七年に刊行された。当時、日本では研究者たちによって、この問題に関する重要な発見が行なわれており、本多勝一の著書が一九七一年に刊行されている。英語圏では、本多や彼の著書について知っている者はほとんどいない。けれどアイリス・チャンのことは、誰もが知っている。

日本軍による知られざる残虐行為を欧米に紹介したチャンのベストセラーが出版されたとき、彼女はまだ二十代だった。一躍脚光を浴び、多くの称賛を得たが、研究者や歴史家の一部からは批判された。アイリス・チャンが自殺をはかった、という話も聞いたことがある。

「アイリス・チャンは亡くなったのよね」私はマージョリーに尋ねた。「恐怖を頭から振り払えなくなったからなのでしょう?」

「私は、彼女のことが頭から振り払えない」とマージョリーは言った。

マージョリーの頭のなかには、『ザ・レイプ・オブ・南京』を書いた悩める若い作家が住み着いているのだ。

---

* Chang, Iris. *The Rape of Nanking: The Forgotten Holocaust of World War II*. New York: Penguin Books, 1998. 邦訳『ザ・レイプ・オブ・南京――第二次世界大戦の忘れられたホロコースト』巫沼鴻訳、同時代社、二〇〇七年。

二人でお茶をすすりながら、マージョリーの肩越しにアイリス・チャンがこちらを覗き込んでいるような気がした。私の属する民族は、この二人の属する民族に、想像を絶する残虐行為を行なったのだ。日本の軍国主義の影が長く伸びて太平洋を超え、私たちのいる部屋にまで戦慄を運んできた。最初は互いに打ち解けようと、マージョリーと私は何気ない世間話を交わした。アジアのニュースが世界に流れないのはなぜ? アジアには語り手がいないから? そのうちに、「ホロコースト」という危険な言葉が会話のなかに入りこんだ。リトマス試験紙に書かれた、試薬のような言葉。マージョリーが作品のなかで格闘した言葉。

芝居の一場面で、若い小説家アイリーン・ウーは怒りに身をよじらせる。自分の本が刊行された日のことである。出来上がった本が届く。出版社はまるで何ごともなかったかのように、本のタイトル変更を知らせてくる。「南京ホロコースト」という言葉が消え、「南京事件」に変わっていた。

舞台では、アイリーン・ウーは逆上する。自分の描き出した悲惨が、たった一言の修正によって消し去られたのだ。叫び声をあげ、髪をかきむしり、狂ったようにのたうち回る。

「あなたにとって、その言葉にはどんな意味があるの?」私はマージョリーに尋ねた。

彼女は美しいアーモンド型の瞳で、何かを探すかのように天井を見上げた。「宗教用語で、焼き尽くす献げものという意味よ。動物供犠に関係がある。でも私にとっても、それ以外のたいていの人にとっても、人類史上最悪の残虐行為、最悪中の最悪、最悪の殺戮、最悪の悪。人間の堕落の底の底を指す。でもこの言葉の響き、とくに音節のつながりや子音の組み合わせが、ユダヤ人のホロコーストに限らない、もっともっと深くて、大きくて、普遍的な何かを連想させる」

「もっと深くて大きい?」私は尋ねた。「南京で起きたこともホロコーストだったということ?」

「そう。ルワンダ、ダルフール、カンボジアも同じ。みんな最悪中の最悪」

「でもユダヤ教のラビに聞いた話では、何でもかんでもホロコーストにはならないって。でないと、大文字のホロコーストがなくなってしまうから。ホロコーストは宗教的な危機を引き起こしたのだから、宗教用語を使うのは正しいという人もいる。ホロコーストは、ユダヤ人の神はどこへ行ったのかという問いを起こさせた。だからこの言葉はユダヤ人についてのみ用いるべきだ。まして、ユダヤ人を一人残さず地球上から抹殺することが目的だったのだから。ユダヤ的なものはいっさい消そうとしたのだから。そのラビによれば、他にもホロコーストがあるというのは、一種のホロコースト否定、ある種の反ユダヤ主義だと……」

マージョリーは頭を振った。「私が言いたいのは、ホロコーストはすべて最悪だということ。その言葉を使いたい人に、その言葉を使うことを否定するとしたら、それこそがホロコースト否定でしょう。ユダヤ人以外にも同性愛者や精神病者、障がい者、ジプシーなど、大勢の犠牲者たちがいた。ロマーニ人も、当初はホロコーストの犠牲者に含まれていたのに、死者の数に算入されなくなった。特定の人々を除外したり、特定の言葉や数字を特定の集団に当てはめたりするのは、残虐行為にランクづけをするのと同じよ。それではすべてが矮小化されてしまう。ダルフールで女性が何人レイプされたら、ボスニアで起きたレイプと同じになるのか。レイプと斬首は比べられるのか。そういう比較はばかげている。南京で一〇万人殺されたとしても、二〇万人、三〇万人殺されるよりマシだったといえるの？　あの恐ろしい、恐ろしい苦しみは、どんなにたくさん言葉があっても言い尽くせない。それに、癒しのために必要な道具を人々から奪ってはいけないわ。人類が一つの家族だとすれば、たとえ一人の子どもでも見捨てられていいはずがないでしょう」

「それなら、『最悪の最悪』を意味する言葉を使うなと言われた人たちはどうすればいいの？」私は尋ねた。「南京のことは『筆舌に尽くしがたい』と呼んでいいでしょう。長崎も『筆舌に尽くしがたい』。そしてアルメニアも。自分がアルメニア人で、トルコに『ジェノサイド』という言葉を使う権利を奪われたとしたら、どんな気持ちかしら。アルメニア人だって、自分たちのジェノサイドが恐ろしく特別なものだと言っているわけじゃない。二〇世紀最初のジェノサイドだったことは間違いないけれど」

「いいえ、あれは特別なものだった」マージョリーは言った。「私が言いたいのはそこよ。どのジェノサイドも、どのホロコーストも、どの虐殺も、特別で、二つとないものなの。競争じゃない。金メダルなんてない。被害のオリンピックなんてない。特別であろうとして、特別な言葉を使おうとすること。それは私に言わせれば、他者への思いやりの欠如よ」

「私は、被害にはオリンピックがあると思う」私は言った。「あらゆるものにオリンピックがある。一番になること、注目を集めること、最大限の喝采を浴びること、最高の最高になること。みんな金メダルが欲しいのよ。最近、エマニュエル・チャールス・マッカーシーという、ギリシア人のカトリック司祭が、メールのなかでこう言っていた。『「自分たちのホロコーストが唯一のホロコーストだ」と言うことは、「私が唯一の人間だ」と言うのと同じだ』って。そして、ハンプティ・ダンプティ*のことを持ち出したのよ」

「ハンプティ・ダンプティ?」マージョリーは聞き返した。

「『わしがこの言葉を使うときは』と、ハンプティ・ダンプティが小馬鹿にしたような口調で言う。『わしが意味しようと思うものをそれは意味する。それ以上でもそれ以下でもない』。『問題はね』とアリスが言う。『言葉というものに、そんなにたくさんの意味をもたせることができるかどうかということよ』。『問題はね』とハンプティ・ダンプティが言い返す。『どちらが主人かということ。それだけさ』。あなたが言いたいのは、そういうことじゃない、マージョリー? ホロコーストという言葉をめぐって争うのは、どちらが主人かということでしょう」

「意思と意思のぶつかり合いということでは、その通りよ」

* Carroll, Lewis. *Through the Looking Glass*. London: Macmillan, 1871.『鏡の国のアリス』山形浩生訳、朝日出版社、二〇〇五年ほか、邦訳は多々あり。

33

マージョリーと午後を過ごしたあと、私は重い足取りでヤング通りを抜け、メトロ・トロント図書館まで歩いていった。この過去の出来事を少しでも解釈しよう、少しでも理解しようとしたが、できなかった。

子ども時代に心に刻みつけられた、古い感情が蘇った。底知れぬ恐ろしさ。底知れぬ恥ずかしさ。私は子ども時代を通して、口に出すのも憚られるあの国とのつながりを示すものは、いっさい消し去ろうと必死だった。人から「出身は?」と聞かれると、慌てて「カナダ人よ。私はカナダ人。カナダで生まれたの」と答えていた。生まれてからずっと、そうしてきたのだ。

けれどももっと幼い頃は、まだ悪い面を知らなくて、良い面も知っていた。良き日本は最初、やさしい母からやってきた。湯気がもうもうと上がるお風呂のあと、天花粉の匂いと母のやさしさに包まれ、眠りにいざなわれる。同じ日本のおとぎ話を、何度も何度も繰り返し、聞かせてもらいながら。

ピアノの上には、緑色と金色の、磁器製の少年二宮金次郎像が堂々と飾られていた。コールデールの掘っ建て小屋も含め、どこへ行ってもそうだった。二宮金次郎の物語はこうだった。薪を集める少年、手に広げた本、背負った薪の束、勉学への意欲、勤労への意欲。それが日本流なのだった。

けれど、別の日本が現れた。真っ黄色の顔をした、出っ歯の野蛮人が叫び声をあげる。ウワアアア!! 途方もなく邪悪な人々。私はその一人じゃない。

でも、私もその一人だった。

野蛮人。

人間以下の存在。

日本が道を踏み外したそもそもの原因は、ウソにあった。大和民族は優越民族などではなかった。天皇は神ではなかった。日本は神国ではなかった。人々はそうしたウソを信じ、騙されていることに気づかなかった。天上の権威であれ、地上の権威であれ、他者を傷つけることを命じられたら、疑ってかかるべきであることに気づかなかった。

殺戮の裏には、もうひとつのウソがあった。真実は隠しおおせる、というウソだ。どんなに押さえつけようとしても、知りたい思いを押さえつけることはできない。記憶に残った者、忘れ去られた者が、獄中に爪でしるしたメッセージ。そうでなければ、血塗られた石が叫び声をあげる。犠牲者の断末魔の叫びが昼も夜も止むことなく響き渡り、加害者の心は休まることがない。加害者の子どもたちも同じである。ある者は墓に埋められた遺体に押しつぶされて日々を送り、ある者は大地に耳をあて、湧き上がる怒りの叫びを聞く。子孫たちは古い写真を見つける。孫や研究者が図書館を調べ、文書館を訪れ、記録の断片を見つけ、日記を読み、マイクロフィルムを検索する。死の床で、あるいは家族の集まりで、村人の前で、小さな集会で秘密を打ち明ける人もいる。遺骨が見つかる。遺髪からＤＮＡが採取される。荷物が郵便受けに届く。どこからともなく、悪夢がやってくる。話はすり替えられるかもしれない。それでも事実を知ろうとする人は後を絶たないのだ。

ジェノサイドの歴史を追った『血と土』*という本で、私は朝香宮の副官だった長勇《ちょういさむ》中佐という人物を知った。長勇は知的な目に、ヒトラー髭を生やした美男子だった。忠実な臣下であり、主君に従順だった。捕虜の処分を命じられた彼は、驚くべきウソをついた。

「地獄のような戦場で、野獣になるのは男の美徳」と彼は言ったのだ。

揚子江のほとりで、逃げ惑う民間人、老人、母親に抱かれた赤ん坊、そして子ども連れの人々にまで機関銃を発砲せよとの命令に部下が戸惑っていると、長勇中佐はこう叫ぶ。「人間を殺すときはこうするんだ！」あっけにとられている部隊を尻目に、中佐は部下たちを袈裟懸けに斬り殺した。日本政府はその後、この「豪胆な将校」を昇進させている。

これが「殺し尽くし・焼き尽くし・奪い尽くす」という三光作戦の日本、自らを繁栄と支配にふさわしい「選民」と信じる日本だった。

若き作家アイリス・チャンが、締めつけるようなこの力、筆舌に尽くしがたい、この恐怖のなかに踏み込んだのだ。

私は彼女の著書を手に取った。そして下に置いた。読み続けることができなかった。でも読み進めずにはいられなかった。彼女の言葉を払い退けることができなかった。写真から心の目を背けることができなかった。少女や老女を強姦し、殺したのは、一握りの常軌を逸したサディストや拷問者たちだけではなかった。極東国際軍事裁判によれば、最初の一ヵ月だけで推定二万人の、あらゆる年齢の女性がレイプされたという。

『血と土』を書いた歴史家のベン・キアナンは、一九三一年から四五年にかけて、アジアでは日本軍によって二千万にものぼる民間人が殺害されたと指摘している。

これは想像を絶する数字だ。インターネットに掲載されたある写真では、両手を挙げた男たちの列のなかに、やはり両手を挙げて降伏の意志を示す少年が写っている。中国人の少年だ。一〇歳か、一二歳か。この一人の少年が、もし私の子どもだったら。あなたの子どもだったら、全世界に代えても大切な命ではないだろうか。

イギリスの日刊紙の調査によると、過去百年でもっとも重要な歴史的事件は一人の人物の死であると、大多数の回答者が答えたという。美しい若い女性、ダイアナ妃の死である。一九三七年の南京では、何千人ものダイアナ妃がレイプされ、殺された。美しければ美しいほど、その苦しみは大きかった。

それは貪って飽くことのない悪だったと、ある中国人の友人は言った。その言葉は今も消えずに残っている。最愛の息子であり、立派な父親であり、名誉を重んじる文化に生まれ育った兄弟たちが、語るだに恐ろしい行為を行なったのだ。

中国の戦場にいた永井隆博士は、日本の戦争行為に深い失望を味わった。人類愛溢れる彼の魂は、

＊ Kiernan, Ben. *Blood and Soil: A World History of Genocide and Extermination from Sparta to Darfur*. New Haven: Yale University Press, 2007.

中国の負傷兵も、日本の負傷兵も区別しなかった。死んだ母親の死体にすがりつく赤ん坊は、彼の子どもかもしれなかった。『長崎の鐘』のなかで、永井博士はこう書いている。

日本人は人間の命をあまりにも軽く、粗末に扱ったがゆえに、まさにそのゆえに、私たちは今の惨めな状況に追い込まれたのだ。あらゆる人の命を尊重すること。これが、私たちが築く新しい社会の礎でなければならない。

筆舌に尽くしがたい、最悪のなかの最悪のなかでも、善は消え去ったわけではなかった。アイリス・チャンの著書には良い日本人が一人も出てこないが、良いドイツ人のことは書かれている。何千人をも救い、「南京の生き仏」「中国のシンドラー」と呼ばれた人物がいたことを、彼女は突き止めたのである。ジョン・ラーベは南京におけるナチ党の幹部だった。そして国際安全区の代表として、何千人もの中国人を保護した。彼は目撃し、記録した。ドイツ帰国後は発言を封じられたものの、その日記は残った。

ロバート・ウィルソンは南京駐在の宣教師の息子で、やはり正しい人だった。献身的な医師であり、あの惨劇における唯一の外科医だった。皆が逃げ去った後も、彼は人々のために残った。そして最悪の事態を目撃した。

アイリス・チャンが本のなかで取り上げている第三の外国人を、私は忘れることができない。ウィルヘルミナ・（ミニー）・ヴォートリンは一八八六年、イリノイ州で生まれたアメリカ人で、宣教師であり、南京の金陵女子文理学院の教師でもあった。彼女は一万人の命を救った。彼女の日記も現存する。あふれ返る排泄物に苦しむ池の魚。洗濯物にびっしり覆われて枯れてしまった潅木。何千もの人々に食事を配ること。書籍や記録など、悪用されそうなあらゆる証拠品を大急ぎで燃やしたこと。日本兵――彼女は決して「ジャップ」とは呼ばなかった――が中国兵の捜索と称して、じつは少女たちを探しにきたこと。そして血のついた銃剣。

一九三七年。「今夜、八人から一〇人の少女たちを乗せたトラックが通り過ぎた。少女たちは『救命《ジャーミン》！　救命《ジャーミン》！（助けて）』と叫んでいた」

「救命《ジューミン》！　救命《ジューミン》！」

「こんな恐ろしい話を聞いたら、日本の女性たちはどれだけ恥ずかしく思うだろうか」

ミニー・ヴォートリンとアイリス・チャンはいずれも、最後は流砂のなかに飲み込まれた。チャンは三六歳だった二〇〇四年一一月九日午前三時、車に拳銃を持ち込んで自宅を出、自ら命を絶った。二歳の息子と夫が残された。この若く美しい女性は、その生涯によって、その死によって、そのペンによって、消えることのない足跡を残した。彼女の著作は、強いられた沈黙を乗り越えて永遠に残る。聞くところによると、自殺は本を書いたことや、そのことによって起きた論争が原因ではないという。私はそれ以上、彼女の人生に深入りすることは差し控えた。

ウィルヘルミナ・ヴォートリンは健康を害し、一九四〇年五月一四日にアメリカに帰国した。それから一年後の一九四一年五月一四日、自分のアパート、ないし連合キリスト教伝道団の秘書ジュネヴィーヴ・ブラウンのアパートで、南京の女神はガス栓をひねって死んだ。

それから何十年もたち、私が今、どんなに激しくドアを叩いても、彼女の耳に届くことはない。彼女はキッチンに入り、扉を閉めた。ほんの一瞬でも知ってもらいたかった。他人の私たちが何を見たか。それは彼女の人生。彼女の伝説。彼女の遺産。偉大な正義のわざ。彼女のために救われた何千もの命。そして救えなかった何千もの命が、彼女の頭を離れなかったのだ。「救命！　救命！」と叫び続けた小さな少女たちが。

34

人類の歴史が始まって以来、南京で大量処刑を命じた長中佐や長崎に原爆を投下したスウィーニー少佐のような善良で忠実な人々が、殺せという命令を実行に移してきた。キリスト教徒も、兄弟宗教であるユダヤ教やイスラム教の信徒も、世界中で同じことを行なってきた。同じアブラハムの継承者である私たちは、同じ創造神話に導かれてきた。創世記によれば、信仰の父アブラハムは豊饒を約束され、息子イサクを犠牲の祭壇に献げるよう命じられた。アブラハムは従った。しかし「手を伸ばして刃物を取り、息子を屠《ほふ》ろうとした」（創世記二二章一〇節）とき、天の声が制止した。「その子に手を下すな。何もしてはならない。あなたが神を畏《おそ》れる者であることが、今、分かった」

ユダヤ教徒とキリスト教徒は、犠牲に選ばれたのはアブラハムの二番目の息子で、正妻のサラから生まれたイサクと考えている。イスラム教徒は、犠牲として選ばれたのはサラの召使いハガルから生まれた第一子、イシュマエルだったと考えている。

いずれであれ、この物語が教えるのは、人はアブラハムのように従順であるべきということだとされている。しかし創造者よりも被造物を賛美することにより、また憐れみの道より盲目的な服従の道を選ぶことにより、私たちは人類の旅路を戦争へと逸脱させてしまった。

私の夢に出てきた女神が教えるのはこういうことだ。憐れみを失えば豊饒への約束も失われる。そして豊饒がなければ、憐れみをもつことはできない。つまり豊饒と憐れみは、分かち難く一体なのである。

愛と真理もまた、分かち難く一体である。人間の生存のためには、豊饒への憧れよりも憐れみが強く、人間的な真理よりも愛が強くなければならない。

天災に対するのと同じように、戦争の惨禍を断罪するのではなく、憐れみをもって見てはどうだろうか。人が外的な嵐の犠牲になるのと同じように、内的な嵐の犠牲にもなることを考えてみよう。人を罰するのではなく、もっと早くから前兆を捉えることができるのではないだろうか。ジェノサイドへの歩みは、それが現実に起こるよりずっと前から始まっている。他者に対する非人間的な扱いは知らぬ間に進むのであり、そこに大きな地殻変動が始まっていることに気づくのは難しい。ある時点までくると、地下のかすかな震えは、地震のような抗いがたい破壊へと繋がっていく。象のほうが賢明だ。彼らは火山に恨みを抱くこともなく、海に宣戦布告することもない。はるか遠くにいるときから、地中深くの鳴動を感じ取る。急ぐんだ、高台へ急げと。

このことを、倫理学者の友人と話し合った。「人が火山にどういう思いを抱こうと、山には意識がない」そう彼は言った。「けれど人間には意識がある。だから意識をもつ者としての尊厳が与えられなければならない。そして悪を行なったなら、その責任を問われなければならない」

シモーヌ・ヴェイユは語る。「悪は非限定的なものだが、無限なものではない。無限なものだけが、非限定的なものを限定する」*デカルトによれば、無限とは、何ものをも付け加えることができないということだ。

人間的状況に降り注ぐ、人間世界を超える「無限の光」に、私は信頼を置く。私たちの苦しみに耳を傾け、私たちの心のなかで、私たちとともに苦しんでくださる「知る者」に、私は信頼を置く。私たちが赦すことのできない、赦しがたいものを赦すその方に、私は信頼を置く。私はあらゆる場所に、この世界の出来事に、そして私自身のなかに、彼女を探し求めよう。

彼女はしばしば、私たちのごく普通の日常に、あるいは思いがけない偶然、出会いや驚きのなかに現れるのだ。

35

そんな偶然の出会いの一つが、天使の町、寄留者の町、ロスアンゼルスで起きた。事実とフィクションの交錯。それは、一瞬のうちに起こった。

私はカリフォルニアにいて、アジア系アメリカ人に関するシンポジウムに出席していた。夕食前の休憩時間、友人と私はロスアンゼルスの日本人街と呼ばれる地域を見物することにした。日本人街を出ようとしたとき、「ジョイ！」と呼びとめられた。

私は振り返った。

「きみなんだね！」

声のするほうを見て、すぐにわかった。

「アサオ！」昔と変わらない人懐こい瞳。人好きのする少年のような快活さ。

アサオに最初に会ったのは一九五七年、バンクーバーでのことだ。当時ははつらつとした陽気な若者で、一歳ほど年下だが、年齢よりも幼く見えた。私は二二歳、結婚したばかりで赤ん坊がおり、被昇天教会から一ブロックのところに住んでいた。

＊ Weil, Simone. *Gravity and Grace*. New York: G.P. Putnam's, 1997. 邦訳『重力と恩恵』冨原眞弓訳、岩波書店、二〇一七年。

アサオは父が援助して日本から呼び寄せた若者の一人だった。デイビッドや私とも親しく、ピアノの伴奏で一緒に歌をうたったり、食事をしたり、ピクニックに出かけたりしていた。彼とデイビッドはロッキーからコールデールまで自動車旅行もした。そびえ立つ山、川、滝など、初めての風景に彼は夢中だった。

あれから五〇年以上もたって、彼はこんなところにいた。LAの日本人街の入り口で、アーサー・アサオ・ナカネというワンマン・バンドの演奏をしていた。今日の演奏を終えたばかりだと彼は言った。楽器を片づけながら、ふと目をあげると、私がたまたま通りかかったのだという。

「二度と離さないぞ」彼はそう叫んで、息が止まりそうになるほど強く抱きしめた。いかにもアサオらしい。私は笑って再会を喜んだ。

それから、二人のあいだにメールが飛び交うようになった。私たちはアリスと白ウサギのように、偶然の一致という不思議の国に落ちたのだが、びっくりしたのはむしろ彼のほうだったのかもしれない。

七〇年代末に『失われた祖国』を書き始めたころ、主人公の苗字をどうするか、あれこれ迷った。私の旧姓「ナカヤマ」に近い苗字がよいのだが、「ナカヤマ」は長すぎた。コールデール時代に、友達から「ナカ・パジャマ」とからかわれていたほどだ。日系カナダ人らしい名前ならなんでもよかった。ナカタ、ナカノ、ナカマ。そうだ、ナカネはどうだろう。これならよくある名前だと思った。

ロスアンゼルスで再会したあと、アサオは『失われた祖国』を読んで、架空の家族に自分の苗字が使われているのにびっくりした。語り手はナオミ・ナカネ、父親はマーク・タダシ・ナカネ、兄はスティーブン・ナカネだ。

アサオはこう書き送ってきた。「日本ではナカネはとても珍しい苗字なんだ。活字で見たことはまずないし、これまでの人生でナカネという人に出会ったのは一度きりだ！『ナカ』は『真ん中』『中心』という意味で、『主要な』『重要な』という意味もある。『ネ』は『根』だから、『ナカネ』は『主要な根』という意味になる。ナカネ一族は名古屋の北にある地域を支配していた小さな士族で、今でもその名を冠した町がある」

本物の「スティーブン・ナカネ」も実在した。アサオが二三歳で「アーサー」を名乗るようになるまで、アサオの家族で唯一、西洋風の名前をもった子どもだった人物である。アサオが音楽やパフォーマンスの楽しさを覚えたのは、この遊び好きの兄を通してだった。物語のなかのスティーブン・ナカネも同じような趣味をもっていた。もう一つの偶然は、小説に登場する父親の名前だ。「正しさ」を意味するタダシという名だった。アサオの父親の名前も「正」に「親」と書くのだと、メールで教えられた。

本物のスティーブン・ナカネは、アサオによれば、クリスチャンであるという点で変わっていたという。一六歳で洗礼を受け、「イエス」と呼ばれてからかわれることもあった。この兄が亡くなるまでわからなかったのだが、母親もクリスチャンだった。しかも一族は四国の山奥にある土地、私の父の生地である大洲に関係があった。アサオの祖母はそこに住んでいた。

ある日曜日、トロントで沖縄出身の研究者、アキラ・コバシガワとばったり出会った。大洲という一点に関して、カナダじゅうで彼以上に知っている者はいないだろう。彼の妻の曽祖父はこの地で牧師をしていた。アキラによれば、イエズス会総長あての報告書がトロント大学図書館に残っていて、一七世紀の宣教師たちが「日本でもっとも険しい山道」を登って大洲にたどり着いたことが記されているという。

『大洲教会百年史』という本の著者が、大洲の「切支丹畑」のことに触れていることも、アキラは教えてくれた。その地でキリスト教の美術品が出土しているという。

さまざまな物語をたどっていくと、深まる謎もあれば、解ける謎もあった。どうやら、こちらから情報を探す必要はないようだ。情報のほうが私を見つけてくれるのだ。偶然の一致のなかでもっとも驚かされたのは、実在のナカネ家と物語のナカネ家のいずれもが、長崎とつながっていることだった。

スティーブンとアサオの両親は長崎県の出身だった。アサオの母は長崎のミッションスクールで学んでいる。父親も、昔のキリシタン反乱が原因で長崎県で生まれることになった。

アサオの説明はこうだ。「一七世紀、長崎市の東にある島原で起きたキリシタン反乱は、ポルトガル人の宣教師と貿易商が起こしたものだ。何度か反乱の鎮圧に失敗したあと、幕府はナカネ一族も含む一二万五千の兵を派遣し、反乱は一六三八年、ついに鎮圧された。以後、キリスト教はいっさい禁じられた」

アサオの考えでは、ナカネ家の先祖は取り締まりのため、島原に残ったのではないかという。アサオ自身は京都で生まれ育ち、島原に行ったことはないが、戸籍は島原市役所にある。

だからアサオの両親、すなわちキリスト教徒の母と、キリスト教徒と戦った武士の末裔である父は、同じ土地にいた。敵同士でありながら愛し合い、二人はともに長崎県にいたのだ。

しかも、私が父と一緒に京都の丘陵を登って訪れたのは、そのアサオの父の墓だった。父が脳卒中を起こしたのはその翌日、女神が私の前に姿を現したのはその三日後だった。

私はメールで、率直に尋ねた。父がアサオに性的な目的で近づいたことはあったのか、教えてもらえるだろうか。返事は次のようなものだった。


お父さんとの過去について、こんなふうにメールで書くより、直接会って話せればいいのだけれど。いつか誰かに、それも他ならぬあなたに、お父さんの不適切な行為について話す日が来ようとは、夢にも思っていなかった。

彼の同性愛的傾向をよく思っていなかったし、近づいてこられるのが嫌でたまらなかった。けれどあなたにとって、また私にとっても救いなのは、重大な事態には――キスされたことを除けば――至らなかったということだ。不快な経験の嫌な後味（ダジャレではないよ）は今も消えていないけれどね。

二人きりになったとき、初めてキスされて、ひどくショックだった。こちらの習慣だから、やましいことはないんだよと言われたけれど、そうは思えなかった。フレンチキスをされそうになって、これは行き過ぎだと思った。そのことがあってから、二人きりになるのは避けるようにした。

その後は数回しか会わなかったけれど、毎回キスされた。ちゅっとするだけの罪のないキスとはいえ、不快だった。

お父さんのことは、誰にも話していない。不適切な行為をかばうわけではないけれど、優しくて愛情あふれる人だった。感情豊かで、生き生きとして、面倒見のいい人だった。

父のことがあったのは、アサオが二一歳のときだ。その後、彼はこんなことも書き送ってきた。

映画『羅生門』に描かれているように、「完全な真実」を知ることは決してできない。自分自身のなかにもさまざまな考え方、感じ方があって、そのどれが「真実に近い」のか、自分でもわからないからだ。真実を徹底的に掘り出そうとしても、混乱したり、がっかりしたりするだけで、何の結論にも至らないだろう。ある時点まできたら、そのまま成り行きに任せたほうがいい。自分たちの役に立つことを学ぶほうが、自分たちを傷つけることを学ぶより大切だ。

そのまま成り行きに任せる。

そうできるよう、神の恵みを祈るばかりだ。

ロスアンゼルスでの偶然の出会いについて、アサオはこう書いている。「気づいたんだ。大方の人が信じているように、正しい時に、正しい場所にいることが重要なんじゃないって。もっとも大切なのは、正しい場所で、正しい時に、『正しいことをする』ことなんだ」

私はその言葉を心に刻みつけた。

36

二〇一三年から一四年にかけての冬、私は取り戻したマーポールの生家に住んでいた。夢にまで見た、子ども時代を過ごした家。そこに滞在するのは二度目だった。

新しく生まれ変わった二〇〇六年以来、この家には招聘された作家たちが滞在したり、見学ツアーが行なわれたりしていた。しかし二〇一三年、法律上の所有者である土地保全委員会という団体が八百万ドルの借金を抱え、財政危機に陥った。不安が波紋のようにコガワハウス・ソサエティに広がった。土地保全委員会と連絡が取れなくなり、弁護士が乗り込んできた。競売にかけられ、家が解体される恐れもあった。バンクーバーでは不動産バブルが起きていて、敷地の値段は百万ドル以上に跳ね上がっていた。

この間、コガワハウスは空き家になっていた。再び、私の前から消えてしまうかもしれない。決してそうはさせないと決意していた。当面の管理人として、私はこの家に移り住んだ。

二〇一四年一月一七日の早朝、私は両親の寝室だった部屋で眠っていた。ほかには誰もいなかった。玄関の扉を開けるかすかな音がして、私はびっくりして飛び起きた。怪しい者が入ってきたのだ！

私は凍りついた。薄明かりでも獲物を見分けられる猫に狙われた鳥のように。それ以上、何の物音もしなかった。けれど誰かが入ってきた。全神経を張り詰め、寝室の扉に視線を集中した。静寂がしばらく続いたあと、上下分割式のダッチ扉の上半分がかすかに動いた。私は息を止めた。身を守るには声を上げるしかなく、叫び声は喉のところに引っかかって爆発寸前だった。何者かが寝室に侵入しようとしている。ストッキングをかぶった泥棒か、強盗か、あるいは夜間にうろつく不審者か……。

心からほっとしたのは、そこに立っている男が無害の、見知った顔だったことだ。それは父だった。真面目そうな、少し斜視がかった丸い目が、深い悲しみを湛えてこちらを見ている。バスマットのような素材で、形も大きさもトイレのシートカバーに似たピンクのよだれかけをかけている。それにしても、ありえないことだ。父はすでに死んでいる！　まず頭に浮かんだのは、自分は狂ったのか、ということだった。

どこをとっても、それは夢のようではなかった。でも夢なのかもしれない、とも思った。これが夢なら、父は消えてしまうはずだ。これが夢なら、目が覚めるはずだ。

すると、父がくるりと背を向け、立ち去ろうとした。世界中の誰よりも愛するこの人に、行ってほしくなかった。私は言った。「父さん、父さん、ここにいて。ここにいて。行かないで」

おごそかに、ささやくように、いつもどおりの冷静さで彼は言った。「助けてください」

そして、立ち去った。

海面へと浮き上がるときのように、私は息をのみ、胸を膨らませ、心臓をドキドキさせて、その生々しい情景から現実へと戻ろうとした。涙をしゃくりあげ、なんとか起き上がって、ワイン色とピンク色のキルトのベッドカバーの上で、体を前後に大きく揺さぶった。

朝の七時になろうとしていた。窓を通して、通りの向こう側の街灯の明かりが見える。

亡くなってから初めて、夢に父が現れた。けれどそれは、単なる夢ではなかった。霊の訪れだった。

§§§

一週間後の一月二五日金曜日の四時、友人、地域の人、作家、中国系と日系の人々、聖公会の会員など、五〇人ほどが小さなコガワハウスをいっぱいにした。ハウスを和解に向けた活動の場とするためである。バンクーバーにいた何ヵ月かのあいだに、私は原子力推進派と反対派、中国系カナダ人と日系カナダ人など、さまざまな人々のあいだで和解活動を行なっていた。

レスリーは遅れてやってきて、玄関のあたりの座席に座った。何年も前に面談したことのある人権委員会が、中断を経て新たに活動を再開し、話をしにやってきていた。彼らがとくに望んでいたのは、当日出席予定の聖公会の臨時主教に会うことだった。

午後に行なわれたこのイベントで私は司会を務め、木箱のなかからくじを引いて発言の順番を決めた。この日のテーマは父の不祥事問題だけではなく、長身で落ち着いたドナ・グリーンが祖父ハワード・グリーンについての話をした。第二次世界大戦アジア史保存在カナダ連合（ＡＬＰＨＡ）の共同設立者であるテクラ・リットは、日本軍による残虐行為、そして高校の生徒・教師向けに行なっている自らの啓発活動について語った。エリック・ウォットは病気のため、トライアンフ研究所（ＴＲＩＵＭＦ）の若き科学者、藤原真琴が代理で参加した（真琴はその直後、反物質の検出で『ニューヨークタイムズ』紙の一面に取り上げられることになる）。グレッグ・タッチェルは日系人の抑留中・抑留後における、聖公会による隠れた人種差別を解明する活動について語った。沖縄抑圧の問題や世界的な飢餓など、さまざまな問題が午後いっぱいかけて取り上げられた。

プログラムには私的なもの、公的なもの、個人的なもの、国家レベルのものなど、さまざまな苦しみの体験が詰め込まれていた。そうした体験のなかにはごく身近なものもあれば、伝える言葉が見つからないほど重大なものもあった。日系カナダ人が耐えた苦しみは、南京レイプや広島・長崎の原爆、沖縄戦などと比べれば規模や深刻さの点で比較にならない。それでも、もし気候変動に関する科学者たちの予言を信じるとすればだが、右に述べた想像を絶する地獄の体験さえ、これから地球を襲うであろう大災害に比べれば物の数ではないのだ。

イベントから数日がたち、とりとめのないあの日の午後のことをどう考えればよいのかと思いを巡らせているうちに、レスリーのこと、そして私たちの複雑な関係のことに思いが及んだ。私はデスクから立ち上がり、いつもするように、大きな窓のある食堂からキッチンへ、そしてまた食堂へと、ぐるぐると歩きまわった。窓の外に目をやると、飛び跳ねるように歩道を抜けて、ハウスの玄関へと向かってくるレスリーの姿が見えた。直毛が〝ボン！〟とばかりに逆立っていて、まるでヤマアラシの棘のようだ。思いが通じたかのような偶然が嬉しくて、私は走っていって勢いよく扉を開けた。

「ちょうど今、あなたについて書こうとしていたところよ」あいさつもそこそこに私は言った。

「ワオ」独特の低音で笑いながらレスリーが言った。「超能力があるのね」

虫が知らせたかのようだった。

レスリーはニュースを持ってきたのだった。父が死んで二〇年近く、私が人権委員会と面談してから八年、彼女はついに父の遺体を掘り起こす許可を得たのだ。長い歳月がたっていたが、骨にはまだ肉が付着していたという。彼女は遺体を電信柱に吊り下げた。

「助けてください」父はそう言った。犯罪人として、そんなところに吊り下げられたりしたくなかったのだ。どうすれば引き下ろせるのか、私にはわからなかった。

私は自分を責めた。『雨はプリズムの向こうに』が実体験に基づいていることは、父の死後に公表していた。亡くなったあとなら、もはや懲罰の対象になるまいと思ったのだ。けれどコガワハウスの保存が決まると、レスリーは怒りが収まらない人たちがいると言って、彼らと接触を図った。ハウスでのイベントのあと、彼女は委員会と一緒に聖公会との話し合いをもったのだろう。

毎月のように、ゴードン・ゴイチ・ナカヤマ牧師に関する記事が、バンクーバーを拠点とする全国規模の日系専門紙に掲載されるようになった。レスリーの留守電応答メッセージはこうだった。「こちらはナカヤマ牧師プロジェクトに関する、レスリー・コモリの電話番号です。メッセージをどうぞ」

父の名前が新聞の見出しに載り、彼が過去に住んだり働いていたりした場所をリストアップし、彼に対する聖公会の処分を明るみに出せば、全国にいる被害者や家族を見つけられるとレスリーは言った。プライベートな私信を公開することに対して抗議すると、何の問題もないと彼女は答えた。いずれにせよ、聖公会は彼との書簡を公開することになっているからだという。レスリーは聖公会の協力的態度に感激していた。

晩春のある日、再びレスリーが最新ニュースを持ってやってきた。父の罪状に関する公開の会合が、百人を収容できる新しい集会場で行なわれることになったという。当日の発言者とセラピストの名前がリストに挙がっていたが、私は除外された。私がいると被害者たちが話しにくくなるからと、レスリーは言った。

私は腰を下ろしたまま、愕然として言葉を失っていた。苦しい顔を見せまいと必死だった。

会合の開催が発表されると、引きこもりがちだった病身な兄も出てこざるを得なくなった。私たちは共同で右記の日系専門紙に声明文を出した。

私たちは日系市民協会人権委員会が現在、父が聖公会の牧師であったときに行なった悪質な性的暴行の被害者たちのために、わだかまりを解消し、決着をつける取り組みを進めていることを承知しています。私たちは彼が傷つけた若者や少年、その家族、地域の方々などのすべてに対して連帯を表明するとともに、彼の家族として深い悲しみを表明します。真実が語られますように。真実が聞かれますように。そして私たちのあいだにあり、世界のなかにある神の愛が、私たちを癒してくれますように。

憐れみをもって私たちに優しく接してくださった方々に、心からの感謝を込めて。

――ティモシー・マコト・ナカヤマ（隠退牧師）、ジョイ・ノゾミ・ナカヤマ・コガワ

§ § §

広い会場での公開イベントは大失敗だった。レスリーはがっかりした。運営に携わった人々、スピーチに立った人たちのほか、少数の友人が出席した。けれど性的暴行を受けたという人は一人も参加せず、家族も現れなかった。父から被害を受けた人々が誰であれ、人前に出ようというつもりはないのだった。

レスリーは、もういいと言った。そしてこの取り組みから手を引いた。「何かを始めるのは得意だけど」と彼女は言った。「仕上げは苦手」

残った人たちが、あとを引き継ぐことになった。

第五部

37

「コガワ？　どういう字ですか？」日本の人たちはときどき当惑した様子で、人差し指を上下・左右にと宙で動かし漢字を書いてみる。

「昔はコハシガワ（小橋川）だったのですが」、私は困って答える。「短くしたんです」

そう聞いて、気まずそうにクスッと笑う人もいる。

小橋川は沖縄の名前だ。前夫のデイビッドと私は彼の名字から「橋」を切り落としてコガワを残した。

二〇〇九年の夏、日本の天皇・皇后両陛下*がトロントにある日系文化会館に来られたとき、私は側近の一人である政府高官に紹介された。

「コガワ？　コガワだって？　日本人の名前ではない」と言ったきり、それ以上私と話したくなさそうだった。しかしその後、私の名前を聞かれた美智子皇后が私の顔を見て、「まぁ！　『失われた祖国』の」と、私の第一作目の小説のタイトルを口にされたのだ。私は驚きと同時に喜びに満たされた。

私の父は一九九一年の日本への最後の旅で、然るべき時に然るべき場所で然るべきことをしていると信じて、喜んでいたはずだ。あとになってわかったことだが、その旅は父にとって沖縄に向けての巡礼の旅だったものを、私が中断させてしまったのだ。父が赦しと慈悲を求めるのは正しいことだった。もし父が償おうとしていたのなら、正しいことだった。

ドナ・グリーンは言った。「しておけばよかったのに、と悔やむことが一つあるとすれば、祖父に謝罪するよう説得すべきだったわ」私がしておきたかったと悔やむのは、父が恥ずべき不名誉を犯した場所へ戻ろうとするのを邪魔するのではなく、助けて行かせてあげればよかった。無限の可能性に満ちた宇宙では、生きている者が、声にならない謝罪に声を与えることで、苦しみにある加害者にも被害者にもいくばくかの安らぎをもたらすことができるかもしれない。

父が夜明け前にやって来て「助けて下さい」と言うのを聞いてからは、父が、飛行機に乗れない状況なら、その心だけでも沖縄に届けてあげるのが私の務めだと感じていた。父は、最悪の屈辱の場での赦しを、どれ程望んだことだろう。父の犠牲者にとっては、父がその場に行けずに、彼らの受けた苦しみを思い出させなかったことのほうが憐みの行為だったのかもしれない。

一九五一年に父は二人の新しい牧師の通訳として沖縄にいた。父は通訳だけでなく牧師を手伝って、到着後数ヵ月以内に多くの信徒たちを集めた。父の書類を見ていて、日曜学校の八百人の児童たち、那覇市新原に設立した聖ペテロ・聖パウロ教会、それに沖縄の他の七つのセンターについてのメモが目についた。その先駆的な父の働きに関する公式な記録は残っていないと思うが、父が改宗させた信者のうち少なくとも二人が牧師になった。

その他沖縄でその年何が起こったか、カールのような犠牲者が何人いたのか、どういう状況で発覚

＊現在の上皇・上皇后陛下。

したのか、私にはわからない。ただ、覚えているのは、父が突然帰宅し、押し黙り、恥をさらして病んでいたことだ。私の知っていた幸せそうな父とはまったく別人だった。

私たち家族と沖縄との繋がりは一九四五年に始まった。そのとき私たちはスローカンから南アルバータに着いて、沖縄のコミュニティの存在を知った。それは戦争の前からプレーリーのその辺りにできていたのだ。父はそこの何人かの住民について著書『一世』に記している。

デイビッドは一二〇キロ離れたボクソールに住んでいた。遠い親戚を含めるとデイビッドの家族が余りにも多いので、彼との結婚後、私はカナダに住む沖縄の人たち全員と繋がっているように感じた。親友のヒロコ・オヤカワは、私たちの教会から数ブロック行ったところに両親と暮らしていた。そこは物置ほどの大きさしかない掘っ立て小屋で、鉄道の駅近くの路地裏にあった。その小屋のなかには小さなテーブルがあり、一脚の椅子と二つのスツールが、一つしかないドアをかろうじて塞がないように置いてあった。私はスツールをテーブルの下から引っ張り出して、ヒロコの横に座ったものだ。彼女のうしろには台所の流しと石炭コンロがあった。彼女のすぐ左には、毛布で隠された二段ベッドがあった。寝室だ。

私たちは植えられた場所で育った。教会の内でも外でも、お腹の皮がよじれるほど笑った。「ロバ（お尻 ass）」に乗ったイエスを想像するのは、もっともあり得ないと言って笑った。愛情深いヒロコの母親は、コールデールでの母の唯一無二の親友だった。小太りの親切な女性だった。その人は私の父の出身地と同じ愛媛県出身だった。愛媛県の人たちはもっとも温和だということを知ったのは、ずっとたってからだった。

母とヒロコの母親は娘たちのことを話した──「ヒロコはね、リンゴの皮はむいてほしいっていうのよ」「あら、うちの子は皮ごと食べるのよ」私たちがハイスクールに通っていたときに、ヒロコの母親は突然亡くなった。ヒロコはそのことについて決して話さなかった。母は、一番いてほしいときに唯一の友をなくして、完全に孤立してしまった。

私の日記。一九五二年。「運命の襲来。三月二三日、日曜、オヤカワ夫人は元気で教会に来た……」夫人の最後の言葉はヒロコに向けられた。「良い子になるのよ」

ヒロコと私はお互いの結婚式で花嫁の付き添い人を務めた。私はハンサムなスポーツマンのデイビッドと、そしてヒロコは口元をゆがめて笑うビルと結婚した。ヒロコは強くて物静かなタイプが好みだった。お喋りな男たちは猿の群れよ、と言っていた。彼女の人生は花開いた。よく歌い、よく祈る。私たちの方向性は異なっていた。彼女の息子たちはハイスクールの卒業生総代になった。

デイビッドはオタワにあるインディアン省*の寄宿学校局代表として働いていた。身内の私が吹聴するとデイビッドは面映ゆく感じるだろうが、彼の偉大な功績は、寄宿学校**を閉鎖する決断を下したこ

＊Indian Affairs in Ottawa, カナダ先住民族に関連する行政を統括する連邦政府の省庁。行政用語には現在まで「インディアン」という呼称が残っているが、今のカナダでは先住民のことは「ファースト・ネーションズ」と呼ばれ、「インディアン」という用語は一般には使わない。

＊＊先住民族の子どもたちは、強制的に親元から離され教会などが運営する寄宿学校に入学させられたが、さまざまな虐待を受けたことが報告されている。

とである。寄宿学校に入るべきは、両親と一緒に暮らせない子どもたちだけと判断したのだ。ヒロコも母親と同様に癌で死去した。彼女の葬儀は青空が完璧なオカナガンの夏の日に執り行なわれた。旧友たちが、コールデール、カルガリー、そしてエドモントンからも集まった。教会は六百人収容できたが、満席になった。愛のうちにはぐくまれ、結婚し、埋葬された私の最愛の友。

葬儀の帰り、湖に沿って北向きに車を走らせていると、何かが動いて驚いた。素早く右を見る。

ピカッ！　何だろう？

鷹が低空を飛んでいる。

シューーッ！　今度は急に上昇する。その鳥は反対方向の南に向かっていた。両足の爪で大きな魚の背中をしっかりと掴んでいる。魚は小刻みに動きながら空を泳いでいた。

そのイメージが頭を離れなかった。魚と鷹。あとになって、それを父のイメージとして考えるようになった。貪るものとしても、貪られるものとしても。

§ § §

一六一一の琉球諸島からなる沖縄は、一七世紀ごろ特別平和な王国として知られ、「守礼の邦」や「常世の国」と呼ばれていた。その地域の他の島々も友好的なのだが、沖縄の人はこの上なく高い道徳性、並外れた誠実さと寛容さ、温かいもてなしの心をもっていると当時の旅行者たちが報告している。気高い人たちだ。

一八一六年にイギリスのバジル・ホール艦長は、航海中に亡くなった船員たちを埋葬するために沖縄の首都である那覇に寄港した。それとは知らず偶然に、ホールは地上の楽園を発見したのである。物語によれば、ホール艦長はイギリスへの帰港の途中、ナポレオンに会うためセントヘレナ島へと立ち寄った。ホールの父親とナポレオンは知り合いだったのだ。

ホールは「琉球」の人々についてナポレオンと対談し、次のように記している*。

> しかし、琉球の人々に関してはナポレオンでさえ驚いた状況がいくつかあった。私はナポレオンが一度ならずも完全に当惑したのを見て満足した。何よりも彼が信じられなかったのは、琉球の人たちが武器を持っていないということだった。
>
> 「何の武器も持たない！」彼は叫んだ。「ということは、大砲もないのか。しかし銃は持っているだろう！」マスケット銃さえ持っていません、と私は答えた。「それでは槍は……弓と矢く

---

* Captain Basil Hall (1826), *Voyage to Loo Choo, and Other Places in the Eastern Seas in the Year 1816. Including an Account of Captain Maxwell's Attack on the Batteries at Canton; and Notes of an Interview with Buonoparte at St. Helena in August 1817*. In *Constable's Miscellany of Original and Selected Publications in the Various Departments of Literature, Sciences, and the Arts. Vol. 1, Hall's Voyages* (Edinburgh: Archibald Constable & Co., and Hurst, Robinson & Co., London), 315-316.

らいは持っているのだろう?」そのどちらも持っておりませんと答える。「短刀もか?」彼の声は次第に激しくなった。短刀も何も持っておりません。「しかしだな」ボナパルトは拳を固く握りしめて、大声で怒鳴った。「しかし、武器なしでどうやって戦うというんだ?」

我々の見ることができた限りでは、彼らはどんな戦いもせず、国の内外で平和状態を保っているのです、としか答えられなかった。彼は「戦いがない」と冷笑的・懐疑的表情を浮かべて叫んだ。まるで太陽の下に戦争しない人間が存在するなんて、奇怪で異様な例外だとでもいわんばかりに。

かつては戦う国家であった日本が、無血クーデターで琉球王国を併合した。あとになって朝鮮侵略の際に手助けを探そうにも、戦士は島に一人も見当たらなかった。反抗的な人たちだと日本は判断した。今日米軍の駐留という継続中の試練にさらされている。

ヒロコの葬儀の日に、新聞に『沖縄プログラム』*(*The Okinawa Program*)という沖縄の人々の長寿についての本の広告が載っているのに気づいた。ヒロコが私にその本を買いなさいと勧めているのだと思った。その本によれば、世界中で一番長生きの人は沖縄出身だという。一〇万人中百歳以上の人の数は、合衆国の六倍だそうだ。しかも、沖縄の人々はただ長生きするだけではない。元気に暮らしているのだ。彼らの健康寿命も世界一なのである。

沖縄女性の自殺率は極東でもっとも低い。加えていくつかの病気において、疾病率も世界でもっとも低いという記録をもっている。沖縄では初期のころから、女性祭司の巫女が宗教のトップに立ち、王も彼女らの承認なしに統治することはできなかった。トップレベルでの政教の権力分担である。『沖縄プログラム』によれば、「現代社会において、女性が祭祀の主要な担い手としての称号を有している例は他にない」。

想像してみよう。女性法王や女性アヤトラ。**少年兵は皆無。恐らくかつての沖縄のように、兵士そのものが皆無。このことが沖縄の健康と長寿につながるとしても、飛躍しすぎではない。沖縄は長期にわたる平和を維持したことで、最高の模範にもなれただろう。

前掲書にその記述はないが、一九四五年のイースターの日曜日に、世界史上類を見ない地上戦が始まった。平和の敵が、世界でもっとも平和を愛でるこの島を特別な標的にしたのだ。連合軍による八四日間にわたる攻撃はアイスバーグ作戦という暗号名で呼ばれ、一二三万四千人の人が亡くなった。その数は、同じ年の少しのちに起こった、広島と長崎への原爆投下による死者数を上回っていた。祖父母や子どもたち、腕に抱かれた幼児たち、この世でもっとも思いやりのある人たちが洞窟へと逃げた。そこで彼らは死へと跳躍するまでの数日間に、自分たちの最後の日々のスケッチや痕跡を残していた。

＊邦訳は無い。
＊＊イスラム教シーア派の最高指導者に「神の徴」という意味のこの称号が与えられる。

一九九一年に私の兄はシアトルでの牧師職を隠退して、北谷諸魂教会の牧師になった。教会からは北谷町の海辺が見下ろせたが、そこはかつて、難破したイギリス海軍のインディアン・オーク号とその乗組員を、沖縄の人たちが「善きサマリア人の精神で」救助した場所だった。

兄は一九九五年の沖縄戦五十周年記念の折には沖縄にいた。北谷諸魂教会では、イースターに始まりその後一二週間ずっとろうそくに灯がともされ、息をのむような行ないがなされた。毎日正午と午後六時に千人以上のボランティアの協力の下、死者の魂が呼び戻された。その戦いで亡くなった人たちの名前が、読み上げられる。この祈りは、罪なき市民、沖縄の地域社会に馴染みのある人たちのためだけに捧げられるのではない。その地にいた韓国人、それに、この限りなく礼儀正しい土地に地獄をもたらした日米両国の兵士たちにも捧げられた。その記念式典は新聞の重大ニュースにはならなかった。しかし、一九四五年のイースターに侮辱された平和の君なるイエスは、五〇年後のイースターには皆と共にあった。慈悲の女神もまた共にあった。

沖縄平和記念公園には、大海の波のように何列にも並んだ堅固な石碑に、戦没者の名前が刻銘されている。白く聳え立つ建物の内部に巨大な観音像がおさめられている。そこで観音は神像としてでなく、アジア的な象徴として説明されていた。たぶんねたみ深い神のねたみ深い信徒たちが、女神の神的な地位を認めたくなかったのだ。しかし毎年八月一五日に宗教の違いを超えて礼拝が行なわれる際、その建物のなかで中心となるのは観音像である。

兄が仕事で沖縄に出かけたとき、父は狂喜していた。父はそれをしるしだと言った。「不思議」父はそう言った。何らかの共時性が起きているのだと。兄が父の歩んだ道を歩いている。神のみわざがはっきりと見えた。

子ども時代の純真で無防備な信頼を支えにしてきた人たちに「不思議」はやって来る。それは優しさの資質のように、深いがもろい感受性であって、嘲りによって壊れてしまう。私が与えられた人生の賜物の一つは嘲笑ったり蔑んだりすることなどまったくなかった両親である。あるとき、私が二歳の我が子のしたことを笑っていると、母が慌てて言った。「笑ったら駄目、笑ったら駄目」

父の「不思議」話の一つは、父が死に至るような重い病にあったときのことだ。父が深い祈りを捧げていると、病院の壁が消えた。遠くの草原に一つの点が現れるとすぐさま父のほうに向かって来て、やがてイエスが父の前に立ち、大きく両手を広げて優しく父を迎えた。医師は父の回復を奇跡だと言った。

私が心底、そしてよく知っている真実は、父の人生は「不思議」で満ち満ちているということだ。ある夜、父がバーナビーまで連れて行ってほしいと頼んできた。瀕死の女性が感謝して父を出迎えた。その翌日、彼女の夫が電話をしてきて、妻はずっとお待ちしていたのですと言った。我々が帰ったあと、夫人は入浴させてほしいと頼み、その後安らかに永眠したと。

シモーヌ・ヴェイユは述べている。「過ちはただ一つだけ。光を得てその善きものを心の栄養とする能力がないこと。なぜなら、この能力が失われると、あらゆる過ちが起こり得るからである」私にとって根本的な謎、中心となる難問は、酷い過ちを犯した父が、光を食して栄養とする能力をもち続けていることだった。彼は、私が理解できず、耐えることもできない事態の真っただ中にあって、光の僕《しもべ》であり続けていたのだ。

コールデールで、父と母と兄と私が、手が届くほど天井の低い台所にいるときに、父が沖縄で起きた「不思議」な話をした。兄のティムもその話を憶えている。使徒言行録第二章に書かれている、まさにそのままだったと父は言った。神の愛が、聖なる、自由奔放な炎と風となって働きたもうたのだ。


ペンテコステの日が来て、一同が一つになって集まっていると、突然激しい風が吹いてくるような音が天から聞こえ、彼らが座っていた家中に響いた。そして、炎のような舌が分かれ分かれに現れ、一人一人の上にとどまった。すると、一同は聖霊に満たされ……


それは父がキリスト教を伝えた離れ小島の一つ、伊是名島で起こった。父のグループが病気の人のために熱心に祈っていると、彼らが座っていた部屋に、激しい風の音が響き渡った。そして、炎が現れて、一人ひとりの頭上にとどまった。コールデールで、父は両手を合わせて手の付け根と指先を付けて掌を膨らませ、炎の形を作って見せた。

「不思議！」

使徒言行録第二章一七節で、「私の霊をすべての人に注ぐ……」と神は言う。

すべての人のなかには異教徒も入っていたので、信者は呆然とした。異教徒に聖霊が与えられるとは！　何と分け隔てのない神であることよ！　では小児性愛者に対してもそうなのだろうか？

私にとってペンテコステとは、恍惚とした愛の臨在を意味する。不可解で制約されない炎と風のように。私はこの分け隔てのない存在に祈る。父が沖縄や他の地で痛手を負わせた人々の傷を癒し給えと。私は生涯にわたる大きな悲しみを以て、父のためにそう祈る。

38

一九九一年、私たちがバンクーバーに戻ってから、ペンテコステのあとの「普通の日」に、父が回心させた沖縄教区の主教が訪ねてきた。中村主教と父は二人だけで話ができるように、玄関先のポーチに出て話した。二人は盆栽の鉢の横に腰掛けていたが、私がお茶を出しに行くと長い会話をいったんやめた。うなだれた父の顔は重苦しく、身をかがめて両手の前腕を歩行器にのせていた。

「午後ずっと何を話していたの？」夕食をとりながら尋ねた。

父はいつものように静かな口調で、主教は一生懸命に慰めて元気づけてくれたと言った。

父の表情を見ると主教の慰めが父を元気づけたかどうかはわからない。父は歳を重ねるにつれて、傷つきやすく、また優しくなっていった。もし何かが父を苦しめていても、それで私に心配をかけようとはしない。

親の愛は深い。

§ § §

私たちは幽霊から逃れようとして書くのだろうか、それとも幽霊を歓迎しようとしてそうするのだろうか。

二〇〇九年にミニー・ヴォートリンの幽霊が、父の幽霊と同じくらいの大きさで私の心に住み着いた。他のアジア中の二千万の幽霊が正義、愛、慰めに焦がれていた。

次の年に日本で講演をしないかと、一〇月に日本の友人から招待が届いた。その行事は何と長崎で行なわれるというのだ。

不思議！

「行きます」と私は即座に返答した。

長崎と南京が私の頭のなかで混ざり合っていた。神聖と地獄のこの二つの街に、慈悲の女神が手招きしているのを感じた。ミニー・ヴォートリンが手を差し伸べたいと望んでいた女性たちに話ができるなんて、何という神の恵みだろう！　そう思ったが、そうはいかなかった。ミニーは歓迎されないでしょう、と事前打ち合わせできっぱりと言われた。彼女が行けないのなら、私も行くべきでないのでは……。疑念が頭のなかで揺れ動くうちに、私は東京に着いた。

レストランで歓迎の食事会があった。

「旅はいかがでしたか?」が英語式の挨拶。

「お疲れでしょう」が日本式の挨拶。

そうこうしているうちに、話題は私の講演にと移った。頑固で空気を読めない西洋式のやり方で私はミニー・ヴォートリンを持ち出した。

「誰でも南京の話は知っています。南京については話さないで『失われた祖国』の話をして下さい。争いを起こしたいのですか?」(日本人らしからぬ単刀直入な発言だった)。

レスリーは私が父のことで現実を否定していると言ったが、ここで日本人が否定しているのを目の当たりにした。

特任教授でもあり、ジェノサイドウォッチの創設者兼議長であるグレッグ・スタントンによれば、ジェノサイドの最終段階である一〇番目は「否定」であって、これは、加害者の過失性を軽減し、忍び難い歴史に蓋をしようとする、極めて無益な努力である。個人的なレベルでは、私が家族の恥に猛烈に蓋をすればするほど、圧力が強まり、ついには言葉が爆発した。日本では学校の歴史の教科書から南京で起きた恐るべき事件についての事実を削除する試みがあるそうだ。議論を封じ、残虐行為を最小化し、犠牲者の叫びを、殺害された人の数の正否に関するアカデミックな議論へと逸らせようとするものだ。これらは、過去に蓋をしようとする国家の取り組みである。高位顕職に在る人たちは、太平洋戦争の事実に基づく報告が虚偽であったと公に否定できるだけでなく、そう否定したあとは職に留まることができただろう。軍国主義者は悔い改める必要もなく、再軍備した日本を公然と夢見ることができただろう。輝かしい日本の過去と未来、すでに十二分に謝罪した日本を。愛らしいハローキティーの顔も、空港アナウンスの可愛い少女のような声も、過去からの叫びを覆い隠すことはできない。世界中で、歴史が隠蔽されると犯罪の再発が可能になる。被害者と加害者が気づかずに立場を逆転させる。

私は歓迎食事会のその後の時間、ずっと呆然としていた。

その次の日、友人と私は東京から長崎へ向かう飛行機に乗った。彼女は講演のメモを読むのに没頭しているようだった。窓の外は雲が行く手一面に広がっている。上のほうは青く輝き、下のほうは白く平らだった。あちこちに白い波状の雲が突き出している。ずっと前方の左手に奇妙な形の白く輝く雲がある。それはかっちりとして、いくぶん箱のようでもあり、他の雲より少し輝いていた。

「あそこ見て、何なのかしら?」私は指さしながら言った。

友人はチラッと見上げただけで、仕事に戻った。「雲よ」

変だと思って、見つめ続けた。見れば見るほど変だ。あんな頑丈そうな雲なんて。たぶん突風が真っ直ぐに雲を吹き上げたのだろう。

とうとう友人に尋ねた。「山かも知れない。雪かも知れない。そう思わない?」

彼女は再度見上げて顔をしかめ、「違うでしょ」と頭を振りながら言った。「雲よ」

近づいてくると、その妙な形の周りの空間に突然富士山が姿を現した。気高く、聖なる日本の山、富士山である。

私は息をのみ、友人の腕をしっかり掴んだ。

私は日本へは数回来たことがある。以前叔母の葬儀の日に、一度富士山を一目だけ見ることができた。そのときは高速で走る列車のなかからだった。

ここが永井博士の日本だった。「私たちの日本。雲を突き抜けて聳え立つ富士山に象徴される日本……」

私のなかに畏敬の念が湧き出てきた。私の内深く休眠していた根が、水に触れた。聳え立つ美しさの国。しかしその歴史は凍るように恐ろしい。他に類を見ない礼節と安全の国。洗練された国、凶暴で残酷な国、名誉な、そして不名誉な国、経済的平等の国、寛大で親切な国、現実否定をする国。優雅な山があり、不完全に完全な、強烈な矛盾を孕む国。

日の出ずる国にも夜が来た。私は自分たちの部屋に隠れて眠っている日本の子どもたちを探し求める。そして、目を開けて人間の状況のうちにある危険を、私たちのなかに棲む恐怖を見なさいと彼らに急き立てる。それらは私たちが寝ているあいだに、いつでも飛び掛かれるように身構えているのだから。いつか日本政府と国民が、国の過去の事実を率直に認めて、恥ずべき否定が一掃される日が来るだろう。その日を心から待ち望む。日本がその犠牲者に涙することを求めるのは、私が日本を愛するからだ。

39

次の朝、私は柔らかい枕に滑らかなシーツといった西洋式の快適さで、二一世紀の長崎で目を覚ました。忙しいスケジュールが控えていた。「忙しいのは幸せなこと」と母がよく言っていた。

この活動の合間に、私は二六聖人殉教教会の近くの、人目につきにくい小さな博物館を訪れた。プロテスタント教会の牧師の名前を冠した岡まさはる記念長崎平和資料館は、日本の過去の戦争犯罪を扱う幾つかの博物館のなかでは、もっとも注目すべきところである。その壁やテーブルや陳列棚は、黄ばんだ文書、図表、新聞記事の切り抜き、写真、それに強制的に性の奴隷にされたアジアの「慰安婦」や、日本によって犯された他の数知れぬ残虐行為の記録がぎっしりと詰まっていた。韓国人労働者が強制的に働かされた、狭苦しい海底炭鉱のレプリカもあった。二階のケースにはアイリス・チャンの本が、彼女が世界中の意識に向けて提示した写真の数々と共に展示されていた。チャンの真実の贈り物。ここは聖なる領域だ。

我々の心の壁に刻み込まれて消えない画像もある。切断されたばかりの頭が、地上にきっちりと一列に並べられている。ある顔は、聖人の美しく穏やかな様相を呈しており、別の顔は苦痛に歪み、口は恐怖の呻きに凍りついている。資料館のすべての展示品は必死に見られることを求め、押し殺した声で囁いていた。「私たちのことを知って。私たちを知って。私たちはあなた自身のことなのです」

太陽のように目のくらむ写真が一枚あった。たじろがずに見ることはできない。南京の建物の階段に女性が大の字になって横たわっている。顔は覆いかくされて、足は押し開かれ、その性器には銃剣ほどの長さの棒が突っ込まれていた。

一体、和解はあるのだろうか、あり得るのだろうか? アイリス・チャンは一九九八年のインタビューで言った。* 「もしも日本政府がおびただしく謝罪し、賠償金の支払いを開始し、南京虐殺の犠牲者を追悼するための記念碑を日本に建て、南京でのレイプについて教科書の検閲をやめるのならば、希望があると思う」

私は歩きながら祈った。祈りながら資料館を出て、そのまま二六聖人殉教教会に立ち寄った。事務所のドアは閉まっており、そのドアの外で赤茶と白の身ごもった猫が哀れな声でミャーミャーと鳴き続けていた。食べ物をほしがっている可愛い猫。私は放っておくに忍びなかった。事務所のなかの女性に、「猫を入れてあげていいですか? 餌をやってもらえますか?」と声をかけた。女性はぎこちなく微笑んで、「駄目です」と手を振った。

その日の午後集会で、私は岡まさはる記念長崎平和資料館へ行ったことを話した。「皆さんご覧になるべきです。日本中どこにあってもおかしくないのです。丁度長崎原爆資料館が、原子爆弾製造に関わったどの国にあってもよいのと同じです」

* Iris Chang, "A Chinese News Digest Interview with Iris Chang" (Global News, Tuesday, February 24, 1998). http://www.cnd.org/CND-Global/CND-Global.98.1st/CND-Global.98-02-23.html

ニューヨークやロンドンにドレスデン爆撃記念博物館が、イスタンブールの中心地にアルメニア人虐殺博物館が、靖国神社の横に南京記念博物館があるのを想像してもらいたい。紛争で亡くなったすべてのパレスチナ人とイスラエル人の名前が、彼らを隔てている壁に刻まれているとしたらどうだろう。勝利者が、犠牲者の受けた苦しみを強制的に体験させられる、戦争記念館を想像してみよう。すべての戦いで、友人に発砲しているとわかったときのショックを、我々が間違って、たった一人の愛する我が子を虐殺してしまったとわかったときのショックを、想像してほしい。

その後ホテルの懇親会で、オレンジ色の太陽が山の向こうに沈んでゆくのを眺めながら、思いがけずに見た富士山の光のことを話した。雲の上に輝く箱のように突き出して、優雅に傾斜した山の非対称な裾野。それは、母が話してくれた日本を彷彿とさせる、癒しの光景であった。

40

長崎での会議のあとに、友人が程近いところにある雲仙温泉での一日を手配してくれた。今回の旅の最後の行程に入る前の休息日だった。

日本で心地よく楽しめるものの一つは共同風呂の習慣だ。スローカンにいる子どものときに初めてこれを知った。男性用、女性用にわかれて、長い木製のベンチがあるところで衣服を脱ぎ、細長い木の板の上にしゃがんで体を洗い、すすぎのために四角い木の湯船の共同風呂に入るのだ。身体をこうやって洗うのは日常当たり前のことだった。

コールデールでは水が乏しいので、頻繁に入浴することはやめになり、私たちは石炭ストーブの横に置かれた、丸い亜鉛メッキの桶のなかの湯に次々と入った。同じ湯を皆で使うのでどんどん濁ってくる。母は最後に湯に入り、汚れた、それでも貴重な残り湯で私たちの衣服を洗った。

雲仙温泉。私たちは豪華なホテルの地階に降りて、引き戸を開けて脱衣室に入り衣服を小さく仕切った棚にいれた。また引き戸をガラガラと開けると、蒸気でぼやけた入浴場だ。あらゆる年齢の婦人や少女が裸で、熱いお湯の大きな浴槽につかったり、あるいは温かい湯の流れる長いカラン列に向かって、手ぬぐいを手に低い腰掛けにしゃがんでいる。洗い流しては湯をかけ、こすって汚れを落とし、石鹸をつけてはまたすすぐ。そして最後は、体中を包み込む温かい湯にゆったりとつかる贅沢。身体の力が抜け、心は空になる。

次の朝早く、私はクネクネと曲がった遊歩道を散歩して、雲仙地獄を巡った。その湧き上がる湯からは、硫黄のもやが立ち込めていた。現在では観光地のこの雲仙は、その昔、拷問の地、キリシタン殉教の苦難の山であった。たっぷりとくつろいで癒された身体。しかし引き戸の一歩向こう側には想像もつかない世界があったのだ。

ぼんやりと霞んだ道を、白い子犬が私の後ろをついてきていた。分岐点に来て、私が左に折れて先に進もうとすると、その犬は尻尾を垂らして決めかねていた。私は犬を見た。犬も私を見て、ためらってから右に折れた道を行ったが、非難するように私を振り返って見た。それとも、別れ別れになるのでしょげているようにも見えた。私は殉教者たちの足跡を辿りながら、坂道を上り続けた。私はミニー・ヴォートリンが私について火山を上っている気がした。お腹を減らした白い子犬。ずっと鳴いていた、妊娠中の愛らしい猫。

「救命《ジューミン》！　救命《ジューミン》！」

「入れてあげていいですか？　お願いします」ダメ、ダメとぎこちなく振られた手。ミニーは別れるときに振り返って言った。「石がそのなかに物語を固く閉じ込めている。骨が物語を内に秘めている。風も灰も、物語を密かにもっている。けれど沈黙はもうこれ以上、物語を内にとどめてはおけない」

41

蔵川にある先祖のお墓
大海を超えて四国へと
霧と神秘の物語の島
電車とバスに乗り、人里離れた山間の村へ
父の少年時代に逆戻り
父が藁草履で越えた山路を辿る

父の夢は未だ消えず
父の飛翔は果てしない*

六月二〇日、日曜日。父の日。

もっとも驚いた日。

私の最後の講演は四国、愛媛県で行なわれる予定だった。そこは私の父とヒロコの母の生まれた場所である。愛媛県の文化とは何と優しいのだろう。私は幼い子ども時代と日本人の母性に投げ戻された。心遣い、淡々とした冷静さ、さりげなく必要なことを察し、中立的な立場をとり、いくぶん控え目に構える。母と子のあいだに築かれた深い信頼が、日本社会に存在するお互いに対する途方もない信頼の基礎となっているのだと思う。あの津波のあとでも略奪はなく、静かな連帯、我慢強く、乱れない行列。

健全さのなかでも、もっとも基本的な信頼というこの側面を、父が傷つけ、破壊したのだ。

父の日に、親族や主催者十人ほどがライトバンに乗って、急カーブの続く狭い険しい山道を登った。町や村をあとにして、何キロとなく登ると、蔵川の高い山の上で人里からポツンと孤立した地点に着

* Joy Kogawa, "Ancestors' Graves in Kurakawa." *A Choice of Dreams* (Toronto: McClelland & Stewart, 1974), 10.

いた。非常に荒涼としてわびしい場所だった。

私たちは父の子ども時代を眺望できる場所「中山（父の名字）」、山の中に来たのだ。その寂莫たる場所に大きな瓦葺きの農家が建っていた。今は物置として使われているが、その出入り口は風雨にさらされていた。二百年の歳月を経たその建物は、荒れ果ててはいたが、未だに威厳を保っていた。

父の生まれた家。私の旅の最後に訪れた、始まりの場所。

ああ、父さん。

父の日おめでとう。

霧と神秘が中山一家の発祥の地を縁取っていた。源氏から逃れた先祖たちが、生き延びるために長い時間をかけて山道を登り、この、人を寄せつけない険しい場所へとやって来たのだと聞いている。

私は、前掛け姿で出迎えに出てきた、小枝のように痩せた女性にお辞儀をした。この人が古い家屋の所有者だった。一行のうちの一人がなかに入っていくのに続いて、私も壊れた床板の二本の地板の上に昇り、何でも手の届くものにつかまりながらバランスを取った。持ち主の女性は心配そうに見ていた。茶色くなった壁紙は破れて垂れ下がり、畳はでこぼこしてもろくなっていた。侵入者の生まれた場所に、時間が侵入していた。私もそこに侵入している。

大家族のなかで一四歳になった父は、夜の闇の中へとその家をあとにした。父は大好きな母親に置手紙を書いた。彼が出てゆくのは、彼の父が敗血症で亡くなったからだ。つま先から感染したものだった。突然貧しくなり、たくさんいる兄弟はお腹を減らした父無し子になった。「みんなに僕の分のご飯を食べさせてください」父は決定的なトラウマを体験した。そういうわけで父は大人になって世の中に出、桃太郎のように母を助けるために財を成さねばならなかった。父は一四歳で子ども大人になり、生涯ずっと子ども大人のままだった。

父親の葬儀の夜、情け容赦のない叔父がやって来て借金を返せと要求した。叔父が畳の上に膝をついて、両手を広げて差し出しているのを、父は家の外から見ていた。叔父が帰ってから母が泣いている姿を見るのは、耐えがたかった。

決して借金をしてはいけない、と父は私に言った。自伝にもこう書いている。「どんなに辛くても、たとえ死ぬほど辛くても、他人を頼ってはならない。生涯を通して、一銭たりとも借りてはいけない。借金するということは己の失敗を意味する。独立せよ、そして自力で奮闘するのだ」

一四歳の少年は、自分で編んだ藁草履をはいて赤土の山道を海に向かって歩いた。僅かな持ち物を風呂敷に包み、棒の先に括りつけて肩に担いでいた。二〇一〇年には農家の横は、坂になった小道が草むらのなかにあった。父が一九一四年に歩いた同じ古道。一七世紀にイエズス会の宣教師たちが旅し、日本一歩き難いと言ったその道と同じだろうか。

『想い出の本』（*My Book of Memories*）という寸劇は、一九四九年に父がこの地を訪れた際に書いたものだった。子どもたちのなかでもっとも母親似の父の姉が母親役を演じ、若かりし日の中山吾一を甥が演じているが、父がお別れの手紙を書いているシーンがある。父は膨大な著作を残したがほとんどが失われ、残っているものはごく一握りである。この劇のフィルムもそのうちの一つだ。

私は一九四九年の父の旅の物語を憶えている。父は到着して間もなく、手慣れたスリの集団に財布を盗まれた。当時の日本では誰もがお腹を減らしていた。父は私の兄が作った木製の箱に入った重い映写機をあちらこちらへと持ち運んだ。その箱は黒く塗ったオイルクロスで覆われ、蝶番で繋がった蓋には、食器棚の金属製のとってが取り付けられ、それに南京錠がかかっていた。父は気の毒に思い、日本の最悪の貧困状態を撮影しなかった。どこに行っても、カナダの美しい景色を見せた。ロッキー山脈、ナイアガラの滝、立派なビル。

父は子ども時代に家を出た際に、一、二冊の本と、手拭い、歯ブラシ、傘、そしてクラスで一番になったご褒美に貰った五円を持っていた。彼はつねにクラス一の成績だった。

父は母親にとって特別な子どもだった。三人目の子どもで上から二番目の男の子であったが、兄弟姉妹のなかで一番利発だった。父が言うには、初めから他の子とは違っており、他の少年のように粗野ではなかったそうだ。

戦前にそこを訪れた際に家の前で撮った写真には中山一族が写っていた。私の父母は洋装で、祖母は白い着物を着ていた。祖母は父にとって世界中でたった一人の大切な人だ。それは父が私にとって世界中でたった一人の人であるのと同じだった。祖母の思いやり深い顔をみていると、祖母の人となりがわかった。祖母には写真を通してしか会ったことがないが、私はその顔が好きだった。温かさと知性に満ちた顔が。

父の出生地は、愛媛県喜多郡蔵川村（現大洲市）百二十四番だった。

家を出た父は京都に向かった。目玉をくり抜かれるぞと警告されていた海賊たちがその辺りの海を見回っていたので、それを回避して他の海路を取った。一文なしだったので、父は京都で新聞配達をしたが、アサオの父親である校長先生のお陰で、高校の寮に入ることができた。寝る間を惜しんで新聞配達をしても、サツマイモしか食べられない少年を可哀そうに思ってくれたのだ。

父は奉仕し、父は裏切った。畏敬され、軽蔑された。説教し、執筆した。他者を慰め、危害を加え、苦しみ、そして許した。父は優しい父であり、妻の世話をし、そして九五歳の誕生日の一ヵ月前にとうとう帰らぬ人となった。父の生涯を通じて、父の身体のなかにはつねに母親がいた。私の生涯を通じて、私の身体のなかにはつねに父がいた。

この大洲で、父を知って愛した死者たちの間に私の重荷を降ろして、父に自らの重荷を負ってもらうことはできないだろうかと私は思った。

42

日本から帰国した九月に、私は他の四人の女性たちとナナイモにあるベツレヘム・リトリートセンターで回想録を書いていた。早朝のことだった。朝目覚めて一番に、いつも通り、ベッドの下のペンと日記帳に手を伸ばし、それから背が壊れてしまった新約聖書を思いつくままに開けた。この日課はお休みにしたほうが良いのではと考えていた。どっちみち大概の場合、新約聖書で読んだ言葉は色褪せて消えてしまうだけなのだから。

それでも私は、「習慣とはこういうものだ」と日記に書いて、新約聖書に指を挟み入れた。開いたページに現れたのは、パウロ書簡のなかの「テサロニケの信徒への手紙一」だった。きわめて短い三つの聖句があった。

「いつも喜んでいなさい。絶えず祈りなさい。どんなことにも感謝しなさい」*

子ども時代に暗唱した聖句のうちの一つで、馴染み深い。しかし実行するのは不可能だと思った。家を焼失したばかりの人に、喜びなさい、感謝しなさいと言えるだろうか。ひどい苦しみにある人に、そんな話ができるだろうか。それなのに、私はじっくり考えてみようと思った。一週間試してみよう、いや一ヵ月、と心に決めた。

次の日も、その次の日もそしてまた次の日も、私は素晴らしく、理解しがたい変化を体験した。まるで密室のドアが開いて、光を入れたようだった。ほとんど毎朝、幸福感に溢れて目覚めた。これは何だろう？　不思議だった。

「いつも喜んでいなさい。絶えず祈りなさい。どんなことにも感謝しなさい……」

私を普段の生活の流れから切り替えたのは、不変の感覚だと思った。それは元国連事務総長のダグ・ハマーショルドの『すべて"All"』にあった。「今まであったことすべてに感謝して、これからあることすべてを受け入れよう」**

私の日記からは、「自由に感謝！　私が朝呼吸するのはこれ。あぁ、自由よ」

しかし一〇日後の、午前五時半に、もう終わったと思いながら目が覚めた。私は日記に、「私の頭はまた蚤で一杯」と書いた。けれど午前七時までには、「蚤は消えた。いつもの川がここにある」。その川の名「いつも」を初めて日記に書いたのはその日だった。そして、それが自由になれる言葉だとわかった。

隠された声を求めて、この流れをどんどん下って行けば、やがては自由になれる世界へと辿り着くのだろうか?

その言葉に出会うのに三〇年かかった。
私の一言は、信頼。
信頼は最小で、信頼は最大。
断固たる、そして隠された言葉は　いつも。
信頼。

＊テサロニケの信徒への手紙、五章一六―一八
＊＊パウロ・グリン神父著『長崎の歌』の最終章のタイトルには、このハマーショルドの "For all that has been" というフレーズが使われている。

いつも。
いつも信頼しなさい。
そうすれば　自由。

43

愛媛県へ旅してから、父の亡骸を電柱から降ろして埋葬できないとわかるようになった。そうする権利は私には与えられていなかった。父とコガワハウスに対する憤怒が治まらない限り、私は小児性愛者の「中山」の娘であって、許されざる男とその容赦されざる犯罪を背負い続ける。

私たちを探し出して私たちと遭遇するお方、私たちが許せないことでも赦すお方、私たちが思う以上の和解の宴を用意し、私たちの敵の前に食卓を設けるお方、すべてを知っておられるそのお方の前に、私は父と共に立つ。

父の死後二〇年たった二〇一五年に、父が起こした危害と教会がそれを公表しなかったことについて聖公会は謝罪した。それは『バンクーバー・サン』紙の一面記事になった。カナダ公共放送は全国放送でその出来事を報道した。日系カナダ人作業部会と聖公会との話し合いは継続中である。

ニュース報道を読んで、私との連絡を一切絶つと電話をしてきた親戚が一人いた。コガワハウスへの財政支援の申し出を取り下げた著名人がいる。教会の土地にある桜の木が、コガワハウスにある木から挿し木して育ったものだから、切り倒すようにと要求してきた家族がいる。ある男性は、コガワハウスが焼失してしまえばよいと言った。そんなにも長いあいだ、トラウマを抱え続けなければならない人たちのことを思うと、心が痛む。

§§§

いかなる火の庭にも、知られていようがいまいが、そこに眠る石のなかに隠された歌が女神には聞こえる。我々はその石である。

聞こえる歌がある。

聞かれる歌がある。

水の上に響く御声のために、言葉のないところにある言葉のために――

我々の宇宙の彼方から聞くお方のために、我々の悲しみを聞く聡明なお方のために――

長崎の赦しの霊のために、国々の癒しのために――

光を賛美する木の葉のために、我々一人一人の上にとどまった炎のような舌のために――

聖霊の種から咲く花のために、いつも我々と共にある川のために――

モリヤの丘で最後に殺戮を止めた女神、その庇護の下に我々が生きる女神のために――

私は感謝を捧げる。

いかに堅固で、頑強な壁があろうとも、彼女が我々をふるさとへと導く。その間に、川は滝へと至る。私の子どももそのまた子どもも待っている。我々が器を掲げて立っていると、滝の水が流れ込む。

解説
『長崎への道』への道

和泉真澄（同志社大学教授）

無限の可能性に満ちた宇宙では、生きている者が、声にならない謝罪に声を与えることによって、苦しみにある加害者と被害者にいくばくかの安らぎをもたらすことができるかもしれない。

（『長崎への道』二五三ページ）

本書は、日系カナダ人作家ジョイ・コガワが自ら体験した人種差別、強制移住、結婚と離婚、補償運動やその他の社会運動、そしてコミュニティの精神的リーダーであった裏で小児性愛者でもあった自身の父親をめぐる苦悩と葛藤、癒しへの模索を綴ったノンフィクション文学である。詩人として文学的キャリアを始めたコガワであったが、一九八一年に出版した半自伝的小説『失われた祖国』（原

題 *Obasan*）によって一躍有名作家となった。*Obasan* はカナダだけではなく、アメリカでも日系人の太平洋戦争中の強制収容、強制移動の体験を伝える貴重なテクストとして現在まで広く読まれており、コガワは世界的にも名の知られたポストコロニアル作家の一人に数えられる。日系カナダ人の歴史には、日本の美智子上皇后も深い関心を寄せておられ、皇后としてトロントを訪問された際に、コガワに「あの *Obasan* の作者ですね」と声をかけられたというエピソードが本文中にも紹介されている。

日系二世である彼女はキリスト教牧師の娘であり、本書の中にも聖書の言葉が多用され、神への極めて強い信頼が綴られている。しかし興味深いことに、この本の中で彼女の神は、キリスト教の神の正統的なイメージとは異なり、しばしば赦しと癒しの女神として描かれる。日本とカナダの精神世界を行き来するコガワの叙述において女神が何を意味するのかは、読者諸氏の考察に委ねるとして、ここでは本書の内容を理解する助けとなるように、コガワが随所で言及している日系カナダ人の太平洋戦争中の体験、そして小説 *Obasan* を出版するまでの彼女の活動を解説していきたいと思う。

ジョイ・ノゾミ・ナカヤマ・コガワは、愛媛県出身の移民であったカナダ聖公会牧師ゴードン・吾一・ナカヤマ（中山吾一）と石川県出身の母ロイス・マスイ（ヤオ）・ナカヤマのもとに、一九三五年にバンクーバーで生まれた。コガワの父は十九歳の時に日本からバンクーバーに渡り、キリスト教に改宗した。中山は聖公会牧師として日本人移民のコミュニティを支えることに一生を捧げたことでよく知られている。戦前のバンクーバーで日本語学校の設立に尽力し、校長を務めたこともある。太平洋戦争中にはカナダ各地の収容所を回り、絶望や怒りに打ちひしがれる人々を支え、分散されるコミュニティの絆を保つことに大きく寄与した。この父はコミュニティの精神的リーダーとして、そしてのちには小児性愛者という重罪人として、日系人の間で知らない者のない聖職者であったが、コガワのキリスト教への信仰により大きな影響をもたらしたのは、カナダに来る前から熱心な信者であった母親であったことが本書の中では明かされている。コガワにはティモシーという兄がいたが（二〇一九年六月に他界）、この兄も聖公会の牧師であった。

コガワら日系二世というのは、日本から移住した世代である一世のカナダ生まれの子どものことを指す。日本からカナダへの最初の移住者は、一八七七年にカナダに到着した永野万蔵と言われている。万蔵はブリティッシュ・コロンビア州（以下、ＢＣ州と略記）の州都ビクトリアで東洋雑貨を扱う商売を行い、成功を収めた。晩年には故郷の長崎に帰還したが、子孫はまだアメリカおよびカナダに暮らしている。フィギュアスケートのカナダ代表であるキーガン・メッシング選手もその一人だ。その後、一八八〇年代末から移住が本格化し、滋賀県、和歌山県、広島県、熊本県などから多くの移民がカナダにやってきた。まだカナダの一州になって間もなかったＢＣでは、一八八五年に大陸横断鉄道が開通し、産業化が急速に進んだ。また、太平洋航路とつながったことで、北米とアジアをつなぐ北の玄関口となったバンクーバーへは、ヨーロッパからだけでなくアジアからもたくさんの人が流れ込んだ。日本からの移民も、急激に発展するＢＣ州で、漁業、製材業、炭鉱業、農業などに不可欠な労働力を提供したのである。

ＢＣ州が、一九世紀後半から二〇世紀前半にかけて世界に冠した大英帝国の西端に位置していたことは重要である。BCは一八七一年に英領植民地から州に昇格してカナダの一部になったが、そのころはまだ多くの先住民が従来の暮らしを行い、人口の過半数を占める辺境の地であった。天然痘などで人口が激減した先住民に代わって、BC州各地に作られた魚の缶詰工場、伐採キャンプ、炭鉱、野菜や果物を育てる農場で働く世界各地からの人々が、一九世紀末より暮らし始めた。

この地が大英帝国の勢力圏に組み込まれるなか、BC州議会が最初に通した法律は、先住民と中国人からの投票権剥奪法であった。これで白人支配の基盤を固めたイギリス系移民たちは、アジア系労働者を輸入し、基幹産業を低賃金で支える労働力を確保したと同時に、彼らを政治・経済・社会の主流から排除することに成功したのである。投票権を持たないグループには、やがて日系人とインド系が付け加えられた。二〇世紀に入ってからも、アジアからの移民制限、生産現場からの排除、漁業ライセンスの削減、白人居住地域や専門職からの締め出しなど、人種に基づいた差別法や政策が次々と日系、中国系、インド系移民たちの生活を圧迫するようになるが、その構造的根幹にあったのが、アジア系住人からの投票権剥奪であった。しかも、カナダはアメリカと同じく出生地主義を採っており、カナダ生まれの人間は自動的にカナダ市民（一九四七年に市民権法が確立するまではイギリス臣民）の地位を付与され、またアジア系は帰化して市民権を得られたにも関わらず、市民権が投票権と連動していなかったため、BC州ではアジア系は二世であっても政治参加ができずにいた。裁判、陳情、日本政府を通じた交渉など、さまざまな手段で日系人たちは自分たちの権利や生活を護ろうと奮闘したが、有色人種を迫害することで白人労働者からの支持を得る白人エリート資本家による政治的支配という大きな社会構造の中、彼らは二級市民の地位に甘んじざるを得なかった。

では、戦前の日系人たちが貧しく惨めな暮らしをしていたかといえば、決してそうではない。鮭の缶詰が世界の食糧供給にとって重要な役割を果たすようになった二〇世紀前半において、鮭を効率的に獲ることができる日系漁者は貴重な熟練労働者であった。日系漁民が住民の圧倒的多数を占めたスティブストンは、バンクーバーの南、フレーザー河口にある極めて豊かな漁村となった。和歌山県人を中心とした漁師たちは漁船を所有し、故郷の村と移住先を盛んに行き来することで母村と緊密な人的・経済的関係を保っていた。また、バンクーバーのダウンタウンの東側に位置していた日本人街、通称「パウエル街」は、商店やレストラン、移民労働者のための各種サービス、労働者用の下宿屋に混じって、百貨店なども立ち並ぶ、極めて繁盛したエスニック・コミュニティであった。パウエル街で中心的に活躍していた滋賀県人たちも、故郷である現在の彦根市の湖岸地域とのつながりを強く持っており、成功した移民が同郷の若者や女性を新たに呼び寄せることでコミュニティを発展させていった。パウエル街の近くには日系のキリスト教会や仏教会も建ち、コミュニティの中心にあった公園「パウエルグランド（正式名称はオッペンハイマー公園）」では、二世の少年たちが野球に興じた。白人のための高級住宅街に日系人は住むことはできなかったが、一九三〇年代にもなると、パウエルだけでなくキツラノ地区などにも日系コミュニティが広がり、キツラノにはコガワもかよった美しい教会が建てられた。コガワたちが戦前に住んでいた家は、フレーザー河を北から見下ろせる風光明媚なマーポール地区にあった。コガワの父が建てた日本語学校もマーポールにあった。

アジアとの関わりを生かしたビジネスや、経済発展するＢＣ州の産業を支える労働を通じて、日系人は比較的安定した生活を営むようになった。この豊かな生活を一変させたのが、日本による真珠湾攻撃だったのである。一九四一年一二月八日、ハワイへの奇襲攻撃が報じられると、カナダと日本は交戦状態に入った。パウエル街では日本語新聞が廃刊となり、三十八名の一世が逮捕され、日系人の財産は凍結された。カナダ軍は主にイギリス軍とともに活動していたが、同年クリスマスの香港陥落とそれに伴う捕虜虐待で五〇〇名以上のカナダ人兵士が命を落とし、カナダにおける日本人への憎悪は激烈なものとなった。日系人は日本国籍であろうが、イギリス臣民であろうが、敵性外国人登録カードを携行しなければならなくなった。

一九四二年に入ると、日系人全員の西海岸からの立ち退きを主張する声が次第に大きくなった。カナダ政府は一月に太平洋岸から一〇〇マイルの地域を「防衛地域」と定め、そこから十八歳から四十五歳までの日本国籍の男子の立ち退きを命じた。行き先はＢＣ州内陸部山岳地帯での道路建設キャンプである。しかし、二月十九日にアメリカのルーズベルト大統領が太平洋岸一〇〇マイル地域から日系人全員を立ち退かせる権限を軍に与えた「大統領行政命令九〇六六号」を発令すると、カナダ政府も二月二十六日の内閣令で「日本に人種的起源を持つすべての人物」に防衛地域からの退去を命じた。こうして、国境の南北で同時に日系人が住み慣れた西海岸を追われ、内陸部へと強制移住させられることになったのである。

アメリカとカナダの日系人強制収容には共通点もあるが、異なる部分も多い。共通点としては、太平洋戦争開戦をきっかけとして反日感情が一気に燃え上がったのは事実としても、日系人に対する憎悪は戦前からの長年にわたる差別政策が生み出し、煽ってきたものであったことが挙げられるだろう。また、日系人の集団立ち退きが日本からの軍事攻撃に対する防衛とどのように関係するのかが明確でなかったにも関わらず、どちらの国でもこの政策は「軍事的必要性」の大義名分により正当化されている。そして、立ち退かされた日系人は、二十四時間から七十二時間の猶予ののち、一人当たりスーツケース二個にまとめた荷物を持って指定された集合場所に集められた。一生かかって築き上げた財産をすべて後に残し、日系人たちは政府から命じられた移住先へとバスや汽車で運ばれていった。

しかし、アメリカとカナダの収容政策には重要な違いもあった。アメリカでは、集められた約十二万人の日系人はとりあえず防衛地域内に急ごしらえで軍が準備した仮収容所「アセンブリ・センター」に収容された。「アセンブリ・センター」の多くは競馬場などを改装したもので、畜舎を簡単に掃除して宿舎に変えていた。日系人たちは軍から支給された大きな袋に干し草を詰めてベッド代わりにした。その間に政府は、西部諸州の砂漠地帯やアーカンソー州の湿地などに、より長期にわたって人々を管理できる「戦時転住所」と呼ばれた強制収容所（キャンプ）を十ヶ所建設した。戦時転住所は連邦政府直属の機関であった「戦時転住局」によって管理され、鉄条網で囲まれたこれらのキャンプでは、監視塔に兵士が銃を内に向けて立っていた。十六歳以上のすべての被収容者に対して、アメリカ政府は一九四三年にアメリカ軍に従軍する意思と日本の天皇への忠誠を放棄する意思を答えさせる忠誠質問を行い、これに「イエス」と答えなかった人々を「トラブルメーカー」としてツールレイク隔離収容所へと移した。

一方、カナダでは太平洋岸に住んでいた約二万二千名が強制移住の対象となった。バンクーバー以外の場所に住んでいた日系人は、バンクーバーの博覧会場「ヘースティングス・パーク」に集められた。大きな畜舎から動物たちが出され、男性用、および女性と子ども用のスペースに分けられて、広い空間に簡易ベッドが所狭しと並べられた。女性たちはベッドの周りにシーツなどを吊るし、かろうじてプライバシーを守ったが、男性用の区画にはベッドがただ並んでいるだけだった。上述したように、カナダ政府は最初に日本国籍の男性たちを道路キャンプに送ったため、多くの家族は一家の主人を失ったまま、スーツケースに生活に必要な最低限のものだけを詰めて、収容所へと移動した。

カナダの場合は、立ち退き先にいくつかのパターンがあったことも特徴として挙げられる。一番多くの人が収容されたのが、BC州内陸部の山あいにあるゴーストタウンを利用したキャンプである。幼かったコガワが一家で移ったのも、このうちの一つ、スローカン・シティであった。BC州のキャンプでは当時カナダに住んでいた日系人の約半数の一万三千人が一時期暮らしている。最初に道路キャンプへと移送された男性たちのほとんどは、キャンプで家族と合流した。指定された居住区から外には許可なく出ることはできなかったが、収容所は鉄条網に囲まれてはおらず、住人は軍隊から銃を向けられていたわけではない。次に多かったのは、アルバータ州およびマニトバ州での砂糖大根農場への移住である。戦時に労働力が不足し、重要な栄養食品である砂糖の供給が減少してはいけないので、その対策として政府が強制移動させられる日系人の活用を考えたのだ。当初は、二千六百人ほどがアルバータ州の、千人ほどがマニトバ州の砂糖大根農場に移住した。その他、強制収容に抵抗した人々約六百人が、オンタリオ州の捕虜収容所に収容された。

もう一つ、カナダにおける日系人政策の過酷な特徴は、政府による組織的財産没収である。強制移動に伴い西海岸に残した荷物、家屋、自動車、農場、漁船、店舗などは、連邦政府の「敵性外国人資産管理局」に信託管理されていた。ところが、戦争中に政府はこの財産を所有者の許可なく売却し、そこから日系人を移動させるのにかかった費用を差し引いた額を、囚われの身の日系人に小切手で送りつけた。売却価格は極めて低かった上に、移動費用や移動先での生活費を差し引かれ、日系人が受け取った額はごく僅かだった。こうして、カナダに渡ってきて長年勤勉に働くことで築いた財産は、すべて政府の手によって没収され、他のカナダ人に安価で払い下げられてしまった。

さらに日系コミュニティにとって壊滅的な打撃となったのは、連邦政府の分散政策である。一九四四年、政府はBC州のキャンプにいた日系人に対し、ロッキー山脈の東へと即時に移動するか、またはキャンプにとどまって戦争終結後に日本に送還されるかのどちらかの選択を迫った。その結果、一万人を超える人々が戦後の送還申請に署名したのである。この政策の意図は二つあった。一つは、カナダから出来るだけ多くの日系人を追い出し、数を減らすこと。もう一つは、残った日系人が固まって暮らすことで人種差別を呼び起こさないように、カナダ中に出来るだけ広く分散させて住まわせることであった。戦後、送還申請を取り下げる者が出てきたとき、政府は当初認めなかったが、自国の市民を無理矢理に国外に追放することの道義性は極めて怪しく、また世論の反発が強かったため、日本に送られたのは送還を希望した約四千人にとどまった。しかし、カナダ政府は一九四九年四月一日まで、日系人の西海岸への帰還を認めなかった。

　日系人を「軍事的必要性」という大義名分で西海岸から強制的に立ち退かせたカナダ政府であったが、当初の立ち退きから、財産没収、強制分散、国外追放など、すべての政策は「戦時措置法（War Measures Act）」という法律に基づいて合法的に行われた。戦時措置法はいったん戦争などの緊急事態になると発効し、発効している間は、政府からの命令（内閣令）が法律と同じ効力を持つようになる。日系人強制移動・収容の場合、カナダ軍は西海岸の防衛のために日系人を立ち退かせる必要があるとは考えていなかったため、強制立ち退きには協力していない。また日系人は自分の財産が没収された時、司法にその違憲性を訴えたが、却下されている。この例は、緊急事態において政府が特別な権限を有する場合、政府の取る措置を明確に公示し、それが緊急事態に本当に必要なものか、政府が事態に乗じて権力を乱用していないかを厳格にチェックする機関がないと、重要な人権侵害が起こることを暗示している。日本でも憲法改正案の中には緊急事態条項が含まれているようなので、どのようなシステムで政府による権力乱用と人権侵害を防ぐか、国民全員で慎重に考える必要があるだろう。

　カナダ政府が日系人の強制分散と国外追放政策で明確に発したメッセージとは、日系人は存在するだけで人種差別を呼び起こすということ、したがって、迫害に遭いたくなければ日系人性《ジャパニーズネス》をできるだけ消し、カナダ社会で目立たないように暮らさなければならないということだった。コガワの一家はカナダにとどまることを選び、スローカンからアルバータ州のコールデールに移り住んだ。そこでの生活が一家にどのような影響を与えたかは、*Obasan* や本書に綴られている。日系コミュニティ全体を視野に入れたとき、日系人《ジャパニーズ》として存在することが許されない社会で暮らす日系人たちの戦中の苦しみと生存《サバイバル》、そして戦後の「沈黙」を、静かな美しい言葉で、つぶやくように、絞り出すように描き出したジョイ・コガワは、強制収容政策の本質的な人種主義を日系カナダ人が世に問うための大きな転機を提供したと言えよう。

コガワは、自らの人生の危機との格闘のなか、導かれるようにオタワの公文書館へ行った。戦中から戦後まもなくの時期に活動した二世ジャーナリストであったミュリエル・キタガワの手紙や彼女が集めた資料、政府文書をつぶさに読み、政府の使った言葉の欺瞞、強制移動・財産没収・国内離散・国外追放という一連の日系人に対する政策の本当の目的を、キタガワら二世活動家たちがすでに理解していたことを知った。キタガワやロジャー・オバタ、トマス・ショーヤマら、すでに戦争の時に成人していた二世たちの一部は、政策の人種差別的不当性に気づきながらも、カナダの対ファシズム戦争に協力することを決意し、奪われていた二世の従軍の権利を求めた。アメリカとは異なり、日系カナダ人の従軍は戦争終結間近まで認められないが、従軍を果たしたショーヤマ、オバタらや、トロントで活躍するキタガワなど進歩的二世リーダーの活躍によって、日系カナダ人の日本への送還者数は最小限に抑えられ、その後の日系人に対する差別政策の撤廃も比較的早いペースで進んでいった。

トマス・ショーヤマは、戦後のサスカチュワン州でトミー・ダグラス率いる共同連邦党政権の閣僚として州民皆保険制度の基礎を考案し、一九六八年には連邦議員となったダグラスとともにオタワに移って、カナダの国民皆保険制度を整えた。日系アメリカ二世の代表的団体である「日系アメリカ市民協会」がアメリカ政府や日本政府との繋がりを利用して日系アメリカ人の権利の獲得に努力したのに対し、進歩派の日系カナダ二世が、日系人として目立つことなく、カナダ全体の福祉制度の基盤整備によってマイノリティへの差別や格差自体の解消を促進する道を選んだことは、もう少し世に知られても良いことだと思う。

一方、日系カナダ人《ジャパニーズ・カナディアン》としての誇りを取り戻し、戦時強制移動・収容の不正義を政府に認めさせるリドレス（戦後補償）を求める運動は、戦中幼かったジョイ・コガワら若い二世、および戦後生まれの二世・三世の世代に委ねられた。一九六〇年代から七〇年代にかけて、バンクーバーやトロントでアジア系の若者たちが集まり、自作の詩や短編小説、音楽や思考を綴った文を発表する同人誌を作り始めた。アメリカ出身の二世ゴードン・ヒラバヤシらが発行した『六華』、トロントの若者らが編んだ *Asianadian*、バンクーバーの中国系作家を中心として結成された「Asian Canadian Writers Workshop」などを媒体として、アジア系の若者は、自らの体験、怒り、喜び、生きづらさ、希望、葛藤を文章に綴り、写真やアートを載せ、社会的な問題意識を鋭く文字にした。ジョイ・コガワもこれらの雑誌に頻繁に詩を載せている。この活動を、白人中心の国家から多文化主義社会に代わるカナダのなかで、アジア系の若者が自分たちのエスニック・アイデンティティを確立していったプロセスと捉えるのは単純に過ぎるだろう。アジア系の若者が「カナダ人」として文学を綴ることは、カナダ文学のそれまでの定義そのものに挑戦することであったし、「カナダ人とは誰か？」を根本から問う試みとなるからだ。一九八〇年代になると、コガワをはじめとする二世の活動家たちは、戦時中の日系カナダ人に対する仕打ちが人種主義に基づく不当な人権侵害であったことを示すため、政府に政策に関する公的謝罪と被害者への金銭的補償を求める「リドレス運動」に邁進し、一九八八年九月にリドレスは達成された。カナダの多文化主義は、国と社会の良心的なあり方を求める草の根の文化戦線がなければ、単なる礼儀正しい多様性の祭典に過ぎなくなってしまう。

リドレスを勝ち取ったコガワは、その後、他の社会問題や歴史的問題、たとえば、先住民の支援、環境問題、地域通貨、そしてアジアにおける戦争犯罪と戦後補償問題などに積極的に関わってきた。彼女の活動は、世界各地で起こった戦争犯罪や民族浄化、先住民や少数民族の虐殺、奴隷制やアパルトヘイト、植民地主義など、過去の大規模な非人道的行為の歴史的掘り起こし、加害の認知と被害者への補償、そして新たな集団的記憶の形成を促進するために、アメリカやカナダで近年盛んに展開されている大きな運動の一部として理解すべきだろう。カナダにおいては、日系人へのリドレスを契機として、カナダ政府による他の加害行為に関する研究も進んでいる。なかでも最近大きな話題となったのは、先住民児童に対する寄宿学校政策に関する歴史的調査、政府によるその暴力性の認知および公式謝罪である。本書の内容について一つ付言しておくとすれば、戦争中のアジアにおける日本の行為、たとえば、従軍慰安婦問題や南京事件に関する解釈や事実認識については、北米の日系人コミュニティの中にも多様な意見があり、コガワの意見がそれを代表するものではないことだろう。

被爆した原子物理学者と原爆を落としたパイロット、日系人排除を主張した白人政治家と追放された日系人、アジアの戦争被害者と日本人加害者、幼い少年を陵辱した父と被害者の元少年やその家族。絶対不可能に思える和解や癒しを、苦悩のうちにコガワは追い続ける。*Obasan* で被害者が沈黙を破って被害を訴えるための声を紡ぎ出したコガワが、『長崎への道』では、すでにこの世にいない加害者に謝罪の言葉を見つけさせる道を探っている。生きていればこそ痛みを感じる。それでも、いま生きている私たちが和解と癒しに向かって進むことを、生きている者の責任として、本書は私たちに問いかけている。

ヒロシマ／ナガサキから七十四年を迎えた八月の京都にて

訳者あとがき

ジョイ・コガワさんと初めてEメールを交換することになったのは、友人である甲南大学准教授のスタンレー・カーク氏を通してであった。彼は研究のため、強制収容所に収容されたあと日本に強制送還された日系カナダ人に、聞き取り調査を行っていたが、そんな折バンクーバーでコガワ氏と出会い、彼女の生き方、考え方に感銘を受けたという。そのころコガワ氏は、*Gently to Nagasaki* の日本での出版を希望しており、私はカーク氏の紹介で翻訳の相談を受けた。私は翻訳研究を専門としているが、文学的な翻訳実践には経験が乏しく、このような詩的で美しく、また同時に厳しく力強い文章で綴られた作品の翻訳者としては力不足ではないかと案じられた。しかし、当初頻繁に送られてきたコガワ氏のメールは実に温かく、悲惨な現実を記した原著の紙面にも、柔かく優しい彼女の思いが溢れていた。また、このような日本人の歴史を、私が授業で向き合っている大学生のような若者たちにも伝えなければいけないという思いが強くなった。多文化主義を誇り、寛容で友好的な国家として知られているカナダにも、このような激烈な人種差別があり、日系人に謂れのない過酷な収容所暮らしを強いた時代があったことは、私にも驚きだった。戦中戦後の日系カナダ人の状況やカナダの政策について、あるいは表現がクリアでなく説明が必要なところがあればどんなことでも質問しなさいというコガワ氏に励まされ、翻訳を引き受けることになった。また、同じく翻訳研究者であり翻訳実践者としても経験豊富な田辺希久子氏に共訳をお願いした。実際、翻訳を始めてから何度かコガワ氏に質問を投げかけたが、その度に素早い回答が届き、必ず「思慮深い質問をありがとう」、「私の意図を理解してくれてありがとう」と労いの言葉をかけて頂いた。

日本語版の出版に際して、「クリスチャンや歴史研究者だけでなく、一人でも多くの日本人に読んでもらいたい」というのがコガワ氏の望みだった。「如何に生きるべきか、前を向いて。この本を通してそれを伝えたい」。翻訳においても、このことを最優先事項として訳出しようと考えた。牧師の娘として育てられ、熱心なクリスチャンである著者が、キリスト教圏の読者に向けて執筆したこの原著テクストには、聖書からの引用や聖書への暗示が全編に織り込まれている。キリスト教徒ではない日本人読者のために、キリスト教の宗教的行事や事項には本文中に簡単な説明を入れたり、訳註を付した。宗教的暗示を明示化するか否かについては、詩的・象徴的な表現の明示化と同様、その都度、コガワ氏の文体と翻訳の分かりやすさを天秤にかけ、判断した。

たとえば、第一部にこのような文章がある。直訳すれば、（西欧による長崎への原爆投下は）「『汝の敵を愛せよ』という戒律（commandment）が描写（description）へと姿を変えた瞬間であった」。それで短いパラグラフは終わり、次のパラグラフ「光を見たいと望む者には充分な光が見え……」というパスカルの引用へと続いている。この文章について質問したところ、コガワ氏自身ももう少し書き足す必要性を感じていたという。そこで本人の了解を得た上で、「それは、『汝の敵を愛せよ』というキリストの戒律が、実例へと変わったのである。敵だと思っていた日本人が、実際には友であったのだ。長崎での啓示は、あらゆる敵が本当は友であると悟ることなのだ。誰かに敵対する前には、その人のなかにある、隠された友を探し続けなければならないのだ」と補填訳をした。

一方、あえて説明を避けた場合もある。例えば第三部において、日系カナダ人に対して差別的発言をした二人の人物の、夫々の孫と息子が身内に対する擁護的な態度を取り、許せない思いのコガワ氏との議論は交わるところが無い。しかし、各々が他者の現実を感じ取り、気持ちに寄りそえるようになったとき雪解けが訪れる。心に落ち着きを取り戻した著者は、桜の木に残された二枚の葉を見ながら、感慨にふけり、「過去が物語を語る。その神聖なパンと神聖でないパン（its holy and unholy bread）。過ぎ去った日の傑出した二人が、その子孫を通じて私の人生に到着した」と続ける。コガワ氏によれば「信頼を通して私たちが受けとる神聖なパンは滋養に満ち、私たちを健やかに育む。信頼が無ければ、神聖でないパンから過去の痛みを受け取り、それは私たちの魂に滋養を与えて癒すことはない」。つまり、私たちが計り知れない大いなる愛を与えられていることを信頼していれば、どんな試練も神からの贈り物として受け入れることができるはずだと。このように説明的に訳すべきかどうか悩んだ末、ここはコガワ氏独特の表現、「神聖なパンと神聖でないパン」をそのまま提示し、読者の想像力に委ねることとした。

この原著のタイトル“*Gently to Nagasaki*”にはコガワ氏の思いが込められている。長崎の人々の痛みに涙を流した著者は、優しさを胸に、自分の心の長崎――苦悩と絶望の地獄――に立ち向かう。優しさ、信頼、そして愛を持って向かい、そこに愛を見つけることが出来たなら、地獄の真中にさえ、赦しと癒しを見出すことが出来る。理解できないものの中にも、敵だと思っていた人の中にも。彼女の心の地獄とは、敬愛する父が小児性愛者だと発覚したことである。奉仕し、尊敬を集めた父が、少年を苦しめ、蔑まれた。どんな困難な時にあっても、過去の罪を認めて謝ればそこに赦しはある。憎しみからは何も生まれない。愛と信頼から生まれる優しさを携えて生きてゆこうとコガワ氏は語りかけている。優しさをもって、長崎の癒しにたどり着くまでの道のり、という意味を込めて日本語版タイトルは『長崎への道』とした。さまざまな歴史的事柄に関するコガワ氏の解釈や表現、主張すべてに同感できるわけではないが、深い苦悩を抱えながらも信じる道を突き進み、弱者の痛みに寄り添おうと真摯に生きる彼女の姿は、多くの人に勇気を与えるものと信じる。

日本語版製作にあたっては、伊原が一・三・五部を、田辺が二・四部を担当したが、最終的には全編を通して相互に議論を重ね、完成版を作成した。またカーク氏以外にも、「解説」を寄せて下さり、また歴史の専門家として貴重なアドバイスを下さった和泉真澄さん、コガワ氏のご子息であるゴードン・コガワさん、カナダ在住の翻訳家増谷松樹さん、早い時期からこの本の価値を認めてつねに励まして下さった友人の堀江節子さん、そして最後に、熱意をもってこの翻訳出版を引き受けて頂いた小鳥遊書房の高梨治さん。ここにお名前を記して感謝申し上げます。大変お世話になりました。

令和元年八月

伊原紀子

原著付記参考文献

Adachi, Ken. *The Enemy That Never Was: A History of the Japanese Canadians*. Toronto: McClelland and Stewart, 1976.

Chang, Iris. *The Rape of Nanking: The Forgotten Holocaust of World War II*. New York: Penguin Books, 1998.

Davies, Alan T., ed. *AntiSemitism and the Foundations of Christianity*. New York: Paulist Press, 1979.

Dougill, John. *In Search of Japan's Hidden Christians: A Story of Suppression, Secrecy and Survival*. North Clarendon, Vermont: Tuttle, 2012.

Endo, Shusaku. *The Final Martyrs*. Translated by Van C. Gessel. Kingston: Quarry Press, 1993.

Glynn, Paul. *A Song for Nagasaki*. Australia: Marist Fathers Books, 1988.

Kiernan, Ben. *Blood and Soil: A World History of Genocide and Extermination from Sparta to Darfur*. New Haven, Connecticut: Yale University Press, 2007.

Kitagawa, Muriel. *This Is My Own: Letters To Wes & Other Writings On Japanese Canadians, 1941–1948*. Edited by Roy Miki. Vancouver: Talonbooks, 1985.

Kogawa, Joy. *A Choice of Dreams*. Toronto: McClelland and Stewart, 1974.

——— *Obasan*. Toronto: Penguin Canada, 1981.

——— *The Rain Ascends*. Toronto: Penguin Canada, 1995.

McCormack, Gavan, and Satoko Oka Norimatsu. *Resistant Islands: Okinawa Confronts Japan and the United States*. New York: Rowman and Littlefield Publishers, 2012.

Nagai, Takashi. *The Bells of Nagasaki*. Tokyo: Kodansha International, 1994. (Originally published in 1949 by Hibiya Shuppan.)

——— *Leaving My Beloved Children Behind*. New South Wales: Paul's Publications, 2008.

Nakayama, Gordon G. *A Flower in the Shade: Memoir of Lois Masui Nakayama*. Vancouver: Seiaisha, 1988.

——— *Issei*. Toronto: New Canada Publications, 1984.

Roy, Patricia E. *The Triumph of Citizenship: The Japanese and Chinese in Canada, 1941–67*. Vancouver: UBC Press, 2007.

Sweeney, Charles W. *War's End: An Eyewitness Account of America's Last Atomic Mission*. New York: Avon Books, 1997.

Weil, Simone. *Gravity and Grace*. London: Routledge, 1972 (1952).

Wiesel, Eli. *Night*. New York: Hill and Wang, 1960.

Willcox, Bradley J., D. Craig Willcox and Makoto Suzuki. *The Okinawa Program: How the World's Longest-Lived People Achieve Everlasting Health—And How You Can Too*. New York: Clarkson Potter Publishers, 2001.

Wilson, Sheena, ed. *Joy Kogawa: Essays on Her Works*. Toronto: Guernica, 2011.

【著者】

ジョイ・コガワ

(Joy Kogawa)

ジョイ・コガワは日系カナダ人の詩人・小説家であり、第二次世界大戦時にはカナダの強制収容所での生活を体験した。代表作である *Obasan*（1981,『失われた祖国』）は1982年にカナダ文学賞、翌年に米国図書賞を受賞している。同作品は米国でも教材として取り上げられ、またこれを児童向けに改作した *Naomi's Road*（1986,『ナオミの道——ある日系カナダ人少女の記録』）はオペラ化され、カナダ・米国で上演された。他にも、同作の続編となる *Itsuka*（1992, 2005年に *Emily Kato* と改題・改稿）や父親の小児性愛について記した *The Rain Ascends*（1995）がある。コガワは日系カナダ人のリドレス運動では中心的な役割を果たし、現在もバンクーバーとトロントの両都市を生活拠点として、平和、和解、赦しといったテーマに関する講演や活動を行っている。1986年にカナダ勲章、2006年にブリティッシュ・コロンビア勲章を、2010年には日本政府から旭日章を授与されている。

【訳者】

伊原紀子

(いはら　のりこ)

関西学院大学非常勤講師。博士（学術）。著書に『翻訳と話法——語りの声を聞く』(松籟社)。訳書に『翻訳研究のキーワード』（研究社）（共訳)、『スコポス理論とテクストタイプ別翻訳理論—— 一般翻訳理論の基礎』（晃洋書房）（共訳）等。

田辺希久子

(たなべ　きくこ)

英日出版翻訳者。著書に *Practical skills for better translation*（マクミラン・ランゲージハウス）（共著)、『英日日英プロが教える基礎からの翻訳スキル』（三修社）（共著)、訳書に『真のダイバーシティをめざして』（上智大学出版）（共訳）他多数。

長崎《ながさき》への道《みち》

2019年10月5日　第1刷発行

【著者】
ジョイ・コガワ
【訳者】
伊原紀子
田辺希久子

発行者：高梨 治
発行所：株式会社**小鳥遊《たかなし》書房**
〒102-0071　東京都千代田区富士見1-7-6-5F
電話03 (6265) 4910（代表）／FAX　03 (6265) 4902
http://www.tkns-shobou.co.jp

装幀　坂川栄治＋鳴田小夜子（坂川事務所）
印刷　モリモト印刷株式会社
製本　株式会社難波製本

ISBN978-4-909812-18-6　C0098